DER TOTENRÄCHER

Chris Karlden

DER TOTENRÄCHER

Thriller

BE

Belle Époque Verlag

Chris Karlden
c/o Bianca Kronsteiner
impressumservice.net
Robert-Preußler-Straße 13 / TOP 1
A–5020 Salzburg

E-Mail: *karlden@chriskarlden.de*
https://chriskarlden.de

Lizenzausgabe des Belle Époque Verlags, Dettenhausen,
mit freundlicher Genehmigung des Autors.

Lektorat: Philip Anton
Korrektorat: Schreib- und Korrekturservice Heinen
Umschlaggestaltung: Artwize, https://cover.artwize.de/
unter Verwendung eines Fotos von Depositphotos.com
Urheberrecht: autobus (Xavier Pous)
Innenlayout und Schriftsatz: Hans-Jürgen Maurer

Herstellung: Sowa Sp. z o.o., Piaseczno, Polen

ISBN: 978-3-96357-136-7

1

4./5. Januar

Charlotte Schwarzer war weder gezwungen, selbst zu kochen, noch, ihren kleinen Sohn Mats zu der Privatschule, die er besuchte, zu fahren und ihn wieder abzuholen. Doch sie tat das gern und sie ging ganz in ihrer Rolle als fürsorgliche Mutter auf, nachdem sie beschlossen hatte, nach der Geburt von Mats ihre Karriere als Fotomodell nicht mehr weiterzuverfolgen.

Ihr Mann Arno, dem sie ihr luxuriöses Dasein verdankte, hatte ihre Entscheidung, sich nun ganz der Familie zu widmen, mit Wohlwollen aufgenommen. Es verging kein Tag, an dem sie nicht für dieses schöne Leben dankbar war, das er ihr ermöglichte. Niemals hätte sie von so etwas zu träumen gewagt.

Sie war in prekären Verhältnissen aufgewachsen. Ihr Vater war früh verstorben und ihre Mutter hatte sie und ihren Bruder durchgebracht, indem sie bis zum Umfallen in schlecht bezahlten Jobs schuftete.

Dessen ungeachtet entwickelte sich Charlotte positiv. Sie kam in der Schule gut mit, sah blendend aus und war groß gewachsen. Kurz nach ihrem Abitur wurde ein Model-Scout auf sie aufmerksam. Bald darauf wurde sie für ihre ersten Jobs gebucht. Der große Durchbruch gelang ihr zwar nicht, jedoch konnte sie sich von ihren Honoraren eine schöne Mietwohnung in Berlin und ein wenig Luxus leisten.

Arno und sie hatten sich vor zehn Jahren bei einem Formel-1-Rennen auf dem Hockenheimring kennengelernt. Der Inhaber eines Modelabels, für das sie bereits des Öfteren fotografiert worden war, hatte sie dorthin eingeladen. Beim Büfett im VIP-Bereich hatte sie neben Arno Schwarzer am Tisch gesessen. Aus der Unterhaltung war bald ein Flirt geworden, und sie hatten sich schließlich das Rennen gemeinsam angeschaut. Anschließend hatte er sie noch zum Abendessen eingeladen. Es folgten einige weitere Verabredungen, bevor sie ein Paar wurden und schon bald darauf heirateten. Sie reisten viel und logierten dabei in den besten Hotels. Als Mats sich ankündigte, hatte Arno mit diesem wunderschönen Haus ein großartiges Familiennest für sie erbauen lassen. Das Glück war perfekt.

Gerade hatte Charlotte ihre Küche auf Vordermann gebracht. Die Arbeitsflächen glänzten wieder wie neu und sie strich mit dem Zeigefinger darüber, bevor sie ins Esszimmer zurückging und Mats, der dort am Tisch in seine Hausaufgaben vertieft saß, durch sein strohblondes Haar wuschelte.

»Nicht Mama«, beschwerte Mats sich und zog den Kopf leicht zur Seite weg. Dennoch lächelte er sie an. Mats war ein glücklicher und freundlicher Junge. Sie war froh, ihm eine so unbeschwerte Kindheit bieten zu können. Kurz sah sie Mats noch über die Schulter und beobachtete ihn bei seiner Beschäftigung. Dann wandte sie sich zur Seite und sah verträumt auf das sündhaft teure Wandgemälde eines angesagten Künstlers aus Los Angeles.

Sie liebte dieses Bild. Es hatte ihr sofort gefallen, als sie es zum ersten Mal auf ihrer Hochzeitsreise, die sie zu den Hotspots in den USA führte, entdeckte. Arno hatte es sich nicht nehmen lassen, es ihr zum Geschenk zu machen. Mittlerweile hatte sich sein Kauf als eine hervorragende Investition erwiesen, denn das Bild, für das er damals knapp vierzigtausend Dollar hingeblättert hatte, war heute das Zehnfache wert. Sie dachte an den Spruch, dass Geld immer zu denen kam, die schon genügend davon hatten. Daran war etwas Wahres.

Arno hatte Millionen mit den von ihm entwickelten Computerspielen gemacht. Doch er arbeitete weiterhin hart und war gerade wieder auf einer mehrtägigen Geschäftsreise. Da er jedoch seine Arbeit liebte, war es sowohl für ihn als auch für sie in Ordnung, dass er weniger Zeit mit seiner Familie verbringen konnte als ein Angestellter in einem Nine-to-five-Job.

Ein leichtes Zupfen an ihrer Weste holte Charlotte aus ihren Gedanken und ihren Erinnerungen an vergangene Urlaube, in denen sie so gerne schwelgte.

»Mama, ich bin fertig«, sagte Mats. »Darf ich in mein Zimmer gehen? Ich würde gern an meinem Flugzeug weiterbasteln.«

Sie strich ihm über den Kopf und ging in die Hocke, sodass sie ihm auf Augenhöhe begegnete. »Natürlich darfst du das. Aber vergiss nicht, vorher dein Schulzeug vom Tisch zu räumen, es zurück in deinen Rucksack zu tun und ihn mit nach oben zu nehmen.«

Mats lächelte. »Das mach ich, Mama.«

Sie drückte ihn an sich und gab ihm einen Kuss auf die Wange. Mats räumte seine Schulsachen vom Tisch und rannte anschließend mit seinem Rucksack die Treppe hinauf.

* * *

Er parkte den Paketwagen am Straßenrand vor dem Haus, sodass dieser von dort aus gut zu sehen war. Die Villa im Bauhausstil lag am Ende einer Sackgasse. Die ersten Nachbarhäuser befanden sich ein gutes Stück weit entfernt. Selbst wenn ihn jemand durch ein Fenster beobachten würde, wäre er zu weit weg, um sein Gesicht zu erkennen. Hinzu kam, dass einige Häuser durch Bäume und Strauchhecken in den Vorgärten vor den neugierigen Blicken von Passanten geschützt waren. Auch dies spielte ihm in die Karten, da sie auch umgekehrt verhinderten, dass man ihn von dort sehen konnte.

Er setzte die Baseballmütze mit dem Logo des Paketzustellers auf, die er im Handschuhfach gefunden hatte, und warf einen Blick auf seine Uhr. Es war kurz vor halb vier nachmittags. Die ganze Aktion sollte nicht länger als eine Viertelstunde dauern. Er sah sich nach allen Seiten um. Auch in den Rückspiegeln war niemand zu sehen. Sein Herz pulsierte schneller und kräftiger. Aber ganz so nervös wie beim ersten Mal war er nicht mehr. »Heute wird es glatter laufen«, flüsterte er sich selbst Zuversicht ein. Hinter ihm im Transportraum rumorte es.

Er hatte den Paketwagen verfolgt und eine Lieferung zu einem abgelegenen Haus abgewartet. Als der Fahrer zum Wagen zurückgekehrt war, hatte er ihm aufgelauert und ihn mit Chloroform betäubt. Anschließend hatte er dem Mann Jacke und Hose vom Leib gezogen, die diesen als Mitarbeiter des Zustellunternehmens auswiesen, und war selbst in die Uniform geschlüpft. In dieser Tarnung war er zu der Villa gefahren.

Er nahm vom Beifahrersitz seinen Rucksack, in dem er eine Atemschutzmaske und eine Nylontüte mit der Chloroformflasche und dem Tuch aufbewahrte. Dann stieg er aus, ging um den Wagen herum nach hinten und öffnete eine Flügeltür zum Transportraum. Der Paketfahrer lag auf der Ladefläche und zerrte an seinen Fesseln, mit denen seine Fußknöchel und seine Hände hinter dem Rücken zusammengebunden waren.

Mit angstverzerrtem Gesicht rutschte der Fahrer von ihm weg, als er auf die Ladefläche kletterte und die Tür hinter sich zuwarf.

Er zog sich die Schutzmaske vors Gesicht und drückte dem Mann, der sich vergeblich zur Wehr setzte, den feuchten Lappen auf Mund und Nase. Es dauerte nicht lange, bis dieser die Augen wieder schloss.

Er tauschte die Maske erneut gegen die Schirmmütze, packte seine Sachen zurück in den Rucksack und klemmte sich eins der mittelgroßen, leichten Pakete unter den Arm. Dann stieg er aus dem Wagen und schloss die Flügeltür hinter sich. Wieder sah er sich um, wieder war niemand zu sehen. Je schneller er es hinter sich gebracht hatte, desto besser.

Kurz darauf stand er mit dem Paket vor der Haustür und klingelte. Das Haus verfügte über eine Alarmanlage, wie die gut sichtbare Außensirene mit Blinklicht verriet. Videokameras hatte er beim Auskundschaften des Objekts nicht entdeckt. Zur Sicherheit würde er die Hausherrin noch danach fragen.

»Ja, bitte?«, drang die Stimme der Frau durch die Gegensprechanlage.

»Ich habe ein Paket für Sie«, erwiderte er und hielt

es freundlich lächelnd in das Kameraauge der Sprechanlage.

»Das wundert mich. Ich habe nichts bestellt«, sagte die Frau.

»Moment«, er sah auf das Paket. »Hier steht für Arno Schwarzer. Es ist eine Expresslieferung.«

»Also gut, einen Augenblick bitte.«

Wenig später öffnete Charlotte Schwarzer die Haustür. Auch ihm fiel ihre Schönheit sofort auf.

»Sie müssen entschuldigen«, sagte sie zu ihm. »Normalerweise lässt mein Mann Pakete in die Firma liefern.«

Er stellte das Paket auf den Boden, zog seine Pistole aus der Jackentasche und richtete sie auf die Frau. Sie schrak zusammen, bekam große Augen und erstarrte kurz. Dann versuchte sie, die Tür zuzuschlagen, doch er war schneller und stellte einen Fuß in den Türrahmen. Sie drehte sich um und lief ins Innere der Wohnung.

Er setzte ihr nach, schlug in einer fließenden Bewegung die Haustür hinter sich zu und hatte sie nach wenigen Schritten noch im Flur eingeholt. Er schleuderte sie zu Boden. Sie schrie auf und kroch auf dem Bauch liegend von ihm weg. Er setzte sich rittlings auf sie, zog ihren Kopf an den Haaren nach hinten und ging mit dem Mund nah an ihr Ohr heran. »Hör auf zu schreien«, zischte er. »Denk an deinen Sohn.« Augenblicklich verstummte sie.

»Was wollen Sie?«, wimmerte sie.

»Ist das Haus videoüberwacht?«

»Nein.«

Er zog noch fester an ihren Haaren. »Wenn du lügst, wird es besonders schlimm.«

»Nein, hier gibt es keine Kameras.«

»Gut, dann lasse ich dich jetzt aufstehen. Du bist schön ruhig und öffnest mir brav den Tresor.«

Er wusste nicht, ob es einen Tresor gab, aber in einem solchen Haus konnte er davon ausgehen.

Sie ging unsicher zu einem Bild im Wohnzimmer und nahm es ab. Es gelang ihr erst im dritten Anlauf, die Zahlenkombination an dem dahinter befindlichen Tresor richtig einzugeben. Er ließ sie das darin deponierte Bargeld und den Schmuck in eine mitgebrachte Plastiktasche stopfen.

»Setzen«, sagte er anschließend und deutete mit dem Lauf der Waffe auf das Sofa.

Sie zitterte am ganzen Körper. Tränen rannen an ihren Wangen hinab.

»Jetzt rufst du deinen Sohn herunter.«

Sie stieß einen spitzen Schrei aus. Hielt sich aber gleich die Hände vor den Mund.

»Warum? Sie haben doch das Geld. Bitte gehen Sie einfach wieder.«

Er schüttelte den Kopf. »Das kann ich nicht. Ich bin noch nicht fertig.«

»Mama?«, erklang Mats' Stimme von oben. Dann kam er auch schon die Treppe hinunter. Vermutlich hatte er den Aufschrei seiner Mutter gehört.

»Sag ihm, der Postbote hat ein Überraschungspaket für ihn«, flüsterte er ihr zu und steckte seine Pistole zurück in die Jackentasche.

Als Mats unten ankam, tat sie, was ihr befohlen worden war.

Mit neugierigem Blick ging Mats auf den Mann zu.

»Setz dich neben deine Mutter auf die Couch«, sagte er zu dem Jungen.

»Was ist das für ein Paket?«, fragte Mats. »Ist es eine Überraschung?«

Er nickte. »Es ist das hier«, dann zog er seine Pistole aus der Jackentasche und erschoss zuerst Mats und dann seine Mutter.

2

Achtzehn Monate später
Mittwochabend

So musste es sich anfühlen, wenn man aus einem Koma erwachte. Er wusste weder, wo er sich befand, noch, was geschehen war. Blitze durchzuckten die dunkelrote Leere vor seinen geschlossenen Augen. Krampfhaft versuchte er, die Lider zu heben. Doch sosehr er sich auch anstrengte, es gelang ihm nicht.

Eine saure Flüssigkeit drängte sich seine Speiseröhre hinauf und ein Brechreiz überkam ihn. Er würgte, schaffte es aber mit einem gequälten Schlucken, seinen nach oben wandernden Mageninhalt bei sich zu behalten. Das Rauschen in seinen Ohren glich einem tosenden Gebirgsfluss. Im Hintergrund nahm er nun jedoch auch ein sonderbares Brummen wahr. Es drang wie durch Watte zu ihm durch.

Er spürte, dass er irgendwo saß. Sein Platz war weich, ein Stuhl oder ein Sessel. Dennoch überkam ihn jetzt ein Schwindelgefühl und er glaubte, hin und her zu wanken. In seinem Kopf toste ein Orkan.

War er auf einem Schiff? Kreiste ein Helikopter über ihm?

Er konnte es sich nicht erklären. Sein Zeitgefühl war ihm abhandengekommen. Was gerade geschah, dauerte für ihn eine Ewigkeit, es konnte aber auch sein, dass nur Minuten oder gar Sekunden vergingen. Vergleichbares hatte er noch nie zuvor erlebt.

Seine Hände tasteten die Umgebung ab. Langsam wie in Zeitlupe. Er stöhnte. Es war beschwerlich. Als ob sein Körper von Blei ummantelt wäre, und seine Arme schienen Tonnen zu wiegen.

Er versuchte krampfhaft, sich an das zu erinnern, was vor dieser surrealen Situation gewesen war. War vielleicht alles nur ein Albtraum? Er hatte so viele böse Träume durchleben müssen. Es verging kaum eine Nacht, in der er nicht schweißgebadet aufwachte.

Er atmete ein. In seiner Brust schmerzte es. Ein Hustenanfall packte ihn. Dann ganz plötzlich gelang es ihm, die Augen einen Spalt weit zu öffnen. Verschwommen nahm er seine Umgebung wahr. Er begriff nicht. Was sollte das? Er saß hinter dem Steuer seines Wagens. In seiner Garage. Die Neonlampe an der Decke verströmte ihr gleißend helles Licht, das einen stechenden Schmerz auf seinen Netzhäuten verursachte. Das Dröhnen wurde lauter. Es war nicht in seinem Kopf und es war auch kein Hubschrauber. Es kam hier aus seiner Garage. Es war der laufende Motor seines Mercedes-Oldtimers. Er hatte den Wagen geliebt, ebenso wie die vier anderen Autos, darunter zwei Luxussportwagen, die er separat abgestellt hatte. Jetzt wollte er nur noch hier raus. Er war sich sicher, wenn er nur ein wenig frische Luft bekäme, würde es ihm besser gehen.

Er wollte den Arm heben, um den Zündschlüssel zu drehen und den Motor auszustellen. Aber seine Muskeln gehorchten ihm auf einmal nicht mehr. Bleierne Müdigkeit griff nach ihm. Sie legte sich um ihn wie ein Taucheranzug und zog ihn nach unten. Vor seine Augen trat ein milchiger Schleier.

Unter Aufbringung seiner letzten Kraft drehte er den Kopf nach links. Der Schlauch des Wäschetrockners klemmte in der leicht geöffneten Seitenscheibe und verströmte weißen Rauch ins Innere.

Abgase, das sind Abgase, dachte er. Aus dem Auspuff des Wagens ins Innere geleitet. Er war im Begriff, sich umzubringen.

Das durch die Erkenntnis blitzartig einschießende Adrenalin half ihm nicht. Er konnte sich nicht mehr bewegen. Sein Blick verengte sich zu einem langen dunklen Tunnel, an dessen Ende das Licht zu einem winzigen Punkt gefror. Seine Lider schlossen sich. Ein letztes Mal versuchte er, zu begreifen.

Verzerrte, ruckelnde Bilder glitten vor sein geistiges Auge. Er war spät nach Hause gekommen. Er hatte mit einem Geschäftspartner gegessen und Wein getrunken. Vermutlich ein wenig zu viel, um noch Autofahren zu dürfen. Nachdem er mit der Fernbedienung das Rolltor seiner Doppelgarage geöffnet hatte und hineingefahren war, hatte er den Motor abgestellt und war ausgestiegen. Die Umrisse eines Fremden. Ein sich von hinten nähernder Schatten. Ein stählerner Arm, der ihn umklammerte. Eine Hand vor seinem Mund und seiner Nase, die ihm die Luft zum Atmen nahm. Ein Einbrecher. Ein Überfall. War das tatsächlich geschehen, oder handelte es sich nur um eine letzte Bilderfolge, die ihm sein Unterbewusstsein vorspielte? Hieß es nicht, am Ende würde das ganze Leben noch einmal wie im Zeitraffer an einem vorüberziehen? So ganz stimmte das nicht, aber letztlich war es egal. Dann wurde es still und er ließ los. *Gleich bin ich bei euch,* dachte er. Dann glitt er in die ewige Nacht.

3

Freitagabend

Adrian Speer und Robert Bogner hatten in Henriettes Eck die letzten beiden Barhocker am Tresen ergattert und schauten auf den an der gegen- überliegenden Wand angebrachten Großbildschirm. Darauf lief das Bundesligaspiel von Union Berlin gegen Bayern München. Der Anpfiff war gerade erst erfolgt. Die Kneipe befand sich ganz in der Nähe des Gebäudes des Landeskriminalamtes in der Keithstraße und die Gäste bestanden folgerichtig zumeist aus Polizisten. Bogner kaute auf den gesalzenen Erdnüssen herum, die die Bedienung ihm mit einem Augenzwinkern neben das Bier gestellt hatte.

»Respekt«, sagte Speer.

Bogner sah ihn erstaunt an. »Wofür?«

»Du hast es geschafft, Vivien zu behandeln, als ob sie Luft wäre.«

»Sehr witzig«, maulte Bogner.

Vivien war eine hübsche junge Frau und die neue Kraft hinter der Theke in Henriettes Eck. Bogner hatte vor etwas mehr als einem Jahr eine Affäre mit Nadja, der damaligen Kellnerin in Henriettes Eck, begonnen. Seine Frau Laura hatte davon erfahren und ihn aus dem Haus geworfen. Bogner hatte die Beziehung zu der jungen Studentin sofort beendet. Dennoch konnte Laura ihm bis heute nicht verzeihen. Speer wusste, wie sehr Bogner seinen Fehltritt bereute und wie sehr er seine Familie vermisste.

Nachdem er die erste Zeit in einem Hotel untergekommen war, wohnte Bogner jetzt in Adrian Speers früherem Einzimmerappartement. Er hatte es übernommen, nachdem Speer zurück in seine Familienwohnung gezogen war, wo er jetzt zusammen mit seiner Schwester und deren Tochter Leandra lebte.

»Wie steht es denn mittlerweile zwischen dir und Laura?«, fragte Speer vorsichtig.

»Es geht von Tag zu Tag besser. Wir telefonieren fast jeden Abend und reden darüber, dass ich wieder zu ihr und Julia ziehe.«

Julia war Bogners mittlerweile siebzehnjährige Tochter.

»Super«, rief Speer. »Das sind tolle Neuigkeiten. Habt ihr schon einen Termin ins Auge gefasst?«

Bogner grinste. »Irgendwann vor Weihnachten.« Er langte in die Schüssel mit den Erdnüssen und stopfte sich eine Handvoll davon in den Mund.

Die erste große Torchance für Union Berlin endete mit einem Schuss knapp neben den Pfosten. Ein enttäuschtes Raunen schallte durch das Lokal.

Speer nutzte den kurzen Blickkontakt zu Vivien und bestellte zwei neue Gläser Bier.

Kriminalhauptkommissar Paul Breitnach aus der vierten Mordkommission stand von einem der hinteren Tische nahe der Eingangstür auf und setzte sich in Richtung der Toiletten in Bewegung. Dabei musste er Speer und Bogner passieren.

Bogner musterte ihn, ohne eine Miene zu verziehen.

Vor einem Jahr hatte Paul Breitnach ihre achte Mordkommission mit Spezialzuständigkeit für besonders brutale Verbrechen und ungelöste Fälle auf Geheiß von Fernanda Gomez bei den Ermittlungen in einer Mordserie unterstützen müssen. Breitnach hatte nicht akzeptieren können, dass er Speer und ihm unterstellt war. Er hatte jede Gelegenheit genutzt, ihre Arbeitsweise zu kritisieren, und auch nicht davor zurückgeschreckt, Speer bei Fernanda Gomez in Misskredit zu bringen. Seitdem war Bogner nicht mehr gut auf den älteren Kommissar mit dem Schnauzbart zu sprechen.

Auch Speer war auf den näher kommenden Kollegen aufmerksam geworden. Er bemerkte Breitnachs grimmigen Blick und seine funkelnden Augen. Etwas rumorte in dem grobschlächtigen Kommissar. Als er sich zu ihnen durchgedrängelt hatte, blieb er stehen und sah Speer verächtlich an. »Straftäter sollten keine Polizisten mehr sein dürfen«, grummelte er.

Speer hatte vor elf Monaten einen Kriminellen entführt und unter Gewaltanwendung gezwungen, ihm zu verraten, wo seine entführte Tochter Lucy gefangen gehalten wurde. Er hatte den Mann fast umbringen müssen, bevor dieser endlich den Mund aufgemacht hatte. Aber nur mithilfe dieser Information war es gelungen, Lucy und zwei weiteren entführten Mädchen in letzter Sekunde das Leben zu retten. Die Richter hatten vor dem Hintergrund, dass Speer sich in einer Ausnahmesituation befand, ein mildes Urteil gesprochen und die zwanzigmonatige Freiheitsstrafe zur Bewährung ausgesetzt. Im Rahmen eines Disziplinarverfahrens waren seine Dienstbezüge erheblich gekürzt worden. Doch dies konnte er gut verkraften. Ebenso die damals von seinem Dienstherrn mit sofortiger Wirkung verhängte Zwangsbeurlaubung für acht Monate. Er hatte die freie Zeit genutzt und viel zusammen mit Lucy und ihrem Bruder Jonathan unternommen. Speer hatte miterleben dürfen, wie Lucy nach und nach wieder aufblühte und die Zeit in den Fängen des psychisch gestörten Mannes, der sie im Keller seines Waldhauses gefangen gehalten hatte, hinter sich zu lassen schien.

Nun war er seit ein paar Monaten wieder im Dienst.

Als Speer nicht auf die Provokation reagierte, schüttelte Breitnach, bevor er weiterging, den Kopf mit den Worten: »Eine Schande ist das.«

Bogner sprang von seinem Hocker, war mit einem Satz bei Breitnach und hielt ihn an der Schulter fest. Breitnach drehte sich schneller um, als man ihm angesichts seiner Statur zugetraut hätte, und streifte Bogners Hand ab. »Kommissar Großmaul ist wohl wieder auf handfesten Streit aus«, feixte er. Dabei sah er Zuspruch heischend zu dem Tisch, an dem seine Kollegen saßen. Sie lachten. Außer André Slibow, der sich von seinem Platz erhob. »Lass gut sein, Paul!«

Breitnach zog seine buschigen Augenbrauen zusammen.

»Ist schon okay«, sagte Speer und zog Bogner, dessen Halsschlagader sichtbar pulsierte, sachte zurück. »Er hat nur seine Meinung geäußert.«

»Genauso ist es«, sagte Breitnach. Er drehte ihnen den Rücken zu und schlurfte in Richtung der Toilettentür. Dann blieb er stehen, fasste sich an den Kopf, als ob ihm noch etwas eingefallen wäre, und wandte sich wieder zu ihnen um. »Wo habt ihr denn die Gruftiebraut gelassen? Interessiert sich wohl nicht für Fußball. Friedhöfe sind vermutlich eher ihr Ding.«

Bogner wollte auf ihn losgehen. Aber Speer hielt ihn fest. »Das ist doch genau das, was er will.«

Tina Jeschke war das dritte Teammitglied in ihrer Mordkommission. Sie trug ausschließlich schwarze Kleidung und pflegte neben zahlreichen Piercings ihren blassen Teint durch einen knallroten Lippenstift aufzupeppen. In den Abteilungen, in denen sie bisher gearbeitet hatte, war sie gemobbt und schließlich zu ihnen versetzt worden, wo sie im Innendienst für Recherche und Zuarbeit zuständig war. Das musste allerdings als leicht untertrieben bezeichnet werden. Tina Jeschke war das, was man landläufig unter einem Computergenie verstand. Sie war in der Lage, sich in fast jedes System zu hacken, was ihnen schon mehrfach dienlich gewesen war.

Inzwischen hatte sie Speer und Bogner gegenüber sogar ihre stoische und zurückhaltende Art gelockert und lachte mithin über Bogners Witze. Anders als Breitnach vermutete, war sie auch Fußballfan und nur deshalb nicht hier, weil sie für den heutigen Abend Karten für ein Konzert der Band *Oomph!* hatte.

Bogner sah Speer fuchsteufelswild an. »Kann sein, aber irgendjemand muss ihm doch mal sein blödes Maul stopfen.«

»Aber nicht du«, mahnte Speer.

Ein Tor der Bayern ließ das Lokal in Aufruhr geraten und lenkte die Aufmerksamkeit der Gäste in andere Bahnen.

Kurz darauf stieß Franziska zu ihnen. »Endlich Feierabend.« Sie strahlte.

Seit sie Lucy zurückhatten, war eine unverkennbare äußerliche und innerliche Veränderung bei ihr erfolgt. Sie sah um Jahre jünger aus und hatte ihre alte Energie und Lebensfreude zurückgewonnen.

Als man sie ein paar Monate nach Lucys Befreiung gefragt hatte, ob sie in ihren Job als Fallanalytikerin in der Außenstelle des BKA in Berlin zurückkehren wolle, hatte sie sich einen Tag Bedenkzeit erbeten. Schließlich hatte sie die Dankbarkeit dafür, dass sie ihre Tochter zurückhatte, dazu bewogen, ihren Job wieder aufzunehmen. Sie hoffte, dadurch anderen Verbrechensopfern helfen zu können, denn neben der Aufklärung von Mordfällen war sie auch für Entführungsfälle zuständig.

Speer konnte den Blick kaum von ihr lösen. Er liebte sie. Aber ihre Ehe hatte Lucys Entführung nicht standgehalten. Nun war Franziska mit Arthur, einem Filmproduzenten, zusammen und lebte mit den Kindern bei ihm außerhalb von Berlin.

»Verrätst du mir, wie du das machst?«, fragte Bogner, der sich wieder gefangen hatte.

»Was meinst du?«, erwiderte Franziska.

»Es ist Freitag. Du hast die ganze Woche gearbeitet, siehst aber so erholt aus, als kämest du gerade erst aus dem Urlaub.«

»Danke«, sagte Franziska. »Versuchs mal mit Meditation.«

Bogner verzog das Gesicht. »Still sitzen ist nicht so mein Ding.«

»Genau deshalb solltest du es tun«, sagte Franziska.

Der Ausgleichstreffer für Berlin sorgte für einen synchronen Aufschrei der Zuschauer in der Kneipe.

»Möchtest du etwas trinken?«, fragte Speer über den Lärm hinweg.

Franziska schüttelte den Kopf. »Ich muss gleich wieder los. Wir wollen heute Abend zusammen ins Kino. Der neue Spiderman. Ich wollte dich nur kurz fragen, wann du morgen Lucy abholst. Ihr wolltet doch zusammen etwas unternehmen. Jona wollte spontan entscheiden, ob er mitkommt. Ich denke aber schon.«

Speer wurde es schwer ums Herz. Wie gerne wäre er an Arthurs Stelle mit seiner Familie ins Kino gegangen. Er bemühte sich, zu lächeln. »Jona schläft gerne aus. Wie wäre es gegen elf Uhr?«

»Das wäre perfekt.«

»Ich habe an ein Mittagessen mit den Kindern in der Stadt gedacht und anschließend eine kleine Shoppingtour.«

»Hört sich gut an. Ich glaube, ich nutze die Gelegenheit und fange schon mal an zu packen.«

»Das hört sich nach Urlaub an«, mutmaßte Bogner.

»Ist es auch. Sieben Tage Griechenland. Nächste Woche Samstag fliegen wir. Pünktlich zum Start der Herbstferien.«

»Sonne, Strand und Meer. Das wird bestimmt toll. Wo genau soll es denn hingehen?«

Speers Handy vibrierte in seiner Hosentasche und ein Signalton vermeldete den Eingang einer SMS.

»Nach Kreta«, sagte Franziska.

»Na dann wünsche ich euch schon mal eine schöne Zeit«, sagte Bogner und lächelte. Er schien ebenfalls eine

Nachricht erhalten zu haben, denn auch er holte sein Smartphone heraus und sah auf das Display.

»Da hat man einmal keinen aktuellen Fall und freut sich auf ein wohlverdientes Wochenende und schon macht Gomez einen Strich durch die Rechnung«, stöhnte Bogner und sah Speer an.

Fernanda Gomez war die Leiterin des Morddezernats und ihre unmittelbare Vorgesetzte.

Speer nickte. »Mir hat sie auch geschrieben. Samstagmorgen, neun Uhr, Besprechung in meinem Büro. Erscheinen zwingend erforderlich. Entschuldigungen werden nicht akzeptiert.«

»Kurz und bündig. Aber unmissverständlich«, schmunzelte Bogner.

»Und spannend macht sie es auch noch«, fügte Speer hinzu.

»So ein Mist«, ärgerte sich Franziska. »Dann fällt euer Stadtbummel morgen wohl aus.«

»Hey, davon kann nicht die Rede sein«, erwiderte Speer. »Vielleicht ist es nur eine kurze Besprechung. Dann schaffe ich es bis elf Uhr, bei euch zu sein. Und wenn nicht, kann ich Lucy und Jona auch noch etwas später abholen. Ich gebe dir Bescheid, sobald ich mehr weiß.«

»Ist gut«, sagte Franziska.

»Soll ich Gomez schreiben, dass wir morgen beide da sein werden?«, fragte Bogner.

»Es bleibt uns wohl nichts anderes übrig.«

4

Samstag

Pünktlich um neun Uhr saßen Speer und Bogner an dem kleinen Besprechungstisch in Fernanda Gomez' Büro. Außer ihnen und ihrer Chefin, die am Kopfende saß, war noch Oberkommissar Hans Lauer vom Kriminaldauerdienst zugegen. Er war kurz nach ihnen eingetroffen und hatte den Kollegen gegenüber Platz genommen. Sie kannten sich von einem früheren Fall. Daher brauchte Gomez sie einander nicht vorzustellen.

Die Kriminalrätin hatte noch nicht angedeutet, warum sie sie an ihrem freien Tag herzitiert hatte und was so wichtig war, dass es nicht bis Montag warten konnte.

Gomez legte die Hände auf dem Tisch übereinander und sah mit gewichtiger Miene von einem zum anderen. »Ich habe Sie hergebeten, weil etwas Ungewöhnliches geschehen ist, und ehrlich gesagt, weiß ich nicht, wie ich damit umgehen soll.« Sie sah Lauer an. »Es geht um den Todesfall Arno Schwarzer.«

Lauer runzelte die Stirn. »Schwarzers Leiche wurde am Donnerstagmorgen von seiner Putzfrau in seinem Wagen gefunden, der in der Garage abgestellt war. Wir sind zur Abklärung ausgerückt. Es war aber nach unserer Einschätzung definitiv kein Tötungsdelikt, sondern ein klassischer Selbstmord. Der Leichenbeschauer ist zu der gleichen Ansicht gelangt. Schwarzer hat die Autoabgase mit einem Schlauch übers Fahrerfenster ins Wageninnere geleitet.«

Obwohl es draußen herbstlich kühl war und in Gomez' Büro die Heizung noch nicht angeschaltet war, standen Schweißperlen auf Lauers Stirn. Vermutlich hatte er sich beeilt, um pünktlich hier zu sein.

»Ist die Konzentration an Kohlenmonoxid in den Pkw-Abgasen wegen der verbauten Katalysatoren nicht zu gering, um sich damit das Leben zu nehmen?«, warf Bogner ein.

»Bei modernen Autos ist das in der Tat so, aber Arno Schwarzer fuhr einen Oldtimer. Einen Mercedes, Baujahr 1971«, erklärte Lauer. »Außerdem hat er die Abgase konzentriert ins Wageninnere geleitet. Das führt zu einer deutlich höheren Vergiftungsgefahr.«

»Wie sicher sind Sie, dass niemand nachgeholfen hat?«, fragte Gomez.

Lauer zog ein Taschentuch aus seiner Hose und tupfte sich die Stirn ab. Er wirkte sichtlich nervös. »Sie wissen, dass wir in Zweifelsfällen die Mordkommission verständigen.«

»Dann verraten Sie mir, was genau Sie zu der Feststellung eines Selbstmords bewogen hat.«

Lauer seufzte. »Die Leiche wurde untersucht. Es gab keine Zeichen äußerer Gewalteinwirkung. In der Garage gab es nicht die geringsten Spuren eines Kampfes. Im Haus ebenfalls nicht. Keinerlei Hinweise, dass in den letzten Stunden vor seinem Tod überhaupt jemand bei dem Opfer gewesen war.«

»Gab es einen Abschiedsbrief?«, hakte Speer nach.

»Nein, aber Schwarzer hatte über ein Promille Alkohol im Blut, und er hatte einen Grund, Suizid zu begehen. Wir gehen von einer Kurzschlussreaktion aus.«

»Was ist das für ein Grund?«, wollte Bogner wissen.

»Vor anderthalb Jahren wurden seine Frau und sein siebenjähriger Sohn erschossen.«

»Mein Gott«, entfuhr es Gomez.

Lauer kratzte sich an seinem stoppelbärtigen Kinn. »Arno Schwarzer war geschäftlich für ein paar Tage verreist. Schwarzers Frau muss dem Mörder die Tür geöffnet haben. An dem Tag wurde ein Paketzusteller überfallen und betäubt. Vor der Haustür der Schwarzers lag ein Paket für einen ganz anderen Empfänger, das offenbar mit dem gestohlenen Lieferwagen transportiert wurde.«

»Der Mörder von Schwarzers Familie hat sich als Paketzusteller getarnt«, folgerte Speer.

Lauer nickte. »Das ist die Vermutung der Kollegen, die den Fall bearbeitet haben. Sie gehen von Raubmord aus. Der Täter konnte aber noch nicht überführt werden. Er erbeutete Bargeld und Schmuck im Wert von insgesamt circa 50.000 Euro.«

»Wer hat denn so viel Kohle in der Wohnung?«, wunderte sich Bogner.

»Schwarzer war steinreich. Seine Neubauvilla in Dahlem dürfte einige Millionen wert sein.«

»Und wie kam er zu so viel Geld? Geerbt?«, wollte Bogner wissen.

Speer räusperte sich. »Schwarzer war Inhaber einer Firma, die Computerspiele entwickelte. Ein paar davon waren auch international echte Kassenschlager.«

»Woher weißt du denn so was?«, fragte Bogner. »Zockt dein Sohn gerade eins der Spiele?«

Speer lächelte. »Nein, das war eine Schlagzeile in der Online-Ausgabe des Berliner Boulevardblatts.«

Bogner zog in gespieltem Erstaunen die Augenbrauen hoch. »Und was stand da noch drin?«

»Schwarzer hat nach dem Tod seiner Familie nur ein halbes Jahr getrauert. Danach hat er sich exzessiv ins Partyleben gestürzt. Aktuell war er erneut mit einem Model liiert, das durch eine TV-Show bekannt geworden war, halb so alt wie er.«

»Vielleicht hat ihn die Trauer eingeholt und er hat deshalb Schluss gemacht.«

»Möglich«, schaltete sich Lauer wieder ein. »Wir haben mit seiner Schwester gesprochen. Sie meinte, ihr Bruder sei eigentlich immer einer von der ruhigen Sorte und nie ein Partylöwe gewesen. Er habe aber unter dem Verlust seiner Familie und den Umständen extrem gelitten. Im ersten halben Jahr sei er in eine tiefe Depression gerutscht und habe Unmengen Alkohol konsumiert. Dann habe er sein Verhalten plötzlich geändert. Er habe kaum noch geschlafen, dafür umso mehr gearbeitet und nachts gefeiert.«

»Das wilde Leben könnte natürlich eine Flucht vor der Trauer um seine Frau und sein Kind gewesen sein«, sprach Bogner aus, was alle dachten.

»Jedenfalls hat Schwarzer wieder Spiele entwickelt und in einem Monat sollte sein neuestes Game auf den Markt kommen«, fuhr Lauer fort.

»Man könnte denken, das spricht gegen Selbstmord«, gab Gomez zu bedenken.

»Nicht unbedingt. Es gibt zahlreiche Beispiele dafür, dass Menschen gerade auf dem Höhepunkt ihres Erfolgs beschließen, ihrem Leben ein Ende zu setzen«, sagte Speer. »Man denke nur zum Beispiel an den Musiker *Avicii*. Vielleicht war Schwarzer der aufkeimende Rummel zu viel geworden. Um wie viel Uhr ist er denn gestorben?«

»Der Leichenbeschauer hat den Todeszeitpunkt auf zweiundzwanzig Uhr plus minus eine Stunde festgelegt«, sagte Lauer. »Wie gesagt, wir haben den Fall als Selbstmord ad acta gelegt, weil wir nichts gefunden haben, das auf Fremdeinwirkung hindeutet, und die Vorgeschichte zu einem Selbstmord passt.«

»Die Chefin scheint aber etwas zu wissen, das für Mord spricht, sonst säßen wir nicht an diesem Tisch«, feixte Bogner.

Gomez zog die rechte Augenbraue hoch und verzog ihre schmalen Lippen zum Ansatz eines Lächelns.

»Nicht direkt«, räumte sie ein. »Wissen wäre übertrieben. Ich habe gestern Nachmittag einen Anruf erhalten und der Inhalt des Gesprächs hat bei mir zumindest leise Zweifel an der Selbstmord-These gesät.«

»Jetzt wird's interessant.« Bogner steckte sich einen Kaugummi in den Mund und grinste breit in die Runde.

»Der Anruf kam aus der Justizvollzugsanstalt Moabit.« Gomez blickte zu Speer und dieser hatte das Gefühl zu ahnen, was jetzt kommen würde, auch wenn das keinen Sinn ergab.

»Es war keiner der Wärter und auch nicht der Direktor. Es war ein Gefangener. Sie kennen ihn alle. Georg Hauser.«

Speer hatte richtig gelegen und war dennoch sprachlos. Lauer stand der Mund offen und Bogner klopfte sich aufs Knie. »Unser guter alter Polizeipsychologe meldet sich aus dem Knast zu Wort.« Die Ironie in Bogners Stimme war überdeutlich.

Georg Hauser hatte über Jahrzehnte als Psychologe im Dienst der Berliner Polizei gestanden. Zu Zeiten der DDR hatte er im Auftrag der Stasi Systemfeinde eliminiert. Im November letzten Jahres hatten alte Seilschaften aus jener Zeit sich seine Fähigkeiten zunutze gemacht und ihn beauftragt, alle aus dem Weg zu räumen, die wussten, wo Lucy Speer gefangen gehalten wurde. Als sie dem Versteck dennoch näher kamen, geriet Speers gesamte Familie ins Visier des Killers. Hauser griff sogar das Haus an, in dem Adrian Speers Familie bewacht wurde, und erschoss dabei zwei Personenschützer. Anschließend war es nur in buchstäblich letzter Sekunde gelungen, Speers Tötung durch Hauser zu verhindern und ihn festzunehmen. Er war für seine Taten zu lebenslanger Haft verurteilt worden.

»Was hat Hauser gesagt?«, fragte Speer.

»Dass er von Arno Schwarzers Tod in der Zeitung gelesen habe. Er sei sich sicher, dass es kein Selbstmord war. Er könne das auch begründen.«

Lauer schnappte nach Luft und Bogner schüttelte den Kopf. »Der Mann ist ein Psychopath. Der will sich nur wichtigmachen.«

»Oder er weiß wirklich etwas«, sagte Speer. »Auch Psychopathen verfügen manchmal über brauchbare Informationen.« Er hatte Hauser nach der Verurteilung einmal im Gefängnis besucht. Doch seine Hoffnung, von ihm zu erfahren, wo der Auftraggeber von Lucys Entführung zu finden sei, wurde enttäuscht. Hauser hatte ihn nur stumm angelächelt und keine seiner Fragen beantwortet.

»Mag sein, dass er uns zum Narren hält«, vermittelte Gomez. »Aber wir müssen dem trotzdem nachgehen.«

»Sie werden ihn sicher gefragt haben, wie er darauf kommt, dass es kein Suizid war«, warf Lauer ein.

Gomez nickte. »Das habe ich. Aber er wollte es am Telefon nicht sagen.«

»Das ist total verrückt«, sagte Bogner. »Wegen dieses Irren lassen Sie uns am Samstagmorgen hier antanzen? Ausgerechnet uns? Es gibt genügend Kollegen, die Hauser neutraler gegenüberstehen.«

Gomez sah Bogner nur stumm an.

»Nein«, stammelte dieser, obwohl er ihren Blick genau richtig deutete.

»Leider doch«, erwiderte Gomez. »Hauser will nur mit Ihnen beiden reden. Sie sollen noch heute zu ihm kommen, wenn nicht, behält er für immer für sich, was er weiß.«

5

Bereits um kurz vor elf Uhr trafen Speer und Bogner in der Justizvollzugsanstalt Moabit ein. Gomez hatte sie angemeldet. In dem Vernehmungsraum des Gefängnisses gab es kein Fenster und die Wände waren grau gestrichen. Der Raum war eng und die Neonlampe an der Decke verströmte ein unangenehm grelles Licht. Sie warteten vor der Tür darauf, dass die JVA-Beamten Georg Hauser aus seiner Zelle herbrachten.

Speer spürte, wie sich seine Laune mit jeder weiteren Minute verschlechterte. Er hatte Franziska anrufen und ihr mitteilen müssen, dass er gezwungen war, seine Unternehmung mit den Kindern auf einen späteren Zeitpunkt zu verschieben, und er sich wegen der Uhrzeit wieder melden würde. Den Grund für sein Ausbleiben nannte er ihr nicht. Er wollte keine alten Wunden durch die Erwähnung Hausers aufreißen. Gleichzeitig wurmte es ihn, dass er hier sein musste, bei einem Menschen, den er verachtete, anstatt Zeit mit seiner Tochter und seinem Sohn zu verbringen. Er hatte sich vorgenommen, dass der Dienst ihn nie wieder von seiner Familie fernhalten sollte. Doch er musste sich eingestehen, dass ein Job im Morddezernat mit diesem Vorsatz nicht immer zu vereinbaren war. So auch jetzt. Falls Georg Hauser tatsächlich glaubhafte Hinweise darauf liefern konnte, dass Arno Schwarzer sich nicht selbst getötet hatte, dann war es seine Aufgabe, dem nachzugehen. Auch wenn ihm Hausers Ultimatum, nur heute zu reden und ab morgen zu schweigen, nicht schmeckte.

Nach zehn Minuten kam Hauser in Handschellen und zwei Wärtern im Rücken auf sie zu. Seine Haltung war kerzengerade und seine Augen blitzten triumphierend auf, als sie ihn an Speer und Bogner vorbei in den Raum führten. Die Beamten ließen Hauser am Tisch Platz nehmen und ketteten seine Handschellen an eine eigens dafür vorgesehene Vorrichtung. Anschließend verließen sie den Raum.

»Schön, dass Sie meiner Einladung gefolgt sind«, sagte Hauser anstatt einer Begrüßung zu Speer und Bogner, die zwei Meter von dem Tisch entfernt auf ihn herabblickten. Er grinste. »Wollen Sie sich nicht setzen?«

»Wir bleiben lieber stehen«, entgegnete Bogner. »Ich glaube nicht, dass unser Gespräch lange dauert.«

»Ganz wie Sie wollen.« Hauser formte die Finger seiner rechten Hand zu einer Pistole und richtete sie auf Speer. »Sie hatten nur Glück, sonst hätte ich Sie sauber erwischt.«

»Sparen Sie sich das«, fuhr Bogner ihm in harschem Ton in die Parade.

Hauser wandte sich ihm zu. »Sie haben Ihrem Partner das Leben gerettet und mir dadurch meine Erfolgsstatistik ruiniert. Aber keine Sorge, ich bin Ihnen deswegen nicht mehr böse. Das ist alles Schnee von gestern.«

Hauser hatte Bogners Frau Laura gekidnappt und gedroht, sie umzubringen, falls Speer sich nicht zum Austausch gegen sie bereiterklären würde. Laura litt seitdem unter einer Angststörung und war deswegen noch immer in Therapie.

Speer bemerkte, dass Bogners Kiefer malmten. Er musste schleunigst die Gesprächsführung übernehmen und das Thema wechseln, bevor bei seinem Kollegen die Sicherungen durchbrannten und dieser auf Hauser losging. Nur zu gerne hätte Speer sein Gegenüber erneut gefragt, ob er ihnen seinen Auftraggeber nennen würde und wie seine Ausbildung zum Killer abgelaufen war. Aber er war sich sicher, dass Hauser wie in der Vergangenheit schweigen würde. Deshalb beschloss Speer, direkt zum eigentlichen Grund ihres Besuches zu kommen.

»Warum glauben Sie, dass der Tod von Arno Schwarzer kein Selbstmord war?«, eröffnete Speer die Befragung.

Hauser lehnte sich in seinen Stuhl zurück und lächelte.

»Ich glaube es nicht nur, ich weiß es. Er wurde ermordet.«

»Woher wollen Sie das wissen?«, blaffte Bogner ihn an.

»Ich kann eben eins und eins zusammenzählen«, antwortete Hauser.

»Wir gehen«, sagte Bogner an Speer gewandt. »Der Kerl verarscht uns doch nur.«

»Wenn Sie meinen, Kriminalhauptkommissar Bogner. Aber ohne mich werden Sie den Mörder niemals finden.«

Bogner war schon an der Tür.

»Einen Moment noch«, hielt Speer ihn zurück und wandte sich Hauser zu.

»Sie müssen uns schon etwas mehr geben, damit wir Ihnen glauben und den Fall als Tötungsdelikt einstufen. Bis jetzt erkenne ich nicht mehr als einen Gefangenen, der sich einen Spaß daraus macht, diejenigen zum Zeitvertreib zum Narren zu halten, die ihn geschnappt haben.«

»Warum sollte ich Ihnen einfach so helfen?«

»Sie haben uns hergebeten, weil Sie Informationen haben.«

»Das stimmt, aber seit wann gibt es die umsonst?«

Speer setzte sich nun doch. Hauser quittierte es mit einem wohlwollenden Nicken.

»Also gut, was wollen Sie?«, fragte Speer.

Hauser lehnte sich gönnerhaft in seinen Stuhl zurück und lächelte. »Diese Frage ist eine gute Basis für ein vernünftiges Gespräch. Mir ist klar, dass ich hier nicht früher rauskomme. Ich möchte lediglich ein paar kleine Haftverbesserungen für mich erreichen.«

»Und was schwebt Ihnen da vor?«

»Eine Tätigkeit in der Gefängnisbibliothek statt dieses miesen Jobs in der Wäscherei. Eine schöne Einzelzelle mit Blick ins Grüne und meine monatlich erscheinende Fachzeitschrift für Psychologie.«

Speer sah sich kurz zu Bogner um, der neben der Tür Posten bezogen hatte. Sein Partner verzog griesgrämig das Gesicht, blieb aber stumm. Der Mimik entnahm Speer, dass sein Kollege ihm die Entscheidung überließ.

Speer rang mit sich. Er wollte keine besseren Haftbedingungen für Hauser. Er wollte, dass die jahrelange

Haft ihn weichklopfen und er dadurch irgendwann sein Schweigen brechen würde. Doch sein Job gebot es ihm, seine persönlichen Beweggründe hintanzustellen.

Schließlich überwand er sich und kam Hausers Forderung entgegen. »Falls wir aufgrund Ihrer Hinweise feststellen, dass Arno Schwarzer getötet wurde und wir den Täter überführen, könnte ich mir vorstellen, dass die Staatsanwaltschaft Entsprechendes für Sie bewirken kann. Aber das muss ich zuerst abklären.«

»Dann tun Sie das«, sagte Hauser.

Speer seufzte. »Ohne jegliche Handreichung Ihrerseits wird mir niemand zuhören.«

Hauser nickte. »Also gut, dann gebe ich Ihnen etwas, das Ihnen zeigen wird, dass ich richtigliege. Es sind zwei Namen. Susanne Bundy und Jan Riemer. Überprüfen Sie deren Hintergrund. Danach werden Sie mir glauben und die Staatsanwaltschaft auch.«

»Wer sind die beiden?«, fragte Bogner.

»Das werden Sie ganz schnell selbst herausfinden«, erwiderte Hauser. »Die Überraschung möchte ich Ihnen nur ungern verderben.«

Speer erhob sich und ging zur Tür. Auf halber Strecke drehte er sich noch einmal um.

»Warum haben Sie ausgerechnet Kommissar Bogner und mich angefordert?«

»Sie wissen, wer ich bin. Ich kenne sie beide, insbesondere Sie, Herr Speer. Und Ihre Frau Franziska war sogar einmal meine Patientin. Nach Lucys Entführung, wissen Sie noch, ich durfte ihr mit meinem psychologischen Rat beistehen. Beste Voraussetzungen also für eine gute und erfolgreiche Zusammenarbeit.«

Speer ballte die Fäuste und machte einen Schritt nach vorn auf Hauser zu. Doch Bogner war bereits hinter ihm und hielt ihn von hinten an der Schulter fest. Speer atmete durch und besann sich wieder. Hauser provozierte ihn absichtlich. Der Psychologe wusste, wo er ansetzen musste, um ihn aus der Fassung zu bringen. Die Genugtuung wollte er ihm nicht geben. Dennoch hatte er Mühe, dem Drang zu widerstehen, auf Hauser loszugehen und ihn zu schlagen, den Mann, der Franziska sowie Speers Schwester Marlene und deren Tochter Leandra hatte töten wollen.

»Wir werden diese Namen überprüfen und falls etwas dabei herauskommt, melden wir uns wieder bei Ihnen«, sagte Speer.

»Ich bin mir sicher, das werden Sie tun.«

Bogner öffnete die Tür.

»Ach, noch eine Kleinigkeit hätte ich auf dem Herzen«, rief Hauser ihnen nach, als sie im Rausgehen waren. Speer und Bogner drehten sich wieder zu ihm um.

»Sie werden mich brauchen, wenn Sie den Mörder schnappen wollen. Ich helfe Ihnen auch wirklich gerne, aber nur unter einer zusätzlichen Bedingung.«

»Und die wäre?«, fragte Bogner genervt.

»Von nun an rede ich nicht mehr mit Ihnen, sondern nur noch mit Franziska.«

»Der ist doch verrückt«, sagte Bogner, nachdem sie den Raum verlassen und die JVA-Beamten Hauser zurück in seine Zelle gebracht hatten. »Arno Schwarzer hat sich selbst umgebracht.«

Sie gingen durch einen Korridor in Richtung Ausgang. Bogners Schuhabsätze klackerten auf dem gefliesten Boden.

»Wir sollten herausfinden, was es mit den beiden Namen auf sich hat«, sagte Speer.

»Also fahren wir jetzt ins Präsidium? Du wolltest doch etwas mit deinen Kindern unternehmen.«

Speer schaute auf die Uhr. Es war zehn Minuten vor zwölf. Sie hatten sich auf dem Parkplatz der JVA getroffen und er war mit seinem eigenen Wagen hier. »Sicher brauchen wir nicht lange, um herauszufinden, warum Hauser uns die Namen von Riemer und Bundy hingeworfen hat.«

»Von mir aus. Du musst es wissen.«

»Ich kenne Jan Riemer übrigens. Du auch?«

Bogner sah seinen Partner erstaunt an. »Nein, der Name sagt mir nichts.«

»Riemer ist ein ehemaliger Kollege vom Drogendezernat. Er ist etwa in unserem Alter. Vor ungefähr fünf Jahren hat er den Dienst quittiert und ist mit seiner Familie nach Brandenburg gezogen. Seitdem hatte ich keinen Kontakt mehr zu ihm.«

»Da war er noch ein bisschen jung für die Rente. Warum hat er den Job bei der Polizei aufgegeben?«

»Jan hat sein Hobby zum Beruf gemacht. Er verdient seitdem sein Geld als Krimiautor.«

»Hast du eine Ahnung, warum Hauser uns Riemers Namen genannt hat?«, fragte Bogner.

Speer schüttelte den Kopf. »Und Susanne Bundy sagt mir auch nichts.«

»Ted Bundy war in den Siebzigerjahren ein Serienmörder«, fiel es Bogner ein. »Aber mit dem wird diese Susanne bestimmt nichts zu tun haben.«

Eine halbe Stunde später saßen sie an Bogners Schreibtisch und begannen die Recherchen zu Jan Riemer und Susanne Bundy zunächst im Internet. Zu Riemer fanden sie keine Einträge, die sie weiterbrachten. Interessant war nur, dass der Autor sich vor zwei Jahren aus dem öffentlichen Leben zurückgezogen hatte. Man hatte gemunkelt, dass er schwer erkrankt sei. Doch diesen Gerüchten zum Trotz hatte der Verlag vor ein paar Wochen bekannt gegeben, dass in wenigen Monaten Riemers neues Buch erscheinen würde. Die Fans waren hocherfreut und teilten dieses anstehende Ereignis bereits fleißig in den sozialen Medien.

Die Suche nach dem Namen der Frau brachte aufschlussreichere Ergebnisse.

Susanne Bundy war das Pseudonym einer Youtuberin, die ihre Berufung darin sah, auf ihrem Videokanal über Mörder, Attentäter und Amokläufer zu berichten. Ihre Fangemeinde war enorm. Bundy machte keinen Hehl daraus, dass sie insbesondere von dem Serienmörder Ted Bundy fasziniert war. Deshalb hatte sie auch dessen Nachnamen für ihr Pseudonym ausgewählt. Ihr echter Name war Susanne Bühler und sie hatte vor einem halben Jahr Selbstmord begangen. Die Ermittler waren etwas überrascht. Im Internet wurde ihr Tod in unzähligen Online-Artikeln breitgetreten. Dabei wurde auch mit Kritik an ihren Videos nicht gespart. Sie bediene ein nach Gewalt gierendes Publikum und stilisiere Mörder zu Ikonen wie Popstars oder Filmschauspieler.

»Sie hat sich im April die Pulsadern in der Badewanne aufgeschnitten«, sagte Bogner. »Zumindest steht es so in der Regenbogenpresse. Grund war angeblich der Tod ihres Mannes. Er wurde hier in Berlin auf dem Parkplatz eines Supermarkts neben seinem Wagen erschossen, kurz nachdem er seine Einkäufe in den Kofferraum gelegt hatte.«

Der Name Bühler ergab in ihrer Datenbank nur einen Treffer. Ein zwanzig Monate zurückliegender Mord an einem Richard Bühler. Aus der dazugehörigen elektronischen Akte ging hervor, dass es sich um den Ehemann von Susanne Bühler handelte. Die Ermittlungen verliefen bislang ergebnislos. Die Vermutung ging dahin, dass der Mörder seinem Opfer aufgelauert hatte und es sich um eine Milieutat unter rivalisierenden Kriminellen gehandelt habe. Richard Bühler war mehrfach vorbestraft, unter anderem wegen Diebstahls, Erpressung, schwerer Körperverletzung und Drogenhandel.

»Was schließen wir daraus?«, sinnierte Bogner.

Speer massierte sich mit Daumen und Zeigefinger den Nasenrücken. »Im Fall von Susanne Bühler gibt es Parallelen zu Arno Schwarzer. Beide haben Suizid begangen und bei beiden war der Grund der gewaltsame Tod von Familienangehörigen.«

Bogner nickte und zeigte auf einen Artikel im Internet, den er gerade gefunden hatte. »Hier steht, dass Bundy keinen Abschiedsbrief hinterlassen habe. Wenn das stimmt, wäre das eine weitere Gemeinsamkeit zum Selbstmord von Arno Schwarzer.«

»Über Riemer finde ich in unserer Datenbank nichts«, informierte ihn Speer. »Aber das muss nichts bedeuten. Er lebte nicht mehr in Berlin.«

»Du meinst, wir sollten die Kollegen aus Brandenburg fragen, ob sie unter dem Namen etwas finden?«

Speer nickte. »Wäre doch möglich, dass Riemers Familie ebenfalls gewaltsam ums Leben kam.«

»Und er sich deshalb vor zwei Jahren aus der Öffentlichkeit zurückzog«, folgerte Bogner.

»Wir könnten aber auch seine Adresse ausfindig machen und ihm einen Besuch abstatten«, schlug Speer vor.

»Hauser hat uns zwei Namen genannt, bei einer Person konnten wir Parallelen zu Arno Schwarzers Tod feststellen. Reicht uns das, um die Selbstmord-These in Zweifel zu ziehen und wegen eines vermuteten Tötungsdelikts die Ermittlungen einzuleiten?«

»Mein Bauchgefühl sagt mir, dass wir das sollten«, sagte Speer.

»Meins auch. Wobei noch vollkommen unklar ist, woher Hauser seine Informationen hat und wie er darauf gekommen ist, dass diese Fälle in einem Zusammenhang stehen.«

»Er wollte vermutlich, dass wir uns genau diese Frage stellen.«

Bogner machte ein bestürztes Gesicht. »Aber Hauser will nur noch mit Franziska sprechen!«

»Ich kann mir nicht vorstellen, dass sie zustimmt«, erwiderte Speer.

Ein nachdenklicher Ausdruck legte sich auf Bogners Stirn. »Franziska ist wieder im Dienst. Sie macht auf mich einen gefestigten Eindruck. Außerdem ist sie Fallanalytikerin. Vermutlich ist sie aufgrund ihrer Einfühlungsgabe und Ausbildung bestens geeignet, dem Psychodoktor die Stirn zu bieten.«

Speer nickte. »Ich finde, wir sollten zunächst einmal Gomez darüber informieren, was wir herausgefunden haben. Wenn sie einverstanden ist, dass wir wegen Arno Schwarzers Tod Ermittlungen einleiten, besprechen wir morgen früh, wie wir weitermachen.«

»Einverstanden«, sagte Bogner. »Genug für heute. Das Gespräch mit der eisernen Lady übernehme ich, damit du wenigstens noch ein bisschen Zeit mit deinen Kids verbringen kannst. Ich melde mich später bei dir.«

»Danke im Namen der ganzen Familie«, grinste Speer. Als er das Dienstgebäude verließ und in seinen Wagen stieg, war es bereits vierzehn Uhr. Von unterwegs rief er Franziska an und informierte sie, dass er in einer halben Stunde da sein würde. Sie kamen überein, dass eine Fahrt in die Stadt sich nicht mehr lohnen würde. Stattdessen lud sie ihn zu Kaffee und Kuchen ein, den sie frisch gebacken hatte, und bot an, dass sie danach gemeinsam einen Spaziergang im nahe gelegenen Wald machen könnten. Speer nahm sich vor, kein Wort über Georg Hauser und sein »Gesprächsangebot« an Franziska zu verlieren. Zumindest solange nicht feststand, dass Hauser die Wahrheit sprach und sie nicht nur an der Nase herumführte.

6

Robert Bogner rief Fernanda Gomez an und berichtete über das Gespräch mit Georg Hauser und die Parallelen in den beiden Selbstmordfällen Schwarzer und Bühler. Gomez stimmte daraufhin zu, dass sie nun Ermittlungen wegen vermuteter Tötungsdelikte aufnehmen sollten. Diese Verbrechen fielen zwar streng genommen nicht in ihre Zuständigkeit, die sich eigentlich auf besonders grausame Taten beschränkte. Doch die Zuweisung der Fälle oblag letztendlich allein Gomez, und da Hauser nur mit Bogner und Speer hatte reden wollen, entschied sie sich, die Ermittlungen bei ihnen zu belassen.

Auch gegen Franziskas Mitarbeit hatte sie keine Einwände, sofern sich die Profilerin imstande sah, dem Mann gegenüberzutreten, der sie und ihre gesamte Familie auslöschen wollte.

Als das Telefonat beendet war, las Bogner den Bericht des Kriminaldauerdienstes, der zu dem Schluss kam, dass im Todesfall Arno Schwarzer eine Fremdeinwirkung ausgeschlossen werden konnte. Auch das Gespräch mit der Schwester Klara Schwarzer war protokolliert. Anschließend suchte Bogner den Bericht zum Selbstmord von Susanne Bühler aus dem elektronischen Archiv heraus. Er entsprach dem, was in der Presse geschrieben stand. Sie hatte sich im warmen Wasser ihrer

Badewanne die Pulsadern aufgeschlitzt. In ihrem Blut fanden sich hohe Konzentrationen von Alkohol und Medikamentenwirkstoffen.

Bogner lehnte sich in seinen Stuhl zurück und faltete die Hände hinter dem Kopf. Das tat er öfter, wenn er nachdachte.

Es gab keine Angehörigen mehr, die er zu Susanne Bühlers Persönlichkeit hätte befragen können. Aber vielleicht wusste die Schwester von Arno Schwarzer etwas, das die Theorie eines als Suizid getarnten Mordes an ihrem Bruder stützte.

Da er für den Rest des Tages nichts Besonderes vorhatte, notierte er sich die Wohnanschrift von Klara Schwarzer. Bevor er losfuhr, rief er Tina Jeschke an.

»Na, wie war das Konzert gestern?«, fragte er.

»Wieso, willst du beim nächsten Mal mitkommen?«

»Vielleicht.«

»*Oomph!* waren wie immer genial. Aber du rufst sicher nicht bloß an, um mich das zu fragen.«

»Wir haben einen neuen Fall. Möglicherweise zwei Morde, die bisher als Suizide eingestuft wurden.«

»Also einfach nur zwei ungeklärte Todesfälle. Eigentlich nicht unsere Sache.«

»Ganz genau. Aber es hat etwas mit Hauser zu tun, und er wollte nur mit mir und Speer reden.«

»Wow, das klingt schon interessanter.«

»Morgen früh erfährst du mehr. Um neun Uhr findet eine erste Besprechung statt, bei der ich dich gerne dabeihätte.«

»Welche Ehre. Am Sonntagmorgen. Gibt es auch Frühstück mit frischen Croissants?«

»Nun ... also ich denke, das lässt sich einrichten.«

»Wenigstens eine kleine Entschädigung dafür, dass ich ums Ausschlafen gebracht werde. Wer sind denn die mutmaßlichen Opfer?«

»Arno Schwarzer und eine Susanne Bühler, Künstlername Bundy.«

»Mann, das wird immer krasser.«

»Du weißt, wer die beiden sind?«

»Die Videospiele von Arno Schwarzer sind der Hammer. Einige sind erst ab achtzehn zugelassen. Aber so richtig reich geworden ist er mit seinen Mainstream-Ballerspielen. Sein erstes Game hat er mit sechzehn programmiert. Es kam wegen jugendgefährdender Inhalte auf den Index und durfte nicht mehr zum Verkauf angeboten werden. Und Susanne Bundy war total verrückt. Ich meine, wer kommt denn auf die Idee, einen Fanklub für Serienmörder zu gründen.«

»Mir hätte klar sein müssen, dass du dich in der Szene auskennst.«

»Hey, pass auf mit deinen Vorurteilen. Ich lebe praktisch im Internet. Aber nur weil ich deshalb die beiden kenne, heißt das nicht, dass ich den kranken Scheiß gut finde, den die produziert haben. Was machst du jetzt noch? Ich hoffe Feierabend.«

»Ich wollte der Schwester von Arno Schwarzer einen Besuch abstatten. Hast du Lust, mitzukommen?«

»Wenn ich nicht muss, ziehe ich es vor, dankend abzulehnen. Und nur damit das klar ist: Ich mag es nicht, bei fremden Leuten zu klingeln und ihnen Fragen zu stellen. Ich bleibe lieber meinem Platz vor dem Computer im Innendienst treu.«

»Vielleicht redet Klara Schwarzer lieber in Gegenwart einer Frau.«

»Auch wenn du es nicht glaubst, *ich* habe noch ein Privatleben.«

»Einen Versuch war es wert. Wir sehen uns morgen.«

Klara Schwarzer wohnte in einem Mietshaus in Spandau. Bogner entdeckte ihren Namen auf einem Klingelschild für die dritte Etage und betätigte den Knopf. Nachdem er sich über die Gegensprechanlage vorgestellt und ihr den Grund für seinen Besuch erklärt hatte, ertönte der Summer und er konnte die Haustür öffnen. Es gab zwar einen Aufzug, aber Bogner benutzte lieber die Treppen, wenn es nicht gerade zehn Stockwerke nach oben ging.

Als er vor der Wohnungstür ankam und klingelte, öffnete Klara Schwarzer die Tür. Hervorstechend waren ihre türkisfarbenen Augen und ihre roten lockigen Haare. Sie trug eine Schürze, die mit Farbklecksen übersät war.

»Polizei?«, fragte sie.

»Ja«, bestätigte Bogner und hielt ihr seinen Dienstausweis hin. Sie warf nur einen kurzen Blick darauf.

»Ich dachte, es sei klar, dass mein Bruder sich umgebracht hat.«

»Im Nachhinein sind diesbezüglich Zweifel aufgekommen.«

Klara Schwarzer runzelte die Stirn.

»Sie meinen, jemand hätte ihn umgebracht und es wie einen Selbstmord aussehen lassen?«

»Darf ich reinkommen?«

Klara Schwarzer starrte ihn einen Moment mit leerem Blick an. Dann riss sie die Augen auf, als ob sie aus einem Trancezustand erwacht wäre. »Oh natürlich, wie unhöflich von mir.«

Sie ging voran und er folgte ihr in ein modern eingerichtetes Wohnzimmer. Die Möbel sahen teuer aus und eine breite Fensterfront mit anschließendem Balkon gab den Blick auf einen Park frei.

»Schön haben Sie es hier.« Bogner meinte es ernst.

»Danke, die Wohnung kostet aber auch ein Vermögen.«

»Und Sie leben alleine hier?«

»Nehmen Sie doch bitte Platz«, forderte Klara Schwarzer ihn auf und deutete auf einen der Stühle an einem großen Glastisch. Bogner nahm das Angebot dankend an.

»Ja, es gibt keinen Mann, der mich finanziell unterstützt«, erwiderte Klara Schwarzer mit ironischem Unterton und lächelte. »Möchten Sie einen Kaffee? Ich könnte auch einen gebrauchen. Ich male seit heute Morgen an einem neuen Bild und habe darüber ganz vergessen, etwas zu essen und zu trinken.«

»Gerne«, sagte Bogner. Die offene Küche war nur wenige Schritte entfernt, sodass sie weiterreden konnten, während Klara Schwarzer den Vollautomaten einschaltete.

»Sind Sie Künstlerin?«, fragte Bogner.

Klara Schwarzer lachte auf. »Nur in meiner Freizeit. Ich habe eine kleine Boutique gleich auf der anderen Straßenseite. Meine Bilder hängen dort an den Wänden. Vielleicht kommt irgendwann zufällig ein Kunstmäzen herein und entdeckt mein Talent.«

Nachdem der zweite Kaffee durch die Maschine gelaufen war, kam Klara Schwarzer mit beiden Tassen an den Tisch zurück, stellte eine vor Bogner ab und nahm ihm gegenüber Platz. Ihr Blick verriet Neugier. Keine Spur von Trauer.

»Sie machen einen ziemlich abgeklärten Eindruck«, stellte Bogner fest und nahm einen Schluck von seinem Kaffee.

»Arno und ich hatten kaum Kontakt und wir haben uns nicht sonderlich gut verstanden. Wäre es Ihnen lieber, wenn ich die trauernde Schwester spielen würde? Mir reicht es schon, dass seine Beerdigung vermutlich an mir als seiner nächsten Verwandten hängen bleibt.«

»Nein, entschuldigen Sie. Das war nur eine Feststellung«, wiegelte Bogner ab.

»Gut, was wollen Sie denn von mir wissen?«

»Ich wollte Sie fragen, ob Ihr Bruder Feinde hatte?«

»Wie gesagt, wir haben in den letzten Jahren kaum miteinander geredet. Wissen Sie, wir waren zwar Geschwister, aber trotzdem grundverschieden. Arno war ein eiskalter Geschäftsmensch. Ihm ging es schon immer nur ums Geldanhäufen. Und er war geizig wie Dagobert Duck.«

»Und wie sind Sie?«

»Ich mag einfach nur alles Schöne. Ich hasse Hektik, Stress und Menschenmassen.«

»Und dann leben Sie in einer Stadt wie Berlin?«

»Ich bin hier geboren. Da geht man nicht so einfach weg. Ich habe mir schon oft vorgestellt, woanders hinzuziehen. Aber noch ist es bei dem Traum geblieben.«

»Ihnen fällt also niemand ein, der Ihren Bruder nicht mochte oder ihm gar den Tod wünschte.«

»Na ja, eine Person fällt mir da schon ein. Aber der Vorfall liegt über zehn Jahre zurück.«

Bogners Interesse war geweckt. »Was ist damals geschehen?«

»Ich hatte zu der Zeit noch regelmäßigen Kontakt zu Arno. Unsere Eltern haben noch gelebt und wir haben uns jeden Sonntag bei ihnen zum Mittagessen getroffen.«

Klara Schwarzers Blick wanderte zu einem Wandregal, auf dem ein gerahmtes Bild eines älteren Paares stand. Vermutlich waren das ihre Eltern.

»Einmal kam es zu einem unangenehmen Zwischenfall vor dem Haus meiner Eltern. Ein ehemaliger Geschäftspartner von Arno klingelte an der Haustür. Wir bekamen den lautstarken Streit zwischen ihm und Arno voll und ganz mit. Der Mann beschuldigte meinen Bruder, ihn betrogen zu haben. Angeblich habe Arno gewusst, dass ein US-Konzern einen Millionenbetrag für ein in der Entwicklung befindliches Videospiel zahlen würde, und ihm absichtlich nichts davon gesagt. Und bevor Arno den Millionendeal unterzeichnete, habe er seinem Partner dessen Anteile für einen Apfel und ein Ei abgekauft. Der musste aber davon ausgehen, dass es für die tief verschuldete Firma gar keine Perspektive mehr gab.«

»Meinen Sie, Ihr Bruder wäre fähig gewesen, jemanden so zu hintergehen?«

Klara Schwarzers Augen blitzten auf.

»Natürlich. Das passt zu ihm wie die Faust aufs Auge. Wie gesagt, wenn es ums Geld ging, war er eiskalt.«

»Aber der Verlust seiner Frau und seines Kindes hat ihn doch stark mitgenommen.«

»Das ist richtig. Charlotte war ein Engel und der

kleine Mats auch. Ich vermisse die beiden sehr und Arno hat sie über alles geliebt. Aber geschäftlich war mein Bruder eben dennoch ein Raubtier.«

»Können Sie sich an den Namen des Mannes erinnern, der damals Ihren Bruder beschuldigte.«

»Ja, wie gesagt, die beiden haben die Firma über viele Jahre hinweg zusammen aufgebaut. Nur bis zu dem Megadeal waren sie eben in den roten Zahlen. Er heißt Felix Wessel. Halten Sie es für möglich, dass er etwas mit Arnos Tod zu tun hat?«

Bogner zuckte mit den Schultern. »Seitdem ist viel Zeit vergangen, aber wer weiß.« Er erhob sich. »Danke für den Kaffee. Würden Sie mir bitte noch sagen, bei welchem Bestatter sich der Leichnam Ihres Bruders befindet?«

Klara Schwarzer nannte ihm daraufhin den Namen des Beerdigungsinstitutes.

»Gut möglich, dass wir uns noch mal bei Ihnen melden, falls wir noch weitere Fragen haben«, verabschiedete er sich.

Robert Bogner fuhr nach dem Gespräch mit Klara Schwarzer noch einmal zurück ins Büro. Die Frage, warum Hauser den Namen Jan Riemer ins Spiel gebracht hatte, ließ ihm einfach keine Ruhe.

Von seinem Schreibtisch aus kontaktierte er die Kollegen, die in Brandenburg Bereitschaftsdienst hatten, und bat sie um eine Abfrage des Namens in ihrer Datenbank.

Zehn Minuten später erhielt er einen Rückruf. Was ihm mitgeteilt wurde, verschlug ihm kurz den Atem.

Nach dem Gespräch begann er, Adrian Speers Handynummer in das Tastenfeld seines Tischtelefons zu tippen, hielt aber inne und legte den Hörer auf. Für heute würde er es mit der Arbeit an dem Fall gut sein lassen. Diese Bombe konnte er auch noch in der morgen früh anstehenden Besprechung platzen lassen.

Stattdessen rief er die Staatsanwältin Nina Raber an, die an diesem Abend den Bereitschaftsdienst versah. Er schilderte ihr die Anhaltspunkte, die nun doch sehr ernste Zweifel daran aufkommen ließen, dass Arno Schwarzer durch eigenes Verschulden zu Tode gekommen war.

Ohne Umschweife stimmte Nina Raber seiner Bitte zu, die Freigabe des Leichnams zur Bestattung zu widerrufen und eine Obduktion anzuordnen.

Anschließend telefonierte Bogner mit dem Bestatter, den Klara Schwarzer ihm genannt hatte, und beauftragte ihn, die Leiche von Arno Schwarzer gleich morgen früh in das Rechtsmedizinische Institut der Charité zu transportieren. Abschließend informierte er das Institut über den Neuzugang und bat um eine Obduktion.

7

Sonntag

Robert Bogner hatte wie versprochen frische Croissants aus der Bäckerei besorgt. Um halb neun traf er im Präsidium ein. Er kochte eine Kanne Kaffee, goss sie in eine Thermosflasche und stellte diese zusammen mit Tassen und den Croissants auf seinen Schreibtisch.

Da sie nur zu dritt sein würden, brauchten sie nicht in einen der Besprechungsräume zu wechseln. Ein Whiteboard, auf das sie in Stichworten die wesentlichen Feststellungen notieren konnten, stand ihnen auch hier zur Verfügung. Zufrieden nippte er an seinem Kaffee und wartete auf das Eintreffen seiner Kollegen. Um fünf vor neun kam Adrian Speer ins Büro. Tina Jeschke folgte eine Minute später.

»Kaffee und Croissants«, schmunzelte Speer. »Sehr schön.« Er hob eine prall gefüllte Bäckereitüte. »Da hatten wir den gleichen Gedanken. Ich habe belegte Brötchen dabei.«

»Sehr gut«, freute sich Tina Jeschke, die plötzlich im Türrahmen stand und Speers Worte mitbekommen haben musste. »Das Frühstück ist schließlich meine Hauptmahlzeit, und da ich mit leerem Magen aus dem Haus bin, habe ich jetzt ehrlich gesagt einen Riesenhunger.«

»Na dann ist alles bestens«, sagte Bogner. »Nehmt Platz, schnappt euch was zu essen und einen Kaffee, lehnt euch zurück und lauscht meinen Worten. Ich war gestern Nachmittag noch fleißig und habe ein paar interessante Neuigkeiten für euch.«

»Du machst uns wirklich neugierig«, entgegnete Speer und nahm sich ebenso wie Tina ein Croissant und schenkte ihr und sich eine Tasse Kaffee ein.

»Die Gretchenfrage ist, waren der Tod von Arno Schwarzer und Susanne Bühler, alias Bundy, Suizide oder als solche getarnte Morde. Georg Hauser behauptet Letzteres. Sowohl bei Schwarzer als auch bei Bühler wurden zuvor Familienangehörige ermordet. Die Verbrechen wurden nicht aufgeklärt. Ich habe übrigens noch gestern veranlasst, dass Schwarzers Leiche zur Obduktion in die Rechtsmedizin überführt wird.«

Speer zog anerkennend die rechte Augenbraue hoch und Bogner machte eine kurze Pause. Dann fuhr er fort.

»Beide Suizidanten, Schwarzer und Bühler, haben keinen Abschiedsbrief hinterlassen. Das muss nichts bedeuten. Immerhin beschließen ungefähr vierzig Prozent aller Selbstmörder, ohne Abschiedsbrief aus dem Leben zu scheiden. Und hier die versprochene Neuigkeit. Vorweg, Jan Riemer lebt. Aber bei ihm verhält es sich ebenso wie bei Schwarzer und Bühler. Seine Frau und seine Tochter wurden von einem Einbrecher erschossen. Das war vor zwei Jahren. Bühlers Ehemann starb vor zwanzig Monaten und Schwarzers Familie vor anderthalb Jahren.«

Speer ruckte auf seinem Stuhl nach vorn und verschüttete einen Teil seines Kaffees über den Boden.

»Das ist entsetzlich«, entfuhr es Tina.

Bogner stand von seinem Platz auf und begab sich zu

dem Whiteboard. Mit einem abwaschbaren roten Stift notierte er alle Namen und in Stichworten seine bisherigen Ausführungen.

»Nur heißt das noch nicht automatisch, dass Schwarzer und Bühler ebenfalls getötet wurden«, überlegte Tina. »Hauser könnte einfach nur drei ähnliche Geschichten aus dem Internet oder aus sonstigen Medien gesammelt haben und uns glauben machen, dass es sich um versteckte Mordfälle handelt, die der Polizei durch die Lappen gegangen sind.«

»Warum sollte er das tun?«, wandte Speer ein.

»Weil er sich wichtigmachen will oder weil ihm langweilig ist und er einen Zeitvertreib braucht«, erwiderte Tina.

»Das würde ich auch gern glauben und es würde zu Hauser passen«, meinte Bogner. »Allerdings war das Schicksal von Riemers Familie den Medien gegenüber geheim gehalten worden. Es gab keine Berichterstattung in der Presse.«

»Dann stellt sich die Frage, woher Hauser davon wusste«, sagte Tina.

Bogner nickte. »Ihm war klar, dass wir ihn das fragen müssen. Deshalb war er sich auch so sicher, dass wir ihn wieder aufsuchen werden.« Er räusperte sich. »Ich habe gestern Nachmittag der Schwester von Arno Schwarzer einen Besuch abgestattet.«

»Und wie hat sie den Tod ihres Bruders aufgenommen?«, fragte Speer.

»Sie trauert nicht um ihn. Die beiden hatten in den letzten Jahren kein gutes Verhältnis zueinander. Daher waren ihr auch keine Details aus seinem aktuellen Privatleben bekannt. Als einzigen Feind ihres Bruders hat sie mir einen Felix Wessel genannt. Die Fehde der beiden liegt aber schon über ein Jahrzehnt zurück. Wessel und Schwarzer waren Firmenpartner. Schwarzer hat Wessel ausbezahlt und dabei gehörig über den Tisch gezogen.«

Auch die Namen Klara Schwarzer und Felix Wessel schrieb Bogner an das Whiteboard und verband sie mit einem Strich.

»Kein so heißer Tipp«, sagte Speer.

»Finde ich auch«, bestätigte Tina.

»Da bin ich ganz bei euch. Aber mehr haben wir im Moment nicht.«

»Ich finde, solange wir nicht eindeutig wissen, dass Schwarzer ermordet wurde, erübrigt sich ein weiteres Gespräch mit Hauser«, fand Speer.

»Der Meinung bin ich auch«, stimmte Bogner zu. »Allerdings dürfen wir die Mordtheorie nicht auf die leichte Schulter nehmen.«

»Das heißt?«, fragte Tina.

»Ich denke, wir sollten als Erstes Jan Riemer besuchen. Es ist nicht auszuschließen, dass er in Gefahr schwebt. Wenn man davon ausgeht, dass Bühler und Schwarzer ermordet wurden, könnte ihm das gleiche Schicksal blühen.«

»Anschließend sollten wir Lisa Clemens, das Model, mit dem Schwarzer zusammen war, befragen, ob ihm jemand ans Leder wollte«, ergänzte Speer die Vorschläge seines Kollegen.

Bogner war einverstanden. Er wandte sich Tina zu.

»In der Zeit, in der wir mit Jan Riemer beschäftigt

sind, könntest du bitte versuchen, die Adresse von Lisa Clemens herauszufinden, und ihr Verhältnis zu Arno Schwarzer recherchieren. Außerdem wäre es interessant zu wissen, ob die Tatwaffen bei den Mordfällen der Angehörigen von Riemer, Bühler und Schwarzer das gleiche Kaliber aufweisen. Ach ja, schau dir auch bitte noch Arno Schwarzers Schwester genauer an. Sie ist die einzige Hinterbliebene und erbt somit sein Vermögen.«

Während er sprach, notierte Bogner die seinem Auftrag für Tina entsprechenden Stichworte auf dem Whiteboard.

»Geht klar«, bestätigte Tina und nahm sich, nachdem sie ihr Croissant verzehrt hatte, ein Brötchen aus der Tüte.

8

Sie brauchten eine gute Stunde, um aus der Stadt bis zu dem kleinen Dorf in Brandenburg zu gelangen, in dem Jan Riemer lebte. Bogner fuhr auf den ausladenden Innenhof des Bauernhauses, das Riemer sein Eigen nannte. Es war schön anzusehen mit den roten Ziegelsteinen, dem Fachwerk und dem Reetdach. Das Anwesen, zu dem auch eine Scheune gehörte, lag einige Hundert Meter von der Kernbebauung entfernt am Ortsrand und war umgeben von Feldern. An einem dicken Ast eines imposanten Kastanienbaumes links neben dem Wohnhaus pendelte eine Reifenschaukel an einem vermoosten Seil im Wind hin und her.

Bogner parkte seitlich vor dem Haus neben einem Ford älteren Baujahrs. Sie stiegen aus und gingen Richtung Haustür. Der Wind pfiff ihnen um die Ohren. Speer kam es vor, als wären sie am Ende der Welt.

Bei der Fahrt durch das Dorf hatten sie keinen Menschen zu Gesicht bekommen. Nur eine schwarze Katze hatte am Bordstein gesessen und den vorbeifahrenden Wagen beobachtet. Aufgefallen waren ihnen ein paar eingeworfene Fensterscheiben und Geschäfte mit Schildern, die verkündeten: Wegen Geschäftsaufgabe geschlossen.

Da keine Klingel an Riemers Haus angebracht war, klopfte Bogner gegen das hölzerne Türblatt. Als sich nach längerem Zuwarten nichts tat, versuchte er es ein zweites Mal. Diesmal etwas fester. Kurz darauf wurde von innen ein Schlüssel im Schloss gedreht und die Tür öffnete sich.

Jan Riemer sah sie aus leeren Augen an. Sein Gesicht blieb vollkommen ausdruckslos.

»Adrian Speer? Was machst du denn hier?«, fragte er schließlich und selbst dabei verrieten weder seine Stimme noch seine Mimik die Spur irgendeiner Gefühlsregung.

»Ich bin jetzt bei der Mordkommission. Das ist mein Kollege Robert Bogner. Dürfen wir reinkommen?«

Riemer blieb einen Moment lang regungslos. Trotz der Kälte draußen trug er nur ein T-Shirt. Speer fiel auf, dass sich sein Ex-Kollege stark verändert hatte. Früher war Riemer leicht übergewichtig gewesen, stets glatt rasiert und sein dunkelbraunes Haar trug er länger. Nun stand er einem hageren Mann gegenüber, dessen Sehnen sich auf den Unterarmen abzeichneten und der kein Gramm Fett auf den Rippen zu haben schien. Zudem waren Riemers Haare fast vollständig ergraut und auf wenige Millimeter gestutzt. In seinem Gesicht wucherte ein Bart, der mindestens zehn Tage keine Rasierklinge mehr gesehen hatte.

»Sicher, kommt rein«, erwachte Riemer schließlich aus einem Moment der Lethargie. Er ließ die Tür offen, drehte sich um und ging voran. Sie folgten ihm durch einen dunklen schmalen Flur in eine geräumige Wohnküche. Riemer bat sie, auf der Bank der Essecke Platz zu nehmen.

»Wollt ihr was trinken, Wasser, Kaffee, Tee?«

»Wasser wäre gut«, meinte Speer und Bogner schloss sich ihm an.

»Es tut uns sehr leid, was mit deiner Familie passiert ist«, eröffnete Speer das Gespräch, während Riemer drei Gläser aus einem Hängeschrank nahm und eine Karaffe mit Leitungswasser füllte.

»Seid ihr hier, weil ihr den Mörder geschnappt habt?«

»Leider nicht«, bedauerte Bogner.

Riemer, der mit dem Rücken zu ihnen vor der Arbeitsplatte stand, hielt kurz inne. Dann drehte er sich um und kam mit den übereinandergestapelten Gläsern und der Karaffe zu ihnen. Sein Gesichtsausdruck war nach wie vor wie in Stein gemeißelt.

»Was hat dich in diese einsame Gegend verschlagen?«, fragte Speer und sah sich um.

Der Raum war akribisch aufgeräumt. Es gab keine überflüssigen Gegenstände und keine persönlichen Dinge wie beispielsweise Bilder. Alles war sauber. Die Arbeitsplatten der Küche waren leer und auf der Spüle stand kein schmutziges Geschirr.

»Ich schreibe, esse, trinke, schlafe und halte mich fit«, erläuterte Riemer. Er stellte die Gläser vor sie hin und schenkte sie randvoll ein. »Im Hinterzimmer habe ich eine Hantelbank und ein paar Gewichte. Das Krafttraining tut mir gut. Damit war ich auch eben beschäftigt. Deshalb hat es etwas gedauert, bis ich an der Tür war. Außerdem laufe ich jeden Morgen zehn Kilometer vor dem Frühstück. Das hilft.«

Riemer setzte sich. »Entschuldigt, wenn ich etwas wortkarg bin. Ich bin es nicht gewohnt, mich zu unterhalten. Mein letzter Besucher war mein Verleger und das ist mittlerweile auch schon fast zwei Monate her.«

Speers Blick ging an Riemer vorbei zur Wand. Dort hing ein länglicher Vitrinenschrank, hinter dessen Glasscheibe sich ein Jagdgewehr befand.

»Ich habe dafür als Jäger eine Waffenbesitzkarte«, kam Riemer einer möglichen Frage zuvor.

»Es scheint, als hättest du dein Leben im Griff«, resümierte Speer.

Riemer starrte ihn eine Weile stumm an. »Das täuscht. Panikattacken und chronische Albträume gehören noch immer zu meinem Alltag. Ich schlafe meistens nie länger als zwei Stunden an einem Stück.«

»Das kann an die Substanz gehen«, zeigte sich Bogner einfühlsam. »Sind Sie in Behandlung?«

»Das war ich. Hat aber nichts geholfen. Die Medikamente habe ich auch abgesetzt. Ich bin jetzt clean. Kein Alkohol, keine Chemie mehr. Der Sport und das Schreiben helfen mir besser.«

»Ich habe gelesen, dass ein neues Buch von dir erscheint«, verlagerte Speer das Gespräch in eine andere Richtung.

»Ja, das stimmt. Ich hätte nie geglaubt, dass ich jemals wieder schreiben könnte. Aber irgendwann meinte mein Verleger, es würde mir helfen, mich von der inneren Schwere und der Trauer zu befreien. Ich habe es versucht und es hat einigermaßen funktioniert.«

»Willst du nicht wissen, warum wir hier sind?«, fragte Speer.

»Ich stelle keine Fragen mehr«, entgegnete Riemer. Er setzte sein Glas an und leerte es in einem Zug aus.

Bogner berichtete, dass es noch zwei Fälle gab, bei denen Parallelen zu Riemers Schicksal nicht ausgeschlossen werden konnten. »Die Hinterbliebenen Arno Schwarzer und Susanne Bühler haben nach dem Mord an ihren Angehörigen Suizid begangen«, schilderte Bogner. »Zumindest dachten wir das bis jetzt. Nun häufen sich aber die Indizien, dass es sich um getarnte Morde handeln könnte. Die Hinweise stammen von einem gewissen Georg Hauser. Er nannte uns in dem Zusammenhang ohne nähere Begründung Ihren Namen und den von Susanne Bühler. Zum jetzigen Zeitpunkt können wir diese Sachverhalte noch nicht richtig einordnen.«

»Georg Hauser, der Polizeipsychologe?«

»Ex-Polizeipsychologe. Inzwischen sitzt er wegen Mordes im Gefängnis«, präzisierte Speer.

»Wie bitte?« Riemers Mimik kam nun doch für einen kurzen Moment in Bewegung. »Er schien mir ein guter Therapeut zu sein. Ich habe ihn mehrfach konsultiert, bevor ich damals aus dem Dienst ausgeschieden bin. Ich konnte den Job nicht mehr machen. Zu viel Leid. Zu viel Blut. Er riet mir, meine Ängste in meinen Romanen zu verarbeiten und den Job aufzugeben.«

Riemer senkte den Blick. »Und dann kommt das Grauen, vor dem ich flüchten wollte, in mein Haus und tötet meine Familie. Hätte das Monster doch nur mich genommen. Aber ausgerechnet mich hat er verschont.«

»Verschont?«, hakte Bogner nach. Die Akte von den Kollegen aus Brandenburg hatte er noch nicht bekommen. Der Dienstweg musste ordnungsgemäß beschritten werden.

»Es war später Nachmittag, ich erinnere mich, dass

sich der Himmel bereits verdunkelte. Es klopfte an der Tür. Ich öffnete. Jemand mit einer Skimaske schlug mich unvermittelt nieder. Ich verlor das Bewusstsein. Anschließend ging er ins Haus, erschoss meine Lieben und stahl das wenige Bargeld, das wir in unseren Geldbörsen hatten.«

»Das ist schlimm … Hast du eine Ahnung, warum uns Hauser ausgerechnet an dich verwiesen hat, um seine These zu belegen, Schwarzer und Bühler seien ermordet worden?«, fragte Speer.

»Mehr hat er nicht gesagt? Nur meinen Namen? Keine Erklärung?«

»Nein. Er meinte, er weiß mehr, zuerst sollten wir aber selbst unsere Schlüsse ziehen. Die Namen hat er uns wie Brocken hingeworfen, damit wir Zweifel an den Suiziden bekommen, und das hat er geschafft«, räumte Bogner ein.

»Hauser legt es darauf an, dass wir ihn in unsere Ermittlungen einbinden« erläuterte Speer. »Und so wie es im Moment aussieht, werden wir nicht umhinkommen, seinem Ansinnen nachzukommen.«

»Hatten Sie nach Ihrem Ausstieg bei der Polizei noch mal Kontakt zu Hauser?«, fragte Bogner.

Riemer räusperte sich und schluckte. »Ich habe ihn ein paar Tage nach der Ermordung meiner Familie angerufen. Ich kannte sonst keinen Psychologen, wusste nicht, an wen ich mich hätte wenden sollen. Aber ich habe gespürt, dass ich es alleine nicht schaffe. Ich dachte die ganze Zeit an mein Gewehr und habe mir vorgestellt, wie einfach es wäre, mir damit den Schädel wegzublasen. Hauser hat über mehrere Telefonate so etwas wie seelische Nothilfe bei mir geleistet und mir im Anschluss, nachdem ich etwas gefestigter war, einen Kollegen von ihm empfohlen.«

Daher wusste Hauser also von Riemers Schicksal, dachte Speer. Susanne Bühlers Leid konnte ihm über die Medien bekannt gewesen sein, ebenso wie die Tragödie um Arno Schwarzer. Dass die beiden umgebracht worden waren und nicht Selbstmord begangen hatten, brauchte er nur hinzuzudichten, um die Polizei auf den Plan zu rufen und sie nach seiner Pfeife tanzen zu lassen.

Sein Blickwechsel mit Bogner verriet ihm, dass dieser vermutlich gerade das Gleiche dachte.

»Allem Anschein nach will Hauser uns nur zum Narren halten«, fasste Speer das Gesagte zusammen. »Aber falls er doch recht hat und Schwarzer und Bühler ermordet wurden, könntest du in Gefahr sein.«

Jan Riemer lachte auf. »Das glaubt ihr doch selbst nicht.«

»Dennoch solltest du ab jetzt wachsam sein«, mahnte Speer.

»Wir werden sehen. Es gibt noch immer besonders schlimme Tage, zum Beispiel ihren Todestag, da sehne ich manchmal jemanden herbei, der auch mir das Licht ausbläst«, sagte Riemer. Seine Stimme war knochenhart. Er meinte es absolut ernst. »Da ist noch was, das euch vielleicht interessieren könnte. Erst vor wenigen Wochen habe ich eine E-Mail bekommen, in der mir jemand anonym gedroht hat, mich umzubringen, wenn mein neues Buch erscheint.«

»Können wir die E-Mail bitte sehen?«, fragte Bogner, der sofort ein Stück nach vorn gerutscht war.

Riemer schüttelte den Kopf. »So was kann man nicht ernst nehmen. Ich habe sie gleich gelöscht.«

»Was ist mit den gelöschten E-Mails, ist sie vielleicht noch in dem entsprechenden Ordner drin?«

»Da hab ich sie auch gleich eliminiert.« Riemer grinste. Er sah dabei irgendwie verrückt aus. Wie jemand, der den Tod wie einen Freund begrüßen würde, wenn er um Einlass in sein Haus bat.

»Allerdings kann ich mich noch sehr gut an die E-Mail-Adresse des Absenders erinnern. *Totenraecher@* und als Top-Level-Domain, glaube ich *web.de*«, sagte Riemer.

Speer holte sein Notizbuch hervor und schrieb sich die Adresse auf. »Um was geht es in deinem neuen Buch?«

»Gewalt«, sagte Riemer wie aus der Pistole geschossen. »Darum geht es immer in meinen Büchern. Der Mensch ist gewalttätig. Das schlimmste Raubtier. Er tötet, nicht um zu fressen, sondern aus höllisch niederen Beweggründen. Die Mörder in meinen Büchern töten meist aus purer Lust, sie wollen Blut sehen, darin baden und ich spare nicht mit den grausamen Details. Ihr beide wisst, in der Realität ist das, was Menschen anderen Menschen antun, noch schlimmer, als es sich die meisten Autoren ausdenken können.«

»Und so was wird gelesen?«, fragte Bogner.

»Je grausamer und blutiger, desto besser. Die Leser lieben es, und ich schreibe diesen Horror, um mich von meinen inneren Dämonen zu befreien.«

Bogner wischte sich mit der Hand übers Gesicht. Speer wusste, dass er es mied, in seiner Freizeit brutale Filme anzuschauen. Sein Job reichte ihm völlig.

»Das war's fürs Erste«, sagte Speer. »Wir melden uns, sobald wir mehr wissen oder Entwarnung geben können. Bis dahin halte die Augen auf und falls dir noch etwas einfällt, das uns weiterhilft …«

»… dann rufe ich euch an«, vervollständigte Riemer den Satz.

Speer schob ihm seine Visitenkarte über den Tisch. Riemer stand auf, kritzelte eine Nummer auf einen Zettel und gab sie im Gegenzug dem Ex-Kollegen.

»Das ist meine Handynummer. Damit ihr nicht wieder extra zu mir rausfahren müsst.«

Als sie sich verabschiedeten und in den Wagen stiegen, beschlich Speer das seltsame Gefühl, in dieser Sache nicht zum letzten Mal mit Jan Riemer gesprochen zu haben. Er wusste auf einmal nicht mehr, wie er seinen ehemaligen Kollegen einschätzen sollte.

»Was war denn das für eine Vorstellung? Irgendwie ist mir der Kerl nicht ganz geheuer«, sagte Bogner, als sie vom Hofplatz fuhren und auf die Ortsstraße abbogen.

»Früher war er ein anderer Mensch«, sagte Speer. »Aber bei dem, was er durchgemacht hat, ist verständlich, dass es den alten Jan Riemer nicht mehr gibt.«

9

Als sie das Ortsschild hinter sich gelassen hatten und auf einer Landstraße Richtung Berlin unterwegs waren, nahm Adrian Speer sein Notizbuch und sein Handy heraus. Er stellte das Gerät auf Lautsprecher, damit Bogner mithören konnte, und rief Tina an. Sie hob nach dem zweiten Klingeln ab.

»Hast du die Adresse von Arno Schwarzers Freundin herausgefunden?«, fragte Speer.

»Ja, Lisa Clemens wohnt in der Nähe vom Potsdamer Platz«, sagte Tina und nannte ihnen die Anschrift, die Speer mitschrieb. »Über ihre Agentur habe ich ihre Telefonnummer bekommen. Sie ist zu Hause und erwartet euch.«

»Das hast du gut gemacht«, lobte Bogner.

»Danke«, erwiderte Tina. »Lisa Clemens ist als Model sowohl auf dem Laufsteg als auch bei Werbeaufnahmen gut im Geschäft. Sie war auf dem Cover der *Vogue* und der *Cosmopolitan* und ist in einem aktuellen TV-Werbeclip für ein Parfüm zu sehen. Mit Arno Schwarzer war sie seit vier Monaten zusammen. Vor zwei Wochen kam es vor einer Diskothek zu einem tätlichen Angriff ihres Ex-Freundes. Er hat Schwarzer bedroht, beschimpft und niedergeschlagen. Die Paparazzi haben Fotos gemacht, die in der Klatschpresse die Runde machten. Schwarzer hat Anzeige erstattet. Der

Name des Typen ist Leon Fries. In der Berichterstattung hieß es, Fries sei betrunken gewesen und habe aus Eifersucht zugeschlagen.«

»Falls sich herausstellt, dass Arno Schwarzer getötet wurde, hätten wir also neben seinem ehemaligen Teilhaber Felix Wessel mit Leon Fries einen weiteren Tatverdächtigen«, folgerte Bogner.

»Das Ergebnis der Obduktion ist gerade eingetroffen«, fuhr Tina fort.

»Sehr gut. Und?«

»Wollt ihr raten?«

»Nein, jetzt mach's nicht so spannend, Tina!«, drängte Bogner.

»Schwarzer ist aufgrund einer Kohlenmonoxidvergiftung und dem dadurch verursachten Sauerstoffmangel gestorben.«

»Was für Selbstmord spricht«, ergänzte Bogner.

»Wenn das alles wäre, dann ja. Aber die Rechtsmedizin hat noch etwas anderes in seinem Blut und in seinem Körper nachweisen können. Chloroform. Genug, um seine Bewusstlosigkeit herbeizuführen.«

Bogner stieß einen Pfiff aus. »Jemand hat ihn zuerst betäubt, ihn in seinen Wagen gesetzt und anschließend die Autoabgase einströmen lassen.«

»So könnte es sich abgespielt haben«, bestätigte Tina.

»Verdammt«, entfuhr es Bogner. »Dann hätte uns Georg Hauser also doch keinen Bären aufgebunden.«

»Bei Susanne Bühler könnte es genauso gelaufen sein«, wurde Speer klar. »Der Täter hat sie zuerst betäubt, sie in die Wanne gesetzt und ihr anschließend die Pulsadern aufgeschnitten.«

»Ein Mörder, der seine Taten als Selbstmorde tarnt«, raunte Bogner. »Das ist der Hammer. Hast du noch etwas für uns, Tina?«

»Allerdings. Schwarzer hatte in seiner Firma nur einen Festangestellten. Der Mann heißt Dennis Blug, und er hat auf meine E-Mail bereits reagiert und angerufen. Ich habe ihn nach besonderen Vorkommnissen in der letzten Zeit gefragt, und ob sein Chef Feinde hatte. Blug meinte, vor einer Woche habe es in der Tat einen heiklen Zwischenfall gegeben. Ein ehemaliger Firmenteilhaber sei offensichtlich alkoholisiert ins Büro gestürmt und ohne Vorwarnung auf Schwarzer losgegangen.«

»Lass mich raten, Felix Wessel«, sagte Bogner.

»Ganz genau. Wessel habe Schwarzer aufs Übelste beschimpft. Er habe sein Leben ruiniert, sei ein Betrüger und dass er ihn umbringen werde und so weiter.«

»Dann hoffen wir mal für Herrn Wessel, dass er für die Tatzeit ein Alibi hat«, erwiderte Bogner.

»Schwarzers Schwester, die uns überhaupt auf Wessel gebracht hat, hat übrigens ernste finanzielle Probleme. Sie musste Privatinsolvenz anmelden.«

»Das hat sie bei meinem Besuch an keiner Stelle durchblicken lassen«, sagte Bogner.

»Und nun erbt die Dame ein Vermögen«, ergänzte Speer.

»Ein Schelm, wer Böses dabei denkt«, fuhr Tina fort. »Und noch was. Das Kaliber der benutzten Schusswaffen bei den Morden an den Familienangehörigen von Riemer, Schwarzer und Bühler beträgt in allen drei Fällen neun Millimeter. Das ist nichts so Besonderes, da das Kaliber, wie ihr wisst, eins der häufigsten ist.«

»Dann lassen wir am besten eine ballistische Untersuchung durchführen«, überlegte Bogner. »Danach wissen wir, ob die Projektile in allen drei Fällen aus der gleichen Waffe abgefeuert wurden.«

»Ich mache mich gleich daran, das in die Wege zu leiten«, griff Tina diesen Punkt auf.

»Okay, danke. Wirklich sehr gute Arbeit, Tina«, befand Bogner anerkennend. »Wir fahren jetzt zu Lisa Clemens und kommen anschließend erst mal zurück ins Präsidium, um das weitere Vorgehen zu besprechen.«

»An Verdächtigen mangelt es nicht mehr«, fügte Tina hinzu.

»Die Frage ist, welchen wir als Erstes ins Visier nehmen«, überlegte Bogner. »Felix Wessel, Leon Fries oder Klara Schwarzer. Aber darüber reden wir nachher.«

Gegen dreizehn Uhr trafen sie bei der Adresse ein, die Tina ihnen genannt hatte.

Lisa Clemens' Wohnung befand sich im neunten Stock eines modernen Hochhauses und bot einen beeindruckenden Blick über die Stadt.

»Schön haben Sie es hier«, staunte Bogner. In Arno Schwarzers Umkreis schienen die Menschen über tolle Wohnungen zu verfügen.

Lisa Clemens hatte sie nach dem Klingeln umgehend hereingelassen. Diesmal hatte Bogner sich von Speer breitschlagen lassen und den Fahrstuhl benutzt.

Er war sicher, dass die Wohnung ein Vermögen an Miete kostete. Aber wenn das Model so gut gebucht war, wie Tina es recherchiert hatte, konnte sie es sich bestimmt auch leisten.

Die Inneneinrichtung bestand aus Designermöbeln, die ebenso schön anzuschauen waren wie Lisa Clemens. Ihre dunklen langen Haare fielen geschmeidig über ihre Schultern und ihr hübsches Gesicht wies sanfte Züge auf. An den Wänden hingen gerahmte Fotos im Großformat, die sie in extravaganten Posen vor spektakulären Kulissen zeigten und die bei Model-Shootings auf der ganzen Welt entstanden waren.

Speer und Bogner setzten sich auf eine cremefarbene Ledercouch, während Lisa ihnen gegenüber auf einem Sessel Platz nahm. Graziös schlug sie ihre langen Beine übereinander. In ihren rehbraunen ovalen Augen lag ein Hauch von Erstaunen. »Ich frage mich, warum jetzt die Kriminalpolizei ermittelt. Ich kann es zwar überhaupt nicht begreifen, aber Arno hat sich doch selbst umgebracht«, begann sie.

»Davon gingen die Kollegen bisher aus. Wir haben aber neue Erkenntnisse gewonnen. Aufgrund dessen glauben wir, dass Arno Schwarzer getötet wurde.«

Lisa Clemens' Kiefer sackte nach unten. Bogner gab ihr einen Moment, um die Information zu verarbeiten.

»Wir vermuten, dass jemand Ihren Freund zunächst betäubt, ihn danach in seinen Wagen gesetzt und die Abgase eingeleitet hat.«

»Oh mein Gott.« Lisa Clemens schlug die Hände vors Gesicht. Sie rang um Fassung und ihre Augen wurden feucht. »Er hat sich so sehr auf den Start seines neuen Videospiels gefreut. Nach dem ersten Rummel wollten wir für zwei Wochen Urlaub auf den Malediven machen. Er hat sich aus seinem Tief befreit, das Leben wieder genossen. Es gab keine Anzeichen einer Depression mehr bei ihm. Deshalb wollte ich auch nicht wahrhaben, dass er sich umgebracht hat.«

Sie stand auf, ging in einen Nebenraum und kam mit einem Kästchen zurück, dem sie einen Brillantring entnahm. »Wir haben uns vor zwei Wochen verlobt. Den hat er mir aus diesem Anlass geschenkt.« Sie setzte sich wieder und stellte das offene Kästchen mit dem Ring vor sich auf den Glastisch.

»Das tut uns sehr leid«, nahm Bogner den Gesprächsfaden nach einem kurzen Schweigen wieder auf. »Sie lagen richtig mit Ihrem Gefühl, dass Ihr Verlobter nicht freiwillig aus dem Leben geschieden ist. Wissen Sie, ob er jemanden gegen sich aufgebracht hatte?«

»Alle Geschäftsleute haben Konkurrenten. Mir fällt aber niemand ein, der einen Grund gehabt hätte, ihn umzubringen.«

Adrian Speer räusperte sich. »Es gab einen tätlichen Angriff Ihres Ex-Freundes auf Herrn Schwarzer, der daraufhin Strafanzeige gestellt hat.«

Lisa Clemens senkte kurz den Blick. Dann sah sie wieder zu den Ermittlern auf. »Das war nicht der eigentliche Leon. Er war total betrunken, als er Arno angegangen ist. Im Grunde genommen hat er ein weiches Herz.«

»Immerhin hatte er keine Probleme, zuzuschlagen.«

»Leon kann nicht verstehen, dass es zwischen uns zu Ende ist. Wir waren seit der zehnten Klasse zusammen.«

»Vielleicht hat er sich deshalb zu einer Dummheit hinreißen lassen«, hakte Bogner nach.

Lisa Clemens kullerten Tränen über die Wangen. Sie nahm ein Papiertaschentuch aus der Handtasche, die über der Lehne ihres Sessels hing, und tupfte sie damit ab. Dann eröffnete sie den Ermittlern etwas Unerwartetes.

»Arnos Schwester kam letzten Montagabend zu ihm nach Hause. Sie stand plötzlich vor seiner Haustür und hat rumgeheult. Sie brauche dringend Geld, damit sie ihre Boutique weiterführen könne. Davor hatten sich die beiden zum letzten Mal auf der Beerdigung von Arnos Familie gesehen. Von ihren Geschäftsideen hielt er ohnehin nicht viel und sah keine Veranlassung, ihr aus der Klemme zu helfen. Irgendwann hat er ihr die Tür vor der Nase zugeschlagen.«

»Sie haben doch sicher einen Schlüssel zu Arno Schwarzers Haus?«, fragte Speer.

Lisa Clemens zog die Nase hoch und nickte. »Würden Sie uns den bitte aushändigen? Wir müssen uns im Haus umsehen.«

Lisa Clemens' Gesichtsausdruck ließ erkennen, dass sie unsicher war. Schließlich griff sie nach ihrer Handtasche, entnahm einen Schlüsselbund, entfernte einen der Schlüssel und reichte ihn Bogner.

»Vielen Dank. Sie erhalten ihn bald zurück.«

»Ich habe eigentlich kein Recht mehr, mich in dem Haus aufzuhalten«, sagte Lisa und schluchzte. »Es gehörte ihm und jetzt gehört es den Erben. Aber ich habe Kleider dort und einige persönliche Gegenstände. Die Sachen muss ich noch irgendwann abholen.«

»Verstehe.« Bogner nickte betroffen. Er wechselte einen Blick mit Speer. »Danke, dass Sie unsere Fragen beantwortet haben«, sagte er und erhob sich. Speer folgte seinem Beispiel.

»Falls Ihnen noch etwas einfällt, melden Sie sich bitte

bei uns«, bat Bogner und überreichte Lisa Clemens seine Visitenkarte. Anschließend verließen sie die Wohnung und fuhren schweigend mit dem Fahrstuhl nach unten.

10

Das Gespräch mit Lisa Clemens gab Nährstoff für neue Spekulationen. Hatte ihr Ex-Freund Leon Fries etwas mit Arno Schwarzers Tod zu tun? Oder Schwarzers Schwester Klara, die ihn vergeblich um Geld angebettelt hatte? Während sie in Richtung Präsidium fuhren, diskutierten Speer und Bogner kurz darüber, welche Schlüsse sie aus ihren Befragungen Riemers und des Models sowie Tinas Recherchen ziehen sollten. Dann beschlossen sie, ihre Überlegungen später gemeinsam mit Tina fortzuführen und mit ihr das weitere Vorgehen festzulegen.

»Ich habe einen Mordshunger«, merkte Bogner jetzt an. »Und mit leerem Magen kann ich ohnehin nicht richtig denken.«

Sie einigten sich darauf, einen kleinen Umweg in Kauf zu nehmen, um sich und auch für Tina etwas Warmes zum Mittagessen zu besorgen.

Fünf Minuten später hielt Bogner vor einem Chinaimbiss, bei dem er schon öfter gegessen hatte, und ging in das Lokal, um dreimal Chop Suey zum Mitnehmen zu bestellen.

Speer war froh, die gesammelten Erkenntnisse und die persönlichen Eindrücke, die er von Riemer und Clemens gewonnen hatte, nun sacken lassen zu können.

Er schaute aus dem Beifahrerfenster und ließ seinen

Blick über die gegenüberliegenden Häuser und den Gehweg schweifen. Es war keine sonderlich schöne Gegend. Überall lag Müll herum, den die Leute im Vorbeigehen einfach fallen gelassen hatten. Neben einigen Passanten fiel ihm ein bekanntes Gesicht auf.

Der junge Mann trug einen dunklen Sportanzug, lehnte am Kofferraum eines Kleinwagens und war mit geneigtem Kopf in das Display seines Handys versunken, auf dem er ab und an herumtippte.

Speer hatte den Mann vor Jahren wegen Drogenhandels festgenommen. Der Kerl war zu einer Haftstrafe verurteilt worden. Jetzt war er schon wieder draußen und Speer ging jede Wette ein, dass er das Gleiche tat wie vor seiner Verhaftung. Drogen aller Art auf der Straße an jeden verkaufen, der genug Bares vorweisen konnte und nicht nach Polizei roch.

Unvermittelt sah der Kerl auf einmal genau in Speers Richtung hoch. Ihre Blicke trafen sich. Der Mann hatte das Gegenteil von einem Pokerface. Sein Gesichtsausdruck gefror. Schuldig stand darin förmlich geschrieben. Er drehte sich zum Bürgersteig um und entfernte sich mit schnellen Schritten.

Speer wollte gerade aussteigen und ihm nacheilen, als sein Handy, das vor ihm auf der Konsole lag, zu klingeln begann. Lucys Profilbild erschien auf dem Display. Als Speer wieder zu dem Dealer sah, bog dieser gerade um eine Hausecke und blickte sich im letzten Moment noch einmal zu ihm um.

Speer atmete durch. Es war zu spät. Er würde den Typen nicht mehr erwischen und Lucy ging ihm in diesem Fall vor.

»Hallo meine Kleine«, begrüßte er sie, als er abhob.

»Hallo Papa, ich bin aber nicht mehr klein«, erwiderte sie trotzig.

»Ja, das stimmt wohl, tut mir leid.«

Lucy wurde in wenigen Tagen schon vierzehn. Er musste sich wirklich allmählich darauf einstellen, dass sie nicht mehr wie ein Kind wahrgenommen werden wollte.

»Ist doch nicht schlimm«, sagte sie, gleich wieder versöhnlich. »Und es ist auch nicht schlimm, dass wir gestern nicht mehr in der Stadt zum Shoppen waren. Ich habe eigentlich genug Sachen. Und der ganze Konsum ist auch schlecht für die Umwelt«, dozierte sie.

Speer musste schmunzeln. »Schön, dass du es so siehst.«

Er war stolz auf Lucy, und er war jeden Tag unendlich dankbar dafür, dass sie sie wiederhatten und sie ihre Entführung so gut und augenscheinlich unbeschadet überstanden hatte.

»Unser Spaziergang im Wald war viel besser und hat mir richtig gut gefallen. Machen wir das bitte bald mal wieder?«

»Gerne«, versprach er. »Mir hat es auch super gefallen.«

Es hatte ihm tatsächlich merklich gutgetan, sich in der Natur zu bewegen. Auch wenn die Bäume und Sträucher größtenteils nicht mehr grün waren. Sie hatten ihn innerlich zur Ruhe kommen lassen.

Er lief mehrmals in der Woche einige Kilometer und hielt den Aufwand dabei gering. Er zog seine Sportklamotten und seine Laufschuhe an, startete vor seinem

Wohnhaus und lief von dort aus seine Runden kreuz und quer durch die Stadt. Vielleicht sollte er künftig mit dem Wagen in ein Waldgebiet fahren, um seinen Sport in einer schöneren Umgebung auszuüben.

»Was ich dir eigentlich erzählen wollte, ist, dass der Kinofilm gestern total gut war«, sagte Lucy. »Es gibt noch ältere Spiderman-Filme mit anderen Schauspielern, und ich wollte dich fragen, ob wir die mal zusammen schauen können, wenn ich bei dir bin.«

»Ja, klar. Die schaue ich mir auch gerne an«, sagte Speer. Dank eines Streaming-Dienstes für Serien und Filme, den Marlene abonniert hatte, konnten sie auf die meisten aktuellen Produktionen frei zugreifen.

»Du könntest Leandra fragen, ob sie mit uns schauen möchte.«

Daher wehte also der Wind, dachte Speer. Lucy vergötterte zurzeit ihre siebzehnjährige Cousine.

»Ich frage sie mal und gebe dir Bescheid«, versprach Speer mit einem Lächeln im Gesicht auch dies. Seitdem Lucy wieder bei ihnen war, erfüllten sie ihr nach Möglichkeit gerne jeden Wunsch. Er war sich ziemlich sicher, dass Leandra Ja sagen würde, denn sie war ein Einzelkind und hatte sich immer Geschwister gewünscht.

»Super, tschüss, Papa. Ich hab dich lieb.«

»Ich hab dich auch lieb.« Er legte auf.

Bogner kam kurz darauf zurück und reichte ihm die Tüte mit den Gerichten. Der typische Geruch nach chinesischem Essen erfüllte im nächsten Moment den Innenraum des Wagens.

»Lucy hat gerufen«, sagte Speer. »Meldet sich Julia eigentlich auch ab und zu bei dir?«

Bogner verzog missmutig das Gesicht. »Ehrlich gesagt selten. In der Regel bin ich es, der sie sprechen oder treffen will.«

Julia war Bogners Tochter. Vor Kurzem hatte sie ihren siebzehnten Geburtstag gefeiert.

»Hat sie einen Freund?«, erkundigte sich Speer.

»Ja, es ist ihr erster richtiger Freund. Sie hängen jede freie Minute zusammen rum.«

»Verstehe. Dann bist du sowieso erst mal abgemeldet«, lächelte Speer.

Bogner startete den Wagen, warf einen Blick nach hinten und fuhr aus der Parklücke. Wenige Meter später musste er bereits wieder an einer roten Ampel anhalten. Er fasste sich an den Bauch. »Ich hab in letzter Zeit zugenommen. Liegt an dem Fast Food, das ich esse, seit ich zu Hause ausgezogen bin. Ich sollte mal wieder mehr Sport treiben.«

»Du und Sport?«, witzelte Speer.

»Hey, pass auf, was du sagst. Ich war mal richtig gut in Karate. Hab einen schwarzen Gürtel und regelmäßig unsere Vereinsmeisterschaften gewonnen.«

»Wo denn, in Hintertupfingen?«

Die Ampel schaltete auf Grün und Bogner fuhr weiter.

»Zugegeben, groß war unser Klub nicht.«

»Du könnest mit mir zusammen laufen.«

»Durch die Stadt? Nein danke, ich habe keine Lust darauf, den Dreck einzuatmen, der da in der Luft rumfliegt. Da gehe ich lieber aufs Laufband ins Fitnessstudio.«

»Inmitten von Schweiß und Muskelprotzen kann ich

mir dich ehrlich gesagt auch nicht so wirklich gut vorstellen.«

»Ich hab mich vor drei Monaten in so einem Laden angemeldet.«

»Und wie oft warst du schon da?«

»Insgesamt drei- bis viermal, zugegeben, nur im ersten Monat.«

Speer lachte und steckte Bogner damit an.

Als sie vier Minuten später auf den Parkplatz des LKA-Gebäudes fuhren, waren sie trotz der Tatsache, dass Sonntag war und sie noch jede Menge Arbeit vor sich hatten, bester Laune.

Sie gaben Tina Bescheid, dass sie ihr etwas vom Chinesen mitgebracht hatten, und trafen sich zum Essen in dem Aufenthaltsraum eine Etage unter ihrem Büro.

Bogner kam mit drei Dosen Cola aus dem Getränkeautomaten an den Tisch, an dem Speer und Tina schon Platz genommen und das Essen ausgepackt hatten.

»Das Essen geht heute auf mich, und ich packe sogar noch eine Runde Getränke obendrauf«, verkündete er und stellte jedem eine Dose hin. »Ohne Zucker für die Dame und zweimal klassisch für die Herren.«

»Danke, bei deiner Gehaltsstufe habe ich deswegen kein schlechtes Gewissen«, witzelte Tina, die bereits angefangen hatte zu essen. »Deine Getränkeauswahl war gut. Du bist ein echter Sommelier und aufmerksamer, als ich gedacht hätte.«

»Ja, danke für alles, sehr großzügig«, ergänzte Speer und grinste.

Bogner war nicht verborgen geblieben, dass Tina

während der Arbeit das schwarze Koffeingetränk in rauen Mengen in der Lightversion in sich hineinschüttete. »Ich habe eben von Berufs wegen eine hervorragende Beobachtungsgabe«, scherzte er und setzte sich zu seinen beiden Teamkollegen an den Tisch. Eine Weile aßen sie, ohne ein Wort zu verlieren.

Schließlich war es wieder Bogner, der das Schweigen brach. Er putzte sich mit seiner Serviette den Mund ab.

»Wir haben also drei Verdächtige. Felix Wessel hat Schwarzer in dessen Firma bedroht, den gehörnten Leon Fries und Klara Schwarzer, die pleite ist und durch den Tod ihres Bruders sein Vermögen erbt.«

Speer legte sein Notizbuch neben sich und schrieb in Stichworten mit.

»Es fragt sich, wer von den dreien auch ein Motiv hatte, Susanne Bühler zu töten und es wie einen Selbstmord aussehen zu lassen«, gab Tina zu bedenken und aß dabei ebenso wie Speer und Bogner weiter.

»Guter Einwand«, fand Speer. »Allerdings wissen wir nicht, ob Susanne Bühler überhaupt ermordet wurde. Hauser könnte uns diesbezüglich in die Irre geführt haben.«

»Dazu müssen wir die Leiche ausgraben und rechtsmedizinisch untersuchen lassen«, sagte Bogner und nahm einen Schluck von seiner Cola.

»Da es keine Angehörigen gibt, wurde eine ordnungsbehördliche Bestattung durchgeführt. Zuständig war das Bezirksamt Friedrichshain-Kreuzberg«, informierte Tina.

Bogner nickte, zog die Stirn kraus und dachte kurz nach. »Ich meine, wir sollten mit diesem Schritt zunächst noch abwarten und zuvor weitere Fakten zusammentragen.«

»Wir müssen aber wohl vorläufig davon ausgehen, dass die Tode von Schwarzer und Bühler aufgrund ihrer zuvor ermordeten Familienangehörigen irgendwie zusammenhängen«, entgegnete Speer. »Wie, wissen wir noch nicht. Aber falls Bühler ebenfalls ermordet wurde, besteht eine ziemlich hohe Wahrscheinlichkeit, dass der Täter der gleiche ist.«

»Für den Anfang wäre es daher hilfreich, herauszufinden, ob einer unserer Verdächtigen eine Verbindung zu beiden hatte«, überlegte Bogner.

Tina schob ihren Karton mit dem inzwischen verzehrten Essen beiseite und zog ihren Laptop, der neben ihr auf dem Tisch lag, zu sich heran und klappte ihn auf.

»Auch diesbezüglich hab ich mich schon mal schlaugemacht.« Sie drückte auf eine Taste. Der Bildschirm leuchtete auf und ein Instagram-Foto erschien. Es war ein Selfie, auf dem eine Frau und ein Mann vor dem Hintergrund eines Sees und aufgehender Sonne in die Kamera lachten. Beide trugen Sportkleidung. »Das Foto hat Leon Fries auf seinem Instagram-Account gepostet. Es zeigt Leon selbst, und die Frau neben ihm ist Susanne Bühler. Das war drei Wochen vor ihrem Tod.«

»Heilige Scheiße«, entfuhr es Bogner. Er fuhr sich mit der Hand durch die Haare und starrte das Bild an.

»Leon Fries hat sein Geld als Fitness- und Ernährungscoach verdient«, fuhr Tina fort. »Susanne Bühler hatte ihn als Personal-Trainer gebucht. Dem Text darunter ist zu entnehmen, dass sie in einer Schulklasse waren.«

»Respekt, Tina!« Speer war begeistert. Tina schien ihnen häufig einen Schritt voraus zu sein.

»Ach was, das war total leicht. Man braucht nur bei *Google* nach Fotos von Leon Fries zu suchen.«

Speer zückte sein Handy. »Wir sollten Riemer noch mitteilen, dass wir inzwischen von einem Mord an Schwarzer ausgehen müssen und er wegen der ähnlichen Vorgeschichte wirklich in Gefahr sein könnte. Ich denke, es ist noch etwas früh, ihm Personenschutz anzubieten. Was meint ihr?«

Tinas war Speers Meinung. »Zwischen Leon Fries oder einem der anderen Verdächtigen konnte ich keine Verbindung zu Jan Riemer feststellen.«

Bogner verzog nachdenklich das Gesicht. »Ich sehe jetzt noch keinen zwingenden Handlungsbedarf. Weise Riemer aber bitte ausdrücklich darauf hin, dass er vorsichtig sein soll, und lass uns über den Personenschutz morgen noch mal reden.«

Speer nickte. Er wählte Riemers Nummer und erklärte ihm die Situation. Das Gespräch dauerte keine zwei Minuten.

»Er hat kaum reagiert auf das, was ich ihm gesagt habe«, berichtete Speer.

»Was wissen wir noch? Welche Gemeinsamkeiten gibt es zwischen Schwarzer, Bühler und Riemer?«, fragte Bogner in die Runde. »Vielleicht kommen wir über die Schiene weiter.«

»Alle drei bedienen die Unterhaltungsbranche mit dem Thema Gewalt«, antwortete Tina. »Schwarzer entwickelte Ego-Shooter-Spiele, Bühler betrieb einen You Tube-Kanal, auf dem sie über Mörder berichtete; und Riemer schreibt Thriller mit detailreichen Schilderungen brutaler Verbrechen.«

»Vielleicht steckt dahinter das eigentliche Motiv«, sagte Speer. »Riemer meinte, in einer anonymen Mail habe jemand gedroht, ihn umzubringen, falls er sein neues Buch veröffentlicht.« Er wandte sich Tina zu. »Die E-Mail hat er unwiderruflich gelöscht. Aber er erinnert sich noch an die Absenderadresse, *Totenraecher@web.de.* Kannst du damit was anfangen?«

»Ich kann eine Anfrage bei dem E-Mail-Provider starten. Aber ich habe wenig Hoffnung, dass wir dadurch die Person finden, die die Nachricht geschrieben hat. Die Adresse wurde höchstwahrscheinlich von einem öffentlichen WLAN aus unter Angabe von falschen persönlichen Daten eingerichtet.«

»Das wäre eine neue Fährte, die unsere bisherigen Verdächtigen entlasten könnte«, schlussfolgerte Bogner. »Der Fall wird für mich immer undurchsichtiger.«

»Hinzukommen noch die Morde an den Familienangehörigen«, warf Speer ein. »Riemers Frau und seine Tochter wurden in den eigenen vier Wänden erschossen, ebenso wie Arno Schwarzers Frau und sein Sohn. In beiden Fällen erbeutete der Täter Bargeld. Susanne Bühlers Mann wurde am helllichten Tag auf einem Parkplatz erschossen. Gibt es auch hier einen Zusammenhang zwischen den Taten und ist der Täter der gleiche? Fragen über Fragen. Was macht die ballistische Untersuchung der sichergestellten Projektile?«, fragte Speer mit Blick auf Tina.

»Frühestens morgen Nachmittag haben wir da Ergebnisse«, antwortete sie.

»Ich werde das Gefühl nicht los, dass Hauser wirklich mehr weiß und uns helfen könnte, Licht ins Dunkel zu bringen«, räumte Bogner ein.

Speer schloss kurz die Augen. »Das heißt im Klartext, ich soll Franziska fragen, ob sie mit uns an dem Fall arbeiten möchte, und sich bereit erklärt, mit Georg Hauser zu sprechen.«

Bogner sah Speer schweigend an. Bedauern lag in seinem Blick.

»Wir könnten ihre Unterstützung echt gut gebrauchen«, gab Tina zu bedenken. »Nicht nur, weil Hauser ausschließlich mit ihr reden will. Vor uns liegt einfach auch ein Berg an Arbeit. Die Akten zu den Morden an den Familienmitgliedern sollten wir im Hinblick auf eine mögliche Verbindung zu den vorgetäuschten Suiziden auch noch durchgehen.«

»Tina hat recht«, fand Bogner. »Wir brauchen Verstärkung und da ist mir niemand lieber als Franziska. Die Alternative wäre, dass Gomez uns morgen, nachdem ich ihr Bericht erstattet habe, Paul Breitnach aufs Auge drückt.«

»Gott bewahre«, flehte Speer.

»Also ist es abgemacht. Du versuchst gleich morgen früh, Franziska ins Boot zu holen. Wenn ich Gomez erzählen muss, wie der Stand der Dinge ist, will ich ihr sagen können, dass wir nicht mehr zu dritt, sondern zu viert an der Sache dran sind.«

Speer biss die Zähne aufeinander. Seine Kiefermuskeln zuckten. Doch er gab nach. »Na gut, ich rede mit ihr.«

Bogner nickte zufrieden und Tina sah ihn an und verzog dabei ihren Mund zu einem breiten Lächeln.

»Gut, ich denke, wir sind fürs Erste fertig, oder hat noch jemand etwas hinzuzufügen?«, fragte Bogner.

Tina spitzte die Lippen, sagte aber nichts, ebenso wenig Speer.

»Okay, dann sehen wir uns als Nächstes in der Villa von Arno Schwarzer um, zu der wir dank des Schlüssels Zutritt haben, den uns Lisa Clemens gegeben hat. Anschließend statten wir Leon Fries und Felix Wessel einen Besuch ab. Tina, ruf du bitte bei Klara Schwarzer an und frage sie, was sie in dem Zeitraum, als ihr Bruder starb, also am Mittwochabend zwischen zwanzig Uhr und Mitternacht, gemacht hat.«

Tina nickte und tippte alle Aufgaben, die Bogner ihr übertragen hatte, als Gedächtnisstütze in ihren Laptop.

11

Es war vier Uhr nachmittags, als Speer und Bogner bei Schwarzers imposanter Neubauvilla ankamen. Sie läuteten, aber wie vermutet, war niemand im Haus, der ihnen öffnete. Bogner schloss die deckenhohe Eingangstür auf und sie traten in den Flur, der in den Wohnbereich führte. Die Wände bestanden aus grauem Beton. Eine Treppe schwang sich grazil in die zweite Etage.

Gemeinsam begutachteten sie einen Raum nach dem anderen. Allein die Küche, schätzte Speer, kostete mehr, als er in einem Jahr verdiente. Im Verhältnis zur Größe des Hauses gab es nur wenige Einrichtungsgegenstände, was die Zimmer fast leer erscheinen ließ.

»Würdest du dich hier wohlfühlen?«, fragte Bogner.

»Ich kann diesem Stil durchaus etwas abgewinnen«, antwortete Speer.

Ein Arbeitszimmer gab es nicht. Anscheinend hatte Schwarzer Geschäftliches ausschließlich von seiner Firma aus erledigt und zu Hause sein Privatleben genossen. So gönnte er sich zum Beispiel einen luxuriös eingerichteten Kinoraum und einen Swimmingpool sowie Sauna und Whirlpool. Der einzige Computer, den sie entdeckten, war ein Laptop, der auf dem Esszimmertisch lag. Nirgendwo gab es Unordnung. Sie mussten Lauer recht geben. Nichts deutete darauf hin, dass hier ein Kampf mit dem Opfer stattgefunden hatte. Arno

Schwarzer war vermutlich beim Heimkommen in der Garage, als das Tor noch offen stand, überfallen und betäubt worden.

Als sie sich alle Zimmer angesehen hatten, begaben sie sich wieder in den Wohn- und Essbereich mit der offenen Küche.

»Wir nehmen fürs Erste den Laptop mit und schauen mal, was Tina darauf findet«, schlug Bogner vor und nahm das Gerät an sich. »Falls wir damit nicht weiterkommen, können wir danach immer noch die Villa und vor allem Schwarzers Firma durchsuchen.«

Zum Schluss nahmen sie sich die Garagen vor, insbesondere die, in der Schwarzer ums Leben gekommen war. Hier sahen sie sich gründlich um, stellten aber keine offensichtlichen Hinweise auf Fremdeinwirkung fest.

»Vielleicht findet die Spurensicherung etwas«, hoffte Speer.

Anschließend verließen sie das Haus und fuhren zu der Adresse von Leon Fries, die Tina ihnen, ebenso wie die von Frank Wessel, zwischenzeitlich besorgt und per Messenger-App auf ihre Handys geschickt hatte.

Sie hatten gerade auf der gegenüberliegenden Straßenseite des mehrstöckigen Wohnhauses geparkt und waren aus dem Wagen gestiegen, als ein Radfahrer sich näherte und vor der Haustür abstieg. In dem jungen Mann erkannten sie Leon Fries. Er war kleiner, als man es anhand der Fotos aus dem Internet erwartet hätte.

»Herr Fries«, rief Bogner ihm beim Überqueren der Straße zu.

Fries wandte ihnen den Kopf zu und sah sie mit einem fragenden Gesichtsausdruck an.

»Bogner, Kripo Berlin. Das ist mein Kollege Speer«, stellte der Ermittler sie vor, als sie bei Leon Fries ankamen. Gleichzeitig hielt er ihm seinen Dienstausweis vor die Nase. Fries warf einen verdutzten Blick darauf. »Schön und gut, aber was wollen Sie von mir?«

»Es geht um den Tod von Arno Schwarzer.«

Das gebräunte Gesicht des jungen Mannes verfinsterte sich. »Ich dachte, der hat sich umgebracht.«

»Er wurde ermordet«, korrigierte Speer.

Fries stutzte kurz. »Das hat er nicht verdient. Aber ich sage Ihnen gleich meine Meinung: Er war ein Arsch.«

»Ihre Meinung kennen wir. Die ist aktenkundig. Deshalb sind wir hier.«

»Verstehe«, sagte Fries in einem sarkastischen Unterton.

»Sie haben Arno Schwarzer, weil er Ihnen die Freundin ausgespannt hat, beschimpft und geschlagen. Er hat Sie deswegen angezeigt.«

Leon Fries schnaubte entrüstet. »Und jetzt glauben Sie, ich hätte ihn umgebracht?«

»Wäre es denn so ungewöhnlich, auf den Gedanken zu kommen?«

»Na ja, vermutlich nicht«, druckste Fries herum. »Sie machen auch nur Ihre Arbeit.« Er sah auf seine Füße und verlagerte sein Gewicht von einem Bein auf das andere.

»Wo waren Sie denn letzten Mittwoch zwischen zwanzig Uhr und Mitternacht?«, fragte Bogner.

Fries blickte weiterhin zu Boden, hielt aber augenblicklich still. Dann seufzte er, hob den Kopf und starrte sie mit zusammengezogenen Augenbrauen an. »Lassen Sie mich überlegen. Letzten Mittwoch. Ach ja«, seine Gesichtszüge hellten sich auf, »da war ich von acht bis um elf Uhr abends im Kino, im Sony Center.«

Speer holte sein Notizbuch hervor. Für ihn hörte es sich an, als hätte Fries sich die Geschichte ausgedacht. »Waren Sie mit jemandem zusammen dort?«

»Nein, ich war an dem Abend alleine unterwegs.« Speer fiel ein nervöses Zucken um die Mundwinkel seines Gegenübers auf.

»Ein junger Mann wie Sie allein im Kino?«

»Ja klar, das mache ich ab und an. Ich habe tagsüber mit so vielen Menschen zu tun, da genieße ich es abends schon mal, frei über meine Zeit zu bestimmen.«

»In welchem Film waren Sie? Haben Sie noch die Eintrittskarte? Und erzählen Sie uns doch bitte gleich den Inhalt«, sagte Bogner.

Leon Fries nannte ihnen den Titel des Films. »Die Eintrittskarte hab ich im Kino in einen Mülleimer geworfen, ebenso wie die Rechnung für mein Getränk und die Nachos.«

Fries gab im Folgenden die Filmhandlung detailreich wieder. Speer machte sich entsprechende Notizen. »Ist es üblich, dass ein Ernährungscoach sich nach Feierabend eine Runde Nachos, womöglich mit einem fetten Dip, gönnt?«, versuchte er noch mal, Fries zu verunsichern, doch der zuckte nur mit den Schultern. Schließlich ließ es Speer dabei bewenden. »Na gut, Herr Fries. Wir werden Ihre Angaben überprüfen.«

»Tun Sie das bitte. Ich habe nichts mit dem Tod von Arno Schwarzer zu tun.«

Sie verabschiedeten sich. Fries schloss die Haustür auf und nahm sein Fahrrad mit hinein.

»Ich glaube ihm nicht«, begann Bogner, sobald sie wieder im Wagen saßen und sich auf den Weg zu Frank Wessel begaben.

»Er hat nicht einmal überlegt oder gezögert, als er von seinem Kinobesuch erzählt hat«, gab Speer zu bedenken.

»Selbst wenn er im Kino war. Als Alibi taugt das nicht viel. Schließlich hätte er jederzeit das Kino verlassen können, um zu Schwarzer zu fahren.«

Frank Wessel lebte in einer Plattenbauanlage in Marzahn. Die Eingangstür zum Treppenhaus stand offen und sie stiegen, ohne zu klingeln, in die dritte Etage. Wessels Wohnung war die erste am Anfang eines langen Korridors, in dem sich eine Tür an die andere reihte.

Da es keine Klingel gab, klopfte Bogner an die Tür. Gleich darauf vernahmen sie von innen ein Poltern, als ob sie jemanden aufgeschreckt hätten. Wenig später öffnete ihnen ein Mann in Bademantel und Pantoletten. Seine grauen langen Haare sahen aus, als wären sie lange nicht mehr gewaschen worden, und sein von geplatzten Äderchen überzogenes Gesicht war von Bartstoppeln übersät.

»Wer sind Sie denn? Und warum hämmern Sie an meine Tür«, brüskierte sich der Mann mit leicht lallender Stimme. Neben ihm tauchte ein zottiger kleiner Mischlingshund auf und sah Speer und Bogner mit treuem Blick und heraushängender Zunge an.

»Kriminalpolizei«, sagte Bogner. »Sind Sie Felix Wessel?«

»Wollen Sie Geld von mir eintreiben? Ich habe keins.«

Bogner hielt Wessel seinen Dienstausweis vors Gesicht. »Wir kommen wegen etwas anderem zu Ihnen.«

Wessel begutachtete blinzelnd den Ausweis. »Na gut, kommen Sie herein.« Er machte die Tür weit auf und torkelte durch den Flur.

Sie folgten ihm in sein Wohnzimmer. Dichter Zigarettenqualm schwebte in der Luft und wurde vom Geruch hochprozentigen Alkohols überlagert. Mehrere Flaschen Bier und Kornbrand, die meisten davon leer, standen auf dem Couchtisch. Wessel bot ihnen einen Platz an. Aber der Stoffbezug der Wohnlandschaft war so zerfleddert und schmutzig, dass Speer und Bogner es vorzogen, lieber stehen zu bleiben. Auch der Rest des Raumes wirkte wie eine Messiehöhle auf sie.

»Also, was kann ich für die Herren tun?«, fragte Wessel, der es sich auf der Couch bequem gemacht hatte. Sein Hund sprang zu ihm hoch und legte sich eng gepresst gegen seinen Oberschenkel. Wessel streichelte ihm über den Rücken. »Mechthild ist eine ganz Liebe«, sinnierte er.

Bogner seufzte. »Wir ermitteln wegen Mordes.«

»Das kenne ich aus dem Fernsehen«, sagte Wessel. »Jetzt muss ich fragen, wer denn umgebracht wurde, sonst mache ich mich verdächtig.«

»Das sind Sie auch so, wenn Sie kein Alibi für die Tatzeit haben«, erwiderte Bogner. »Das Opfer heißt Arno Schwarzer.«

Wessel erstarrte, dann klopfte er sich mit beiden Händen auf die Oberschenkel, sodass Mechthild erschrak und sich in die Ecke des Sofas verzog.

»Dass ich das noch erleben darf«, rief Wessel.

»Jetzt hören Sie auf mit der Show«, brummte Bogner. »Ein Mensch wurde getötet. Sie sind vor zwei Wochen auf Schwarzer losgegangen und haben gedroht, ihn umzubringen.«

»Ich war besoffen. Da macht man unüberlegte Dinge.«

»Sie haben Schwarzer für Ihren gesellschaftlichen Absturz verantwortlich gemacht«, erinnerte ihn Bogner. »Das ist ein Motiv.«

»Nachdem ich aus der Firma raus bin, habe ich keinen Job länger als ein paar Wochen behalten und irgendwann habe ich gar keinen mehr bekommen. Meine Frau hat mich verlassen und meine Tochter redet auch nicht mehr mit mir.«

Wessel hatte auf einmal Tränen in den Augen.

»Wo waren Sie am Mittwochabend?«, fragte Speer.

»Na, zu Hause, wie immer.«

»Niemand, mit dem Sie an dem Abend gesprochen haben, ein Nachbar vielleicht, oder jemand, der Sie gesehen hat?«, half Bogner nach.

Wessel lachte auf. »Nachbar? Ich hab keine Ahnung, wer meine Nachbarn sind. Interessiert mich auch nicht.«

Er öffnete das auf dem Tisch liegende Tabakpäckchen und begann, sich eine Zigarette zu drehen.

»Aber halt, warten Sie«, er lehnte sich zurück in die Couch, »könnte sein, dass das am Mittwoch war«, sagte er.

»Was?«, fragte Bogner genervt.

»Na, ich habe mir eine Tiefkühlpizza in den Ofen geschoben. Das war so um sieben Uhr abends. Dann bin ich eingeschlafen, habe wohl vorher zu viel Rotwein getrunken. Eine Stunde später bin ich aufgewacht. Die Pizza war total verkohlt.« Wessel schien das witzig zu finden.

»Und warum soll Sie das entlasten?«, fragte Speer.

»Na, ich hatte doch Hunger und meine kleine Mechthild hatte auch kein Futter mehr. Da bin ich los. In den Supermarkt um die Ecke. Der hat bis zweiundzwanzig Uhr auf. Und an der Kasse ist so eine nette Dame. Die kennt mich vom Sehen und wir haben an dem Abend ein paar Worte gewechselt. Es war so halb zehn und ich habe ihr schon mal einen schönen Feierabend gewünscht. Die erinnert sich garantiert an mich.«

»Wissen Sie, wie die Frau heißt?«

»Nein, aber ich kann Ihnen beschreiben, wie sie aussieht.«

»Na dann«, bat Speer und hielt sein Notizbuch und einen Stift bereit, um mitzuschreiben.

»Sie ist ein bisschen korpulent, so Anfang fünfzig und sie hat blonde kurze Haare und eine Rose auf der Innenseite ihres Unterarms tätowiert.«

Zurück im Präsidium starteten sie Arno Schwarzers Laptop, den sie aus dessen Villa mitgenommen hatten. Das Gerät war aber, wie zu erwarten, mit einem Passwort gegen unberechtigte Zugriffe gesichert.

»Ich kann den Code knacken«, ließ sich Tina nicht lange bitten. »Aber das kann dauern.«

Bogner gähnte. Der Supermarkt, in dem die von Wessel beschriebene Verkäuferin arbeitete, war, da heute Sonntag war, geschlossen. Tina Jeschke hatte zwischenzeitlich von Klara Schwarzer telefonisch die Auskunft erhalten, dass sie an besagtem Mittwochabend in ihrem Yogakurs gewesen sei. Die Yogaschule öffnete aber ebenfalls erst wieder am Montag. »Morgen ist auch noch ein Tag«, sagte Bogner. »Früher bekommen wir die Alibis von Felix Wessel und Klara Schwarzer sowieso nicht geklärt.«

Außerdem würden sie ebenfalls erst morgen das Ergebnis der ballistischen Untersuchung der sichergestellten neun Millimeter-Parabellum-Geschosse erhalten. Die Resultate des von Tina in die Wege geleiteten richterlichen Ersuchens an den E-Mail-Anbieter auf Herausgabe der persönlichen Daten von Totenraecher@web.de beziehungsweise der zugehörigen IP-Adresse würden auch noch auf sich warten lassen.

Es war halb acht, als sie das Licht in ihrem Büro ausschalteten und den Nachhauseweg antraten.

»Sehr gut, jetzt bin ich pünktlich zum *Tatort* auf dem Sofa«, sagte Tina, als sie aus dem Gebäude traten.

»Du und der *Tatort* im Ersten? Du verarschst uns doch jetzt«, mutmaßte Bogner.

Am Sonntagabend den Fernsehkrimi zu schauen, wie es um die zehn Millionen andere Bundesbürger auch taten, sah Tina überhaupt nicht ähnlich.

»Nein, wirklich, ich verpasse nur ungern eine Folge. Das ist so eine Angewohnheit von mir. Fast schon ein Ritual. Da ist der Täter wenigstens nach neunzig Minuten gefasst. Früher habe ich sonntags auch die Lindenstraße geschaut. Aber die ist mir irgendwann langweilig geworden.«

Bogner wandte sich Speer zu. »Und was machst du heute noch so?«

»Ich fahre nach Hause und bereite mich seelisch und moralisch darauf vor, Franziska zu bitten, sich mit dem Mann, der sie und ihre Familie töten wollte, in einen

Raum zu begeben, um aus ihm ein paar nützliche Informationen herauszukitzeln.«

Bogner zuckte die Achseln. »Dann werde ich mir wohl allein ein Feierabendbier in Henriettes Eck schmecken lassen müssen.«

12

Montagmorgen

Adrian Speer betrat um neun Uhr Franziskas Dienstzimmer. Sie hatte es sich schön eingerichtet. An verschiedenen Stellen standen Topfpflanzen und an den Wänden hingen neben gerahmten Zitaten von Buddha, Gandhi und Einstein ihre erfolgreich abgeschlossenen Fortbildungszertifikate. Franziskas einstiger Vorgesetzter Armin Rottner war vor elf Monaten im Verlauf der Suche nach Lucy ermordet worden. Vermutlich von Georg Hauser. Nachweisen konnte man Hauser die Tötung Rottners bisher allerdings nicht.

Franziska hatte es abgelehnt, die Position ihres toten Vorgesetzten zu übernehmen. Auch im Interesse der Kinder. Die Leitung der Berliner Außenstelle des Bundeskriminalamtes hätte einen höheren Zeitaufwand und sehr viel mehr Druck bedeutet.

»Guten Morgen«, begrüßte er sie und schloss die Tür hinter sich.

Franziska lehnte sich in ihren Bürostuhl zurück und nippte an ihrem Kaffee. Über den Rand der Tasse hinweg ließ sie ihn nicht aus den Augen.

»Mit dir habe ich ehrlich gesagt nicht gerechnet«, sagte sie. »Setz dich doch.«

Speer nahm auf dem Stuhl vor ihrem Schreibtisch Platz.

»Also, was führt dich zu mir?«

»Wir benötigen deine Hilfe bei unseren Ermittlungen.«

»Du machst mich neugierig. Man sollte doch meinen, in eurer Abteilung Delikte am Menschen gäbe es ausreichend Mitarbeiter, die euch unter die Arme greifen. Und eigene Fallanalytiker hat das LKA doch auch. Also warum kommst du ausgerechnet zu mir?«

»Wir haben zwei Mordfälle, die bisher als Suizide eingestuft wurden. Es gibt jemanden, der uns auf diese Spur gebracht hat. Wir glauben, er weiß mehr, als er bisher gesagt hat.«

»Das erklärt aber noch immer nicht, was ich mit der Sache zu tun hätte.«

Speer sah zu Boden. Es schmeckte ihm nicht, dass er Franziska in den Fall hineinziehen musste. Er sah wieder zu ihr auf. »Dieser Jemand will nur mit dir reden«, sagte er.

»Puh. Und hat diese Person auch einen Namen?«

»Der Fall ist komplex und weitreichend«, wich Speer zunächst aus und erzählte ihr von den vorhergehenden Morden an den Familienangehörigen.

»Von mir aus. Ihr braucht mich, weil der Fall für euch drei allein schon vom Umfang her kaum zu bewältigen ist. Aber vor allem, weil sich eine Person mit Insiderwissen nur mit mir unterhalten möchte. Und jetzt will ich endlich wissen, wer das ist.«

Speer biss die Zähne aufeinander und sah Franziska fest in die Augen.

»Georg Hauser«, sagte er dann.

Franziskas Gesicht wurde augenblicklich aschfahl.

»Weißt du, worum du mich da bittest?«

»Ja, das weiß ich. Und es ist mir klar, dass es dir nicht leichtfällt, ihm gegenüberzutreten.«

»Nicht leichtfallen, ist *leicht* untertrieben.«

»Du kannst auch Nein sagen. Das wäre nur allzu verständlich.«

Franziska knabberte an ihrer Unterlippe. Dann atmete sie geräuschvoll aus.

»Ihr sucht Mörder. Das tue ich ebenfalls, wenn auch mit anderen Mitteln. Und wenn meine Hilfe in einem Fall benötigt wird, dann muss ich eben über meinen Schatten springen.«

»Niemand zwingt dich dazu, das zu tun.«

»Ich mache es«, blieb sie konsequent. »Ich predige immer, man soll sich seinen Ängsten stellen, um sie zu überwinden. Das dürfen nicht nur leere Worte sein.«

»Wenn es deinem psychischen Gleichgewicht abträglich ist, ist es die Sache nicht wert«, insistierte Speer. »Hauser hat etwas vor, das spüre ich.«

»Ich habe mich entschieden. Ich bin dabei. Hauser sitzt im Knast. Er kann rein gar nichts tun, weder mir noch sonst jemandem. Du brauchst kein schlechtes Gewissen zu haben, dass du mich gefragt hast. Gib mir jetzt eine detaillierte Einweisung in den Fall und dann gehe ich zu ihm, wann ihr wollt.«

Speer hatte kein gutes Gefühl dabei, als er für Franziska zusammenfasste, was Hauser ausgeplaudert und sie daraufhin herausgefunden hatten.

»Was ist mit den Haftverbesserungen, die er gefordert hat?«, fragte Franziska zum Schluss.

Nach außen hin gab sie sich ruhig und emotionslos. Aber Speer spürte, dass es innerlich in ihr rumorte.

»Robert ist dabei, Hausers Forderungen mit der Staatsanwaltschaft und dem Gericht abzuklären.«

»Gut. Ohne entsprechende Zusagen brauche ich mich erst gar nicht auf den Weg zu ihm zu machen.«

Vier Stunden später betrat Franziska den Vernehmungsraum in der Justizvollzugsanstalt Moabit, in den die Beamten Georg Hauser kurz zuvor eskortiert hatten.

Sie war sich darüber im Klaren, dass Hauser ihr inneres Wesen kannte, hatte sie doch unmittelbar nach Lucys Entführung in mehreren Sitzungen seine Hilfe als Polizeipsychologe in Anspruch genommen.

Hauser saß auf einem Stuhl. Seine Hände waren an den Tisch vor ihm gekettet. Seine Haltung war gerade, seine Brust vorgestreckt. Selbst gefangen und gefesselt verströmte sein Äußeres Selbstsicherheit und Autorität.

Er blickt auf mich und auf alle anderen Menschen herab, als wenn er Gott wäre, dachte Franziska. Sie verabscheute diesen Menschen. Sie würde ihm zeigen, dass sie sich nicht von ihm einschüchtern ließ und vor allem keine Angst vor ihm hatte. Sie ging langsam, aber ohne zu zögern, auf ihn zu, setzte sich ihm gegenüber, legte die Hände auf dem Tisch übereinander und sah dem Monster in die Augen.

Es kostete sie Kraft, ruhig zu bleiben und ihm nicht durch ihr Zittern zu signalisieren, dass er Macht über sie besaß.

Hauser lächelte. »Dass Sie hier sind, sagt mir, dass Ihr Ex-Mann und sein Partner die Bestätigung dafür gefunden haben, dass Arno Schwarzer getötet wurde. Lassen Sie mich raten, er wurde betäubt, bevor er mit Autoabgasen vergiftet wurde. Chloroform, Äther, Halothan?«

»Chloroform«, sagte Franziska. Sie hasste Hausers überhebliche Art, aber hinter seiner eiskalten Fassade steckte ein brillanter Verstand.

Sie atmete durch. Allmählich gewann sie innerlich an Ruhe. Sie war gut in ihrem Job und sie würde Hauser entlocken, was er wusste.

Franziska holte einen Schreibblock und einen Stift aus ihrer Arbeitstasche, die sie neben sich auf den Boden gestellt hatte, und legte beides vor sich.

»Geht es Ihnen und Ihrer Familie gut? Und wie geht es Lucy?«, fragte Hauser mit geheuchelter Empathie.

Franziska wusste, dass er sie provozieren und zu einer unüberlegten Reaktion veranlassen wollte. Das Schlimme war, er war kurz davor, es zu schaffen. Sie konzentrierte sich auf ihren Atem. Das half ein wenig.

»Woher wussten Sie, dass es Mord war?«

Hauser legte den Kopf leicht schief. »Ich habe es aus verschiedenen Anhaltspunkten kombiniert.« Ein Lächeln umspielte seine Lippen. Er streckte seinen rechten Zeigefinger aus und hob die an den Tisch gefesselte Hand leicht an. »Werden meine Forderungen erfüllt, wenn Sie mit meiner Hilfe den Mörder fassen?«

»Ja, Staatsanwaltschaft und Gericht haben zugestimmt.«

»Haben Sie das schriftlich?«

»Sie werden sich auf mein Wort verlassen müssen.«

Hauser lächelte wieder. Seine Augen blieben durchdringend. »Wie ich darauf gekommen bin, dass Schwarzer und Bühler ermordet wurden, verrate ich Ihnen noch nicht.«

Franziska räusperte sich. »Warum nicht?«

Erneut senkte Hauser den Kopf zur Seite. »Ist das nicht offensichtlich? Ich genieße Ihre Anwesenheit und möchte, dass es nicht nur bei Ihrem einen Besuch heute bleibt.«

Irritiert sah Franziska auf ihren Schreibblock. Es würde keinen Sinn machen, Hauser zur Beantwortung der Frage zu drängen. Sie sah wieder zu ihm auf. »Wurden die Angehörigen von Riemer, Schwarzer und Bühler von demselben Täter erschossen?«

»Ich bin mir sicher, Sie werden die Projektile ballistisch untersuchen lassen. Vermutlich wird sich herausstellen, dass die Angehörigen der drei jeweils mit der gleichen Waffe getötet wurden. Deshalb lautete meine Antwort: Ja, es handelt sich um denselben Täter.«

Franziska notierte sich Hausers Antwort. Ebenso würde sie mit seinen folgenden Äußerungen verfahren.

»Und hat derjenige später auch Schwarzer und Bühler getötet und die Taten als Selbstmorde verschleiert?«

»Davon gehe ich aus.«

»Aber aus welchem Grund wurden die Hinterbliebenen erst später umgebracht?«

»Es geht wie so oft um Schuld, Sühne und Rache.« Hauser sprach leise und seine Stimme ging sanft in die Höhe und wieder in die Tiefe.

»Aber wer tut so etwas?«

»Um diese Frage zu beantworten, brauche ich mehr Informationen.«

Bisher hatte Hauser nur Vermutungen geäußert und

noch nichts Wesentliches zur Erhellung beigetragen. Franziska war sich sicher, dass er das Gespräch absichtlich in die Länge zog. Für ihn war das hier ein Spiel. Es unterhielt und amüsierte ihn. Aber er schien auch sehr viel mehr zu wissen. Das spürte sie ganz deutlich.

»Warum helfen Sie uns wirklich?«, sagte Franziska. »Es ist doch nicht nur der Wunsch nach einem besseren Gefängnisjob oder einer schöneren Zelle?«

»Ja, da ist noch etwas. Sie haben recht. Es ist mein Gehirn. Es braucht etwas Anspruchsvolles, mit dem es sich beschäftigen kann. Sie können sich nicht vorstellen, wie es ist, von unterbelichteten Mitgefangenen umgeben zu sein und mit niemandem ein geistreiches Gespräch führen zu können.«

»Jan Riemer lebt. Welche Rolle spielt er? Ist er ein weiteres potenzielles Opfer des Killers?«

Hauser schloss die Augen, ließ den Kopf nach hinten in den Nacken sinken, sodass sein Gesicht zur Decke gerichtet war, und atmete mehrmals tief durch. Dann setzte er sich wieder normal hin und sah Franziska mit festem Blick an wie ein Raubtier, das seine Beute fixierte. »Bevor Jan Riemer seinen Job aufgab, kam er regelmäßig in meine Sprechstunde. Sein Problem war, dass er immer heftigere Gewaltfantasien entwickelte und er Angst hatte, dass er sie irgendwann in die Tat umsetzen würde. Seine Aggressivität wandte sich gegen die Kriminellen, gegen Mörder, Drogen- und Mädchenhändler. Er empfand sie als Abschaum und stellte sich vor, wie er sie tötete. Ich riet ihm, zu kündigen und sich ganz dem Schreiben zu widmen. Die Idee war, dass das Verfassen von Horrorgeschichten und Thrillern eine

Therapie für ihn sein könnte, durch die er sich die Visionen von der Seele schreiben würde, und dass er dann keine Aussetzer mehr hätte. Aber mittlerweile zweifle ich, ob das Schreiben nicht eher wie ein Brandbeschleuniger gewirkt hat. Sie kennen sicher den Ausspruch von Friedrich Nietzsche über den Abgrund?«

Franziska nickte nachdenklich. »Wenn man lange genug in einen Abgrund blickt, blickt der Abgrund irgendwann in einen hinein.«

Hauser ließ sie nicht aus seinen kalten blauen Augen. Er war ihr zunehmend unheimlicher.

Franziska räusperte sich. »Riemer gab als Grund für seinen Weggang von der Polizei an, dass er die Konfrontation mit der Gewalt und das Leid der Opfer nicht mehr aushalte.«

»So kann man es auch formulieren. Es ist noch nicht einmal gelogen.«

»Könnte Jan Riemer unser Täter sein?«

»Ausschließen würde ich ihn nicht.«

»Aber Riemers Frau und sein Kind wurden doch ebenfalls erschossen.«

»Ich habe Riemer an einen Kollegen weitervermittelt. Er heißt Dr. Roland Wilke und ist ein hervorragender Psychiater. Ich habe mich mit ihm über unseren gemeinsamen Patienten ausgetauscht. Wilke wird das abstreiten, da wir dadurch unsere Verschwiegenheitspflicht verletzt haben. Und er wird Ihnen auch nichts zur Behandlung Jan Riemers erzählen, da das ebenfalls gegen das Arztgeheimnis verstoßen würde. Aber ich sitze hier drin wegen Mordes. Mir können die ärztlichen Gelübde vollkommen egal sein.«

»Welche Diagnose hat Dr. Wilke gestellt?«

»Die gleiche, die ich auch schon gestellt habe. Es war eine sehr gewagte Diagnose, weshalb ich neugierig war, ob Dr. Wilke meine Meinung teilen würde, und er hat es getan.«

Hauser legte eine Sprechpause ein und atmete langsam und tief durch.

»Wir sind zu dem übereinstimmenden Ergebnis gekommen, dass Jan Riemer unter einer multiplen Persönlichkeitsstörung leidet. In ihm leben mehrere Identitäten, mindestens zwei, und keine weiß von der jeweils anderen.«

Franziska kannte diese Krankheit, die auch als dissoziative Identitätsstörung bezeichnet wurde. Die verschiedenen Persönlichkeiten übernahmen abwechselnd die Kontrolle über das Denken und Handeln des Betroffenen.

»Das heißt, wenn die andere Person in ihm die Führung übernimmt, weiß er später nicht mehr, was er getan hat.«

Hauser nickte. »Das sind die besagten Aussetzer, die Zeiten, für die ihm seine Erinnerungen fehlen.«

»Das hieße, er könnte theoretisch seine eigene Familie erschossen haben, ohne es zu wissen.«

»Das wäre eine Möglichkeit«, bestätigte Hauser. »Wenn Sie mehr wissen wollen, brauche ich wie gesagt mehr Informationen.«

»Was genau schwebt Ihnen vor?«

»Ich benötige Zugang zu mehreren Akten, die mittlerweile in den Archiven schlummern dürften.«

Franziska setzte den Stift auf den Block, um mitzuschreiben.

»Vor drei Jahren gab es einen Amoklauf, Sie werden sich erinnern. Der Täter Florian Sander erschoss neun Menschen in einem Einkaufszentrum. Ich brauche die Ermittlungsakte in diesem Fall, ebenso die Obduktionsberichte aller Opfer. Zudem benötige ich die Ermittlungsakten und die Obduktionsberichte zu den getöteten Familienangehörigen von Riemer, Schwarzer und Bühler.«

Franziska notierte sich alles und schnappte nach Luft. »Das ist einiges. Ich werde sehen, ob sich das einrichten lässt.«

»Sie bekommen das schon hin«, sagte Hauser. Sein Lächeln wirkte falsch. Es erinnerte sie an die gespielte Freundlichkeit des Clowns aus *Es*, bevor er den kleinen Jungen in den Straßengully zog. Bei der Vorstellung zuckte sie leicht zurück.

»Was ist denn, meine Liebe?«, sagte Hauser. »Ich hoffe, Sie sind nicht meinetwegen so verstört.«

Franziska packte ihre Sachen ein, stand auf und ging zur Tür.

»Franziska«, rief Hauser ihr nach. »Passen Sie bitte gut auf sich auf.« Er lachte breit und dabei blitzten seine kleinen weißen Zähne auf.

13

Um sechzehn Uhr dreißig saßen Franziska und Tina zusammen mit Speer und Bogner in deren Büro. Franziska hatte ihnen alles erzählt, was Hauser ihr gesagt hatte.

Bogner hatte daraufhin veranlasst, dass sämtliche von Hauser verlangten Unterlagen aus den Archiven der Berliner und Brandenburger Staatsanwaltschaft geholt und Kopien gefertigt wurden, die sie Georg Hauser zur Verfügung stellen würden.

Der Akte zum Amoklauf Florian Sanders hatten sie Priorität eingeräumt und diese soeben aus dem Archiv erhalten.

Sander war einundzwanzig Jahre alt gewesen, als er mit einem Sturmgewehr in ein Einkaufszentrum marschiert war und neun Menschen wahllos erschossen hatte. Er konnte noch vor Ort festgenommen werden. Doch mittlerweile war er tot.

Einer der Mitgefangenen hatte Sander vor einem halben Jahr im Knast beim gemeinsamen Duschen das Genick gebrochen. Der Tat war ein Streit vorausgegangen. Sander hatte mit seinem Massenmord geprahlt. Was er nicht wusste: Unter seinen Opfern war die Schwägerin des Mannes gewesen, der Sander im Affekt unter der Dusche umbrachte.

»Florian Sander war Gymnasiast und bestand sein

Abitur mit einer guten Note«, referierte Bogner, der die Akte grob überflogen hatte. »Danach begann er ein Studium auf Lehramt in Deutsch und Geschichte an der Uni Berlin. Er wird zwar als zurückhaltend beschrieben, hatte aber ganz normale soziale Kontakte.«

»Niemand, dem man einen Amoklauf zutrauen würde«, ergänzte Speer.

Ein Polizeifoto, das nach Sanders Festnahme aufgenommen worden war und ihn im Profil zeigte, hing an dem Whiteboard, das an der Wand in ihrem kleinen Büro Platz gefunden hatte.

»Er sah aus, wie man sich einen typischen jungen Mann vorstellt«, sagte Franziska.

»Die Frage ist, warum will Hauser die Ermittlungsakte zu dem Amoklauf und die Obduktionsberichte aller Opfer?«, warf Tina in die Runde.

»Ich kann mir nur vorstellen, dass Hauser eine Verbindung zwischen dem Amoklauf und den Morden sieht, die uns zurzeit beschäftigen«, antwortete Franziska.

»Laut Akte saß Florian Sander genau wie Hauser in Moabit«, ergänzte Bogner. »Möglicherweise hatten die beiden also Kontakt.«

»Damit hätten wir eine neue Ermittlungsrichtung aufgetan«, sagte Speer.

»Die können wir auch gut gebrauchen«, sagte Tina.

Speer wusste, was sie meinte. Zwischenzeitlich hatte sich das Alibi von Klara Schwarzer als stichhaltig erwiesen. Eine Nachfrage bei der Yogaschule hatte ergeben, dass Klara Schwarzer im Zeitraum des Ablebens ihres Bruders in ihrem Kurs gewesen war.

Außerdem waren sie zu dem Supermarkt gefahren, in dem Felix Wessel am Mittwoch noch spät abends eingekauft haben wollte.

Tatsächlich gab es eine Kassiererin, auf die seine Beschreibung passte. Sie hatte in dieser Woche Frühschicht, war im Laden und versicherte, dass Wessel die Wahrheit gesagt hatte. Sie erinnerte sich auch noch daran, dass er ihr erzählt hatte, dass seine Pizza im Ofen verbrannt war und er sich deshalb neben dem Hundefutter eine neue gekauft hatte.

Der dritte Tatverdächtige war umso stärker in ihren Fokus gerückt.

»Das Alibi von Leon Fries, im Kino gewesen zu sein, ist zu dürftig, um ihn von der Liste der Verdächtigen zu streichen«, sagte Speer. »Zudem bringen wir ihn als Einzigen mit Arno Schwarzer und Susanne Bühler in Verbindung.«

»Das Alibi kann Fries knicken«, warf Tina ein.

»Weshalb das?«, fragte Bogner.

»Kurz vor unserer Besprechung habe ich mit einer Angestellten des Kinos telefoniert. Sie bestätigte, dass der Film, den Fries gesehen haben will, für Mittwoch auf dem Programm stand. Allerdings sei die Soundanlage ausgefallen und die Vorstellung musste abgesagt werden.«

»Damit rutscht Leon Fries ganz nach oben«, folgerte Bogner. »Er hat uns angelogen. Warum?«

»Ihm war klar, dass wir ihn verdächtigen. Er könnte allein zu Hause gewesen sein. Vielleicht hat er sich das Kino nur ausgedacht, damit wir ihn nicht weiter behelligen«, vermutete Tina.

»Oder er hat Arno Schwarzer betäubt und mit Autoabgasen vollgepumpt«, entgegnete Bogner.

»Wie sieht es mit Jan Riemer aus?«, fragte Franziska. »Riemer leidet an Gewaltfantasien, die er in seinen Büchern verarbeitet. Hauser diagnostizierte bei ihm eine multiple Persönlichkeitsstörung. Falls dem so ist, könnte Riemer die Angehörigen inklusive seiner eigenen getötet haben, ohne etwas davon zu wissen.«

»Die ballistischen Untersuchungen haben Hausers Vermutung inzwischen bestätigt: Die Projektile in den drei Fällen stammen aus derselben Waffe«, ergänzte Tina.

Bogner rieb sich durchs Gesicht. »Ich tue mich schwer damit, einen Ex-Kollegen wegen eines möglichen psychischen Problems unter den Verdacht des Mehrfachmordes zu stellen.«

»Und selbst wenn Riemer es war, dann stellt sich noch immer die Frage, ob er auch der Mörder von Arno Schwarzer und Susanne Bühler ist«, überlegte Speer. »Ohne Motiv tappen wir da im Dunkeln.«

»Dazu kann ich vielleicht etwas beitragen«, meldete sich Tina Jeschke. »Ich konnte den Zugangscode zu Schwarzers Laptop knacken. Riemer hat behauptet, eine E-Mail von einem gewissen *Totenrächer* bekommen zu haben. In Schwarzers Posteingang habe ich ebenfalls eine Mail mit diesem Absender entdeckt. Das war vor zwei Wochen. Der Schreiber droht darin, Schwarzer zu töten, falls er nicht binnen einer Woche öffentlich bekannt gibt, dass sein neues Videospiel nicht erscheinen wird.«

Robert Bogner stieß einen Pfiff aus.

»Was war das für ein Spiel?«, fragte Franziska.

»Ein typischer Ego-Shooter. Als Söldner ist man im afrikanischen Busch unterwegs«, erklärte Tina. »Die Mission ist die Befreiung von Geiseln, die irgendwo im Urwald gefangen gehalten werden. Die Gegner sind die Naturgewalten und jede Menge Warlords und deren Armeen. Insgesamt ist es eine wüste Ballerei, bei der dem Spieler ein riesiges Waffenarsenal zur Verfügung steht.«

Ein Signal, das von Tinas Laptop ausging, zog ihre Aufmerksamkeit auf sich. Umgehend begann sie, etwas auf ihrer Tastatur zu tippen.

Kurz sagte niemand etwas. Bogner trank von seinem Kaffee und Speer sah erwartungsvoll in Richtung der Kollegin. Franziska legte die Stirn in Falten. »Riemer will eine Mail mit der Aufforderung, sein neues Buch nicht zu veröffentlichen, erhalten haben, richtig?«

Alle nickten.

»Und Susanne Bühler hatte, nach dem Mord an ihrem Mann, gerade erst wieder begonnen, ihre You Tube-Fans mit neuen heißen Fakten zu ihren geliebten Serienmördern zu versorgen. Kurz darauf wird sie in der Wanne ermordet. Vielleicht hat sie vor ihrem neuen Video auch eine Drohnachricht erhalten.«

»Das könnte tatsächlich ein Motiv für die Morde sein. Jemand will verhindern, dass Bühler und Schwarzer weiterhin ihre Gewaltdarstellungen unters Volk bringen«, griff Bogner den Faden auf. »Dann wäre Riemer aber für mich eher das nächste potenzielle Opfer und kein Verdächtiger.«

»Nicht, wenn du das hier gelesen hast«, widersprach Tina und sah mit großen Augen vom Display ihres Laptops zu den anderen herüber. »Der E-Mail-Provider, bei dem die Adresse *Totenraecher* eingerichtet wurde, hat uns neben den nichtssagenden und sicher falschen Personalien die IP-Adresse mitgeteilt, von der aus die Einrichtung erfolgte. Daraus ergibt sich eine Wohnanschrift. Es ist die von Jan Riemer.«

»Das kann ich nicht glauben«, staunte Bogner und begab sich zu Tina, um sich mit eigenen Augen zu überzeugen.

»Sowohl bei Riemer als auch bei Schwarzer gingen die Ermittler bis jetzt von Wohnungseinbrüchen aus, bei denen die Tötungen ungeplant erfolgten«, sagte Tina.

»Was, wenn die wahre Absicht die Morde waren und der Diebstahl des Geldes nur als Tarnung diente«, erwiderte Franziska. »Ebenso wie die späteren Suizide die weiteren Morde verschleiern sollten.«

»Das würde darauf hindeuten, dass wir es mit demselben Täter zu tun haben«, folgerte Bogner. »Angenommen es ist Riemer. Warum sollte er Schwarzer und Bühler töten?«

»Falls die bei ihm diagnostizierte psychische Krankheit zutreffend ist, tötet er möglicherweise zwanghaft und ohne sich daran zu erinnern«, antwortete Franziska. »Und im Hinblick auf Arno Schwarzer und Susanne Bühler können wir sogar ein Motiv konstruieren.«

»Und das wäre?«, wollte Tina wissen.

»Einem Teil von Riemers Identität könnte es zuwider sein, dass Schwarzer und Bühler mit der Verbreitung von Gewalt zu Unterhaltungszwecken Profit machen. Daher auch die Droh-E-Mails. Die in Riemer steckende verborgene Persönlichkeit tötete die beiden, weil sie seine Warnung nicht ernst nahmen.«

»Aber Riemer ist doch mit seinen Thrillern in der gleichen Sparte tätig«, gab Bogner zu bedenken.

Franziska nickte und sah ihn mit bedeutsamem Blick an.

»Das heißt, die andere in Riemer schlummernde Identität bringt zum Abschluss ihn und damit, ohne es zu wissen, sich selbst durch einen weiteren vorgetäuschten Suizid um«, folgerte Speer.

»Das ist total verrückt«, entfuhr es Bogner.

»Aber schlüssig. Es passt alles zusammen«, sagte Tina.

Bogner stand auf. »Dann sollten wir jetzt schleunigst zu Jan Riemer.«

»Und was machen wir mit Leon Fries?«, wollte Tina wissen.

»Verflucht, du hast recht. Wir dürfen ihn nicht außer Acht lassen«, sagte Bogner. »Es wäre jetzt einfacher, wenn wir personell stärker besetzt wären, aber es nützt nichts. Wie wäre es, wenn du die Kollegen von der Bereitschaft darum bittest, Leon Fries zur Befragung aufs Revier zu bringen. Am besten sollten sie versuchen, unseren zweiten Verdächtigen zu erwischen, wenn er heute Abend in seiner Wohnung ist. Falls er nicht freiwillig mitkommt, nehmen sie ihn wegen Mordverdachts vorläufig fest.«

»Okay, wird gemacht«, bestätigte Tina.

»Und sobald alle von Hauser angeforderten Akten rausgesucht und kopiert sind, lasse diese bitte zu ihm nach Moabit transportieren. Ich bin gespannt, welche Schlüsse der Psychopath daraus zieht.«

»Ich begebe mich mal auf den Heimweg. Lucy und Jonathan warten sicher schon«, sagte Franziska an Speer gewandt.

»Vielen Dank für deine Hilfe«, sagte er.

»Morgen gehe ich wieder zu Hauser. Er weiß noch mehr, als er bisher gesagt hat.«

»Ist gut«, sagte Speer. »Aber sobald es dir zu viel wird, hörst du auf.«

Eine Stunde später kamen sie bei Riemers Bauernhaus an. Die Fensterläden standen offen. Hinter den Fenstern brannte kein Licht. Riemers Wagen parkte nicht vor dem Haus. Aber auch das musste nichts bedeuten. Es gab an der Seite eine frei stehende Scheune, in der sich der Wagen befinden konnte.

»Wir müssen auf alles gefasst sein«, mahnte Bogner, bevor sie ausstiegen. »Riemer kann sich denken, dass wir um diese Uhrzeit nicht nur zu ihm rauskommen, um ihm weitere Fragen zu stellen.«

Sie gingen seitlich um das Haus herum und zogen dabei ihre Dienstwaffen. Vorsicht war in dem Fall besser als Nachsicht. Es war mittlerweile dunkel geworden. Dank des wolkenlosen Himmels spendete der Mond genügend Licht, um die nähere Umgebung erkennen zu können. Ein Knacken aus Richtung des neben dem Haus verlaufenden Feldes ließ sie herumfahren. Sie gingen reflexartig in die Hocke und verharrten kurz in dieser Position. Doch es geschah nichts und es blieb still. »Vermutlich nur ein Tier«, flüsterte Speer.

Aber der Schreck hatte gesessen. Auch hinter dem Haus konnten sie keine Anzeichen dafür erkennen, dass jemand sich darin aufhielt. Die Räume hinter den Fenstern waren ebenfalls dunkel.

Als sie wieder vor dem Haus ankamen, klopfte Bogner an die Tür. »Robert Bogner hier«, rief er. »Wir müssen noch mal mit Ihnen reden.«

Nichts. Er pochte erneut gegen das Türblatt. Wieder blieb es innen finster und kein Geräusch war zu vernehmen.

»Riemer könnte sich bereits umgebracht haben«, vermutete Speer.

Bogner nickte, nahm Schwung und trat gegen die Tür, die daraufhin aufsprang. Er schaltete das Licht an und sie machten sich schnell daran, die Räume mit vorgehaltenen Pistolen zu durchkämmen. Am Ende mussten sie feststellen, dass Jan Riemer nicht zu Hause war. Nichts wies darauf hin, dass er verreist oder überstürzt aufgebrochen war. Lediglich eine Sache verhieß nichts Gutes. Riemers Jagdgewehr fehlte.

»Er könnte wer weiß wo sein«, gab Bogner zu bedenken.

»Vielleicht ist er auf der Jagd oder er ist mit seinem Wagen gegen einen Baum gefahren«, erwiderte Speer. »Denkbar ist alles.«

Bogner seufzte. »Was machen wir jetzt? Hier auf ihn warten?«

»Vielleicht ist er auch untergetaucht, weil er geahnt hat, dass wir ihm auf die Schliche gekommen sind«, sagte Speer. »In dem Fall wäre es reine Zeitverschwendung hierzubleiben.«

»Da stimme ich dir zu. Dann durchsuchen wir das Haus und fahren anschließend zurück.«

Als sie eine Stunde später fertig waren, hatten sie nichts gefunden, das Riemer belastete. Auf dem Laptop, der nicht durch ein Passwort gesichert war, konnten sie in dem E-Mail-Programm keinen Account auf den Namen *Totenraecher* finden. Lediglich Riemers Korrespondenz mit seinem Verlag und seinen Fans war in den Postordnern.

»Wir nehmen den Laptop mit und lassen Tina noch mal genauer nachschauen«, sagte Bogner. Dann schlossen sie die Haustür, so gut es mit dem beschädigten Schloss ging, und machten sich auf den Rückweg. Während der Fahrt beorderte Speer einen Streifenwagen in die Nähe von Riemers Haus und erteilte den Auftrag, Riemer festzunehmen, falls er dort auftauchen sollte.

Als sie gegen einundzwanzig Uhr zurückkamen, konnte Tina ihnen mitteilen, dass Leon Fries im Vernehmungsraum saß. Die Kollegen hatten gewartet, bis er in seine Wohnung zurückgekehrt war. Als sie ihn vor die Wahl stellten, freiwillig zur Befragung mitzukommen oder ihn andernfalls vorläufig festnehmen zu müssen, entschied er sich für die erste Variante.

»Warum haben Sie mich herbringen lassen?«, fragte Leon Fries sofort, als Speer und Bogner zu ihm in den Raum traten.

Die Haare des jungen Mannes waren zerzaust. Er trommelte unruhig mit den Fingern auf den Tisch und wippte mit den Beinen.

»Sie haben uns angelogen, Herr Fries«, schoss Bogner zurück.

Fries sprang auf, seine Augen flackerten nervös. Er atmete schnell und unregelmäßig. Alles an ihm wirkte gehetzt.

Er fühlt sich in die Ecke gedrängt, dachte Bogner. *Aber genau dort will ich ihn auch haben.*

»Ich halte es nicht gut aus, in engen Räumen wie diesen, ganz ohne Fenster. Und ich warte hier schon seit gut einer Stunde. Keiner sagt mir, was los ist, und die Stille hier drin und das Neonlicht machen mich verrückt.«

»Wir waren noch anderweitig beschäftigt. Setzen Sie sich bitte wieder hin. Wenn Sie kooperieren, sind Sie schnell wieder hier raus«, sagte Bogner.

Leon Fries nahm mit angstvollem Blick wieder Platz. Speer und Bogner setzten sich ihm gegenüber.

Fries brach das Schweigen. »Aber ich habe Ihnen doch die Wahrheit gesagt.«

Bogner schüttelte betont langsam den Kopf. »Nein, das haben Sie sicher nicht.«

Fries senkte den Blick und raufte sich die Haare.

»Sie haben Arno Schwarzer angegriffen. Sie kannten Susanne Bühler, von der wir mittlerweile ebenfalls annehmen, dass sie ermordet wurde.«

Fries hob den Blick und starrte sie wie paralysiert an.

»Susanne ermordet? Das kann doch nicht sein.«

»Doch«, widersprach Speer. »Hinzu kommt nun, dass Sie uns ein falsches Alibi genannt haben. Das macht Sie automatisch zu einem Verdächtigen. Aber noch läuft das Ermittlungsverfahren nicht gegen Sie und wir befragen Sie hier nur rein informell. Je nachdem, was Sie aber jetzt sagen, kann sich das im Handumdrehen ändern.«

»Der Film, in dem Sie gewesen sein wollen, wurde an

dem Abend nicht vorgeführt. Die Soundanlage war defekt«, sagte Bogner. Er machte ein bedauerndes Gesicht. »Pech für Sie.«

Fries hob abwehrend die Hände. »Halt, stopp. Ich wusste nicht, dass es so eng für mich aussieht. Ich kann das erklären.«

»Na dann mal los«, forderte Bogner ihn auf. »Wir sind ganz Ohr.«

Fries atmete einmal kräftig durch. »Also den Film habe ich eine Woche vorher schon gesehen. Daher konnte ich Ihnen so genau erzählen, worum es darin ging. Und gelogen habe ich, weil ich an dem betreffenden Abend mit einer Frau zusammen war.«

»Warum haben Sie das nicht gleich gesagt?«, fragte Bogner.

»Weil diese Frau nicht scharf darauf sein wird, dass die Polizei bei ihr auftaucht, um mein Alibi zu überprüfen. Ich bin ihr privater Fitnesstrainer. Sie ist verheiratet. Ihr Mann ist steinreich.«

»Und Sie haben ein Verhältnis mit ihr.«

»Ja, wenn ihr Mann das herausfindet, lässt er sich von ihr scheiden und laut Ehevertrag bekommt sie keinen Cent, wenn die Ehe wegen ihrer Untreue aufgehoben wird.«

»Und daran wollen Sie nicht schuld sein.«

»Ganz genau.«

Bogner seufzte. »Dann werden wir versuchen, das morgen so diskret wie möglich zu erledigen.«

Sie ließen sich die Adresse und die Handynummer der Frau geben.

»Sie bleiben solange unser Gast«, erklärte Speer. Er

und Bogner erhoben sich. »Warten Sie hier. Man wird Sie gleich in eine Zelle bringen.«

»Ab neun Uhr ist Ihr Mann gewöhnlich bei der Arbeit«, sagte Fries. »Dann erreichen Sie sie am besten, ohne dass er etwas davon mitbekommt.«

»Ich glaube ihm«, gab Speer zu, als sie zurück in ihr Büro kamen. Dort wartete bereits Tina auf sie.

»Ich eigentlich auch«, stimmte Bogner zu.

Tina deutete auf den Laptop von Jan Riemer und grinste.

»Schaut mal, was ich gefunden habe.«

Sie sahen zu dritt auf das Display, als Tina den Namen eines Programms in die Suchmaske eintippte. Wenig später öffnete sich ein zweites E-Mail-Programm, ein anderes als dasjenige, dessen Inhalt Speer und Bogner bereits vor Ort in Riemers Haus untersucht hatten.

Mit wenigen Klicks öffnete Tina den Ordner mit den gesendeten E-Mails. Darin befanden sich drei Nachrichten mit dem Absendernamen *Totenrächer*. Die erste E-Mail ging an Susanne Bühler, die zweite an Arno Schwarzer und die dritte an Jan Riemer selbst.

14

Dienstag

Die Nachfrage bei der Frau, die Leon Fries ein Alibi hätte geben sollen, war zunächst nicht von Erfolg gekrönt, da sie am Telefon ahnungslos tat.

Vermutlich glaubte sie nicht, dass jemand von der Polizei anrief, um sie nach einem angeblichen Verhältnis mit ihrem Trainer zu fragen, sondern vermutete eine Finte ihres Mannes. Als Speer und Bogner aber persönlich bei ihr an der Haustür erschienen, ihre Dienstausweise zeigten und erklärten, worum es ging, gab sie zögerlich zu, mit Leon Fries zur besagten Zeit zusammen gewesen zu sein.

Als sie wieder zurück im Büro waren, kam Franziska zu ihnen.

»Möchtest du einen Kaffee?«, fragte Bogner, der an der Filterkaffeemaschine stand und sich eine Tasse von dem gerade erst durchgelaufenen Kaffee eingoss.

»Ja, gerne.« Franziska nahm dankend eine Tasse von Bogner entgegen.

»Ist zu Hause alles okay?«, fragte Speer.

Franziska nippte an ihrem Kaffee. »Es geht so. Lucy hat in ihrer neuen Schule noch immer keinen richtigen Anschluss gefunden. Und Jona hat jetzt in der zwölften Klasse zum ersten Mal ernste Schwierigkeiten in Mathe und ein paar anderen Fächern. Außerdem hat vorgestern seine Freundin nach sechs Monaten mit ihm Schluss gemacht.«

»Das klingt nach Großbaustelle. Vielleicht hat er das Bedürfnis, mal mit seinem Vater ...« Speer ließ den Satz unvollendet. »Und Arthur?«

»Der hängt auch in den Seilen. Der letzte Film, den er mitproduziert hat, lief gar nicht gut und hat ziemlich viel Geld verbrannt. Jetzt hat er ein neues Projekt, bekommt aber die Finanzierung nicht hin. Wenn er so weitermacht, steuert er wieder in ein Burn-out.«

»Das hört sich nicht gerade gut an. Tut mir leid«, sagte Speer.

Franziska winkte ab. »Nichts, was sich nicht geradebiegen ließe. Das wird schon wieder.« Sie blickte in Bogners Richtung und hob die Tasse an. »Der Kaffee ist gut.«

»Danke. Und falls es jemanden interessiert. Mir geht es sehr gut, denn heute Abend gehe ich mit meiner Frau essen. Sie hat meine Einladung angenommen und ich darf sie abholen.«

»Bravo, das nenne ich einen echten Fortschritt für eure Beziehung«, sagte Speer. »Ich hoffe, du zeigst dich großzügig und führst Laura in ein teures Restaurant und nicht in deinen geliebten Chinaimbiss.«

»Hey, das Lokal, das ich ausgesucht habe, ist ein echter Gourmettempel und hat sogar zwei Sterne.«

»Dann bin ich beruhigt«, sagte Speer und lachte.

Franziska wandte sich ihm zu. »Und wie geht es dir?«

»Ehrlich gesagt gut. Seit Lucy wieder da ist, scheint mir vieles nicht der Rede wert, worüber ich mich früher beschwert hätte.«

»Ja, so geht es mir auch«, stimmte Franziska ihm zu.

»Bevor ich gleich nach Moabit zu Georg Hauser fahre, wollte ich euch noch von einer interessanten Entdeckung berichten, die ich gestern Abend gemacht habe.«

Bogner stellte seine Tasse auf seinem Schreibtisch ab, verschränkte die Arme vor der Brust und sah Franziska mit hochgezogenen Augenbrauen an. »Ich bin gespannt, was du für uns hast.«

»Ich habe im Internet die Klappentexte zu Jan Riemers Büchern gelesen. Bei einem seiner Thriller erschießt ein Einbrecher die Familie eines Kommissars.«

»Wow«, rief Bogner aus. Er blies die Backen auf und ließ die Luft wieder entweichen. »Würde mich wundern, wenn das ein Zufall ist.«

»Ganz genau«, pflichtete Franziska ihm bei.

»Das würde für die Theorie sprechen, dass Riemer oder die andere Person, die aufgrund seiner Krankheit noch in ihm steckt, seine Fantasien in die Tat umgesetzt hat«, führte Speer den Ansatz weiter aus. »Und begonnen hat er mit seiner eigenen Familie. Ziemlich abartig.«

»Wir haben aber auch noch neue Informationen für dich«, sagte Bogner. »Tina hat auf Riemers Laptop ein verstecktes zweites E-Mail-Programm entdeckt. Im Ordner der gesendeten E-Mails befinden sich die Nachrichten des Totenrächers an Schwarzer, Bühler und an Riemer selbst.«

»Die Krankheit, die Droh-E-Mails, das Buch. Das passt alles zusammen«, resümierte Franziska die Neuigkeiten.

»Die Fahndung nach Riemer läuft. Bisher allerdings noch ohne Erfolg«, wusste Speer zu vermelden. »Im Übrigen hat Leon Fries uns nun ein anderes Alibi präsentiert. Er hat ein Verhältnis mit einer verheirateten Frau und war am Mittwochabend mit ihr zusammen. Die Dame hat uns das so bestätigt und wir haben Fries vorhin freigelassen.«

»Jan Riemer ist damit unser einziger verbliebener Verdächtiger«, sagte Bogner.

»Umso wichtiger ist es, dass ich jetzt mit Georg Hauser rede und ihn frage, warum er die Akten über den Amoklauf Florian Sanders und die getöteten Angehörigen wollte«, sagte Franziska. »Jan Riemer bringe ich in dem Zusammenhang nicht unter.«

Bogner nickte zustimmend. »Die kopierten Akten und Obduktionsberichte hat Hauser gestern Abend erhalten. Vielleicht hat er schon etwas darin gefunden, das uns weiterbringt. Unabhängig davon werden wir hier die Unterlagen parallel durchgehen.«

* * *

Die Vorstellung, Georg Hauser gleich erneut in dem kleinen Vernehmungsraum gegenübersitzen zu müssen, ließ Franziska auf dem Weg zur Justizvollzugsanstalt Moabit erschaudern. Jahrelang hatte dieser Mann alle um sich herum manipuliert und über sein wahres Wesen getäuscht. Hauser hatte einerseits als Polizeipsychologe hervorragende Arbeit geleistet. Er hatte Kollegen mit psychischen Problemen geholfen und in polizeilichen Krisensituationen Eskalationen verhindert.

Sie erinnerte sich noch gut daran, dass er einen Mann, der sich vom Dach eines Hochhauses in den Tod stürzen wollte, davon abgebracht und gerettet hatte. Andererseits war Hauser ein Mörder, dem das Töten Freude bereitet hatte. Wie gefühlskalt musste dieser Mensch sein? Je mehr sie darüber nachdachte, desto unheimlicher wurde ihr der Mann. Er war hochintelligent und er führte etwas im Schilde. Das spürte sie ganz intuitiv.

Als Franziska im Gefängnis ankam, bat sie die Justizbeamten, Hauser zur weiteren Befragung in den Vernehmungsraum zu bringen. Doch zu ihrem Erstaunen weigerte sich Hauser, mit ihr zu sprechen. Er müsse die Akten noch zu Ende studieren und sei frühestens heute Abend wieder zu einem Gespräch mit ihr bereit.

Kurz ärgerte sich Franziska über die Arroganz des Inhaftierten. Andererseits hatte Hauser die Unterlagen erst gestern Abend erhalten. Durfte sie wirklich davon ausgehen, dass er die Nacht damit verbringen würde, den Aktenstapel durchzuarbeiten? Die Antwort war Nein. Warum hätte er das tun sollen?

Auf dem Weg zum Ausgang fragte sich Franziska erneut, weshalb Hauser der Amoklauf Florian Sanders interessierte. Sander war mit Hauser in Moabit inhaftiert gewesen. Vielleicht wollte Hauser einfach nur schwarz auf weiß die Details von Sanders Schreckenstat studieren. Möglicherweise ergötzte er sich an der Zahl der Toten und den Bildern der Opfer. Oder aber Hauser verfügte über exklusive Informationen, die er hier im Gefängnis, vielleicht beim Freigang draußen im Innenhof oder bei einer sonstigen Gelegenheit, unmittelbar von Florian Sander erhalten hatte.

Kurz bevor Franziska die Sicherheitsschleuse an der Ausgangspforte erreichte, kam ihr eine Idee. Sie wussten so gut wie nichts über Florian Sander. Dabei konnte er der Schlüssel zur Lösung des Falles sein. Vielleicht hatte er ein Tagebuch oder sonstige Aufzeichnungen hinterlassen.

Auf ihre Nachfrage teilten die Justizbeamten ihr mit, dass seine persönlichen Gegenstände nach Sanders Tod vernichtet worden seien. Für einen Moment war Franziska enttäuscht, doch dann fiel ihr noch etwas anderes ein, und sie ließ sich von den Beamten zur Poststelle des Gefängnisses bringen.

Eine Frau, die dort arbeitete, kam zu ihr. Franziska stellte sich ihr vor. »Ich hätte eine Frage an Sie«, begann sie anschließend das Gespräch. »Ist es nicht so, dass die ein- und ausgehende Gefangenenpost kontrolliert und teilweise sogar kopiert wird?«

»Das ist richtig. Die Sichtkontrolle findet in der Regel in Gegenwart der Strafgefangenen statt.«

»Und was geschieht mit der Post von Freigelassenen oder verstorbenen Häftlingen?«

»Die wird für eine gewisse Zeit aufbewahrt und dann vernichtet. Warum fragen Sie?«

»Ich ermittle in einer Mordserie. Dabei scheint der Name Florian Sander eine Rolle zu spielen.«

Der Gesichtsausdruck der Frau verdüsterte sich. »Das war einer unserer prominentesten Straftäter. Bei dem haben wir besonders genau hingeschaut.«

»Gab es denn Post für ihn?«

Die Frau lächelte grimmig. »Mehr als sonst üblich. Es gab Bürger und Angehörige seiner Opfer, die ihm schrieben. Sie wollten wissen, warum er das getan hat. Sander hat aber darauf nie geantwortet. Es gab auch die ein oder andere Frau, die ihn interessant fand und ihn im Knast besuchen wollte. Darauf hat er reagiert. Das hat ihm wohl geschmeichelt. Viele der Briefe haben wir kopiert.«

Es war unfassbar und man hörte immer wieder davon, aber Franziska erschloss sich nicht, warum Frauen sich zu einem Mörder hingezogen fühlen konnten.

»Könnte ich die Kopien bitte sehen?«

»Ja, ich denke, dagegen gibt es nichts einzuwenden.« Die Angestellte führte Franziska zu einem Tisch. »Setzen Sie sich bitte. Ich hole die kopierten Briefe aus dem Archiv. Sie können hier in Ruhe schauen, ob etwas Hilfreiches für Sie dabei ist.«

Franziska nickte dankbar und setzte sich.

Fünf Minuten später kam die Beamtin mit einem Pappkarton zurück und stellte ihn lächelnd vor Franziska auf den Tisch. »Dann mal viel Erfolg damit.« Sie wandte sich ab und ging zu ihrem in Sichtweite gelegenen Arbeitsplatz.

Es waren einige Schmähbriefe in dem Papierstapel, den Franziska auf den Tisch beförderte. Bürger, die ihr Entsetzen über Sanders Tat zum Ausdruck brachten. Auch seine Eltern hatten ihm geschrieben und ihre tiefe Bestürzung und ihr Unverständnis geäußert. Und es gab einen länger währenden Schriftwechsel, der vor zweieinhalb Jahren begonnen hatte. Diesen führte Sander mit einer Frau namens Cornelia Schorn. Aus dem ersten Brief war eine zaghafte Bewunderung und Leidenschaft der Frau für den Amokläufer herauszulesen. Mit der Zeit sandten sie sich gegenseitig flammende Liebeserklärungen, denen auch zu entnehmen war, dass Cornelia Schorn Sander im Gefängnis besucht hatte.

Bei einem der letzten Briefe stockte Franziska der Atem. Darin verriet Florian Sander seiner Geliebten ein Geheimnis, das er sonst noch mit niemandem geteilt hatte.

15

Gegen zwölf Uhr mittags parkten Robert Bogner und Adrian Speer vor dem Mehrfamilienhaus, in dem Cornelia Schorn lebte. Bogner betätigte unten an der Eingangstür die Klingel, die zu Schorns Wohnung gehörte. Die Frau meldete sich über die Sprechanlage und sie stellten sich ihr vor.

Wenig später standen sie der einstigen Geliebten von Florian Sander an ihrer Wohnungstür gegenüber. Cornelia Schorn hatte dunkelblonde schulterlange Haare, ein hübsches Gesicht und eine gute Figur. Sie lehnte betont lässig im Türrahmen, strich sich eine Strähne aus dem Gesicht und sah Speer und Bogner mit deutlich fragendem Blick an.

»Kriminalpolizei? Darf ich mal bitte Ihre Dienstausweise sehen?«

Speer und Bogner kamen ihrer Aufforderung nach.

»Wir sind wegen Florian Sander hier«, erklärte Bogner, während Frau Schorn die Ausweise kritisch beäugte.

»Sind Sie wegen meines Zeitungsartikels über ihn hier? Das ist aber doch schon gut zwei Jahre her.«

Speer und Bogner warfen sich einen verdutzten Blick zu.

»Dürfen wir reinkommen?«, fragte Bogner.

»Bitte«, sagte Cornelia Schorn, ließ sie eintreten und

führte sie durch den schmalen Flur in ein kleines Zimmer, in dem eng gedrängt ein Sofa, ein Fernseher und ein Esszimmertisch mit zwei Stühlen Platz fanden. Auf dem am Fenster stehenden Tisch befanden sich ein aufgeklappter Laptop und eine halb volle Tasse Tee, der im Raum einen angenehmen Duft nach Früchten verströmte.

»Wir haben die Briefe gelesen, die Sie und Florian Sander sich geschrieben haben. Sie wurden damals im Gefängnis kopiert und befanden sich noch im Archiv.«

Nach einem Moment der Starre formte sich ein breiter werdendes Lachen in Cornelia Schorns Gesicht. »Ach du meine Güte. Die Briefe.« Sie schüttelte den Kopf.

Ihr Verhalten passte nicht zu dem einer trauernden Geliebten.

»Was ist denn daran so lustig?«, fragte Speer.

»Ich glaube, ich muss da etwas richtigstellen. Aber vorher erklären Sie mir doch bitte, warum Sie ein halbes Jahr nach dem Tod von Florian Sander dessen Post lesen und deswegen zu mir kommen.«

»Der Name Florian Sander steht möglicherweise im Zusammenhang mit einer aktuellen Mordserie. Die Namen der Mordopfer lauten Arno Schwarzer und Susanne Bühler.«

Cornelia Schorns Mund klappte langsam auf und sie sah Speer und Bogner einen Moment lang mit großen Augen an. »Verstehe«, sagte sie schließlich. Sie setzte sich an den Tisch und sah nachdenklich in ihre Teetasse. »Sanders große Helden. Sie glauben, die beiden seien der Grund dafür, dass Sander die Grenzen zwischen realer Gewalt und Fiktion verwischte und auf die Idee zu seinem Amoklauf kam. Und deshalb mussten auch sie sterben?«

»Ja, davon gehen wir aus«, sagte Speer.

Franziska hatte einen Brief von Florian Sander an Cornelia Schorn entdeckt, in dem er ihr gestand, wer und was ihn zu seinem Amoklauf bewegt hatten.

In erster Linie wollte er dadurch einfach nur berühmt werden. Die Welt sollte sich an ihn erinnern. Bestätigt und inspiriert zu der Tat sah er sich durch die Videospiele von Arno Schwarzer, den YouTube-Kanal von Susanne Bühler, in dem er sich einen Sendeplatz erhoffte, und die Bücher von Jan Riemer.

»Sie sprechen darüber sehr distanziert, fast wie eine Kollegin. Sind Sie Polizistin?«, fragte Bogner.

Cornelia Schorn lachte auf. »Nein, ich bin freiberufliche Journalistin.«

Bogner verzog missmutig das Gesicht. Diesen Berufsstamm mochte er nicht sonderlich. Zu oft hatte er erlebt, dass laufende Ermittlungen durch die mediale Berichterstattung erschwert und behindert worden waren.

»Was Sie gerade erfahren haben, dürfen Sie nicht für Ihre Arbeit verwenden.«

»Ist schon klar. Ich schreibe sowieso kein Wort mehr über Florian Sander.«

Bogner glaubte ihr, aber langsam wurde er ungeduldig. »Was hat es mit den Briefen auf sich? Außerdem erwähnten Sie einen Zeitungsartikel?«

»Alles, was ich in meinen Briefen geschrieben habe, war gelogen. Ich habe Sander meine Zuneigung nur vorgespielt, damit er Vertrauen zu mir gewinnt und mir Einblicke in sein früheres Leben und seine Gedanken gewährt.«

»Aber warum haben Sie das getan? Warum haben Sie

sich in das Leben eines Monsters geschlichen, das aus purer Lust am Töten neun unschuldige Menschen feige ermordete und dafür von der ganzen Welt gehasst wird«, fragte Bogner mit bebender Stimme.

»Ist das nicht offensichtlich?«, erwiderte Cornelia Schorn.

»Sie wollten eine Story über Florian Sander schreiben«, mutmaßte Speer.

Die Journalistin nickte. »Anträge auf Interviews mit Strafgefangenen werden in der Regel vom Justizministerium und der Strafvollstreckungskammer abgelehnt, weil sie schädlichen Einfluss haben oder die spätere Eingliederung behindern könnten.«

»Daher benutzten Sie eine Hintertür und haben Sander Ihre Liebe vorgegaukelt, um an ihn ranzukommen«, folgerte Speer.

»Ich habe wie jeder normale Mensch eine extreme Abneigung gegen ihn gehegt. Allerdings hat mich sein Wesen auch fasziniert. Wie wird man zu so einem Monster? Die Frage hat mich interessiert. Ich wollte nicht nur ein Porträt Sanders verfassen. Seine Geschichte sollte Teil eines Buches über Massenmörder werden, wie sie ticken, ob es Gemeinsamkeiten gibt und so weiter.«

»Sollte?«, fragte Bogner.

Cornelia Schorns Gesicht nahm einen verbitterten Ausdruck an. »Ja, das Buch ist nie erschienen.«

»Gab es keinen Verlag, der es drucken wollte?«

Die junge Frau biss sich auf die Unterlippe. »Doch, aber …« Sie sah zu Boden, dann wieder zu den Kommissaren. »Um mein Buch schon vor dem Erscheinen zu bewerben, habe ich einen kleinen Artikel über Florian

Sander verfasst, der in der Tageszeitung abgedruckt wurde. Am Ende stand der Hinweis, dass ein Buch über Massenmörder von mir herauskommen würde. Zu dem Zeitpunkt hatte ich das Manuskript noch lange nicht fertiggestellt. Aber der Verlagsvertrag war schon unterschriftsreif. Wenige Tage nach dem Erscheinen des Artikels wurde hier in meiner Wohnung eingebrochen. Ich fand alles verwüstet vor, meine Möbel teilweise zerstört. Es war der reinste Vandalismus. Ich war zum Glück beruflich unterwegs und meinen Laptop, auf dem das Manuskript gespeichert war, hatte ich dabei. Neben dem bisschen Bargeld, das ich in der Wohnung hatte, wurden aber meine Rechercheordner und sämtliche Briefe, die mir Florian Sander zurückgeschrieben hatte, gestohlen.«

»Wann war das?«, wollte Speer wissen.

»Vor etwas mehr als zwei Jahren.«

Bogner runzelte die Stirn. »Sie sagten, das Manuskript sei fast fertig gewesen. Was hat der Einbruch damit zu tun, dass Sie den Verlagsvertrag nicht unterschrieben haben?«

Cornelia Schorns Unterlippe fing an zu zittern. »Einen Tag nach dem Einbruch lag ein Drohschreiben in meinem Briefkasten. Die Buchstaben waren aus Zeitschriften ausgeschnitten und aufgeklebt, wie man es aus alten Filmen kennt. Darauf stand, dass er beim nächsten Mal in meine Wohnung kommen und mich töten würde, wenn mein Buch jemals erscheinen sollte.«

»Wieso *er*?«

Cornelia Schorn zuckte mit den Schultern. »Unter dem Text stand *Der Totenrächer*.«

Zwei Stunden später saßen Franziska, Tina, Fernanda Gomez sowie Speer und Bogner an einem ovalen Tisch in einem der kleineren Besprechungsräume.

Bogner hatte alle bekannten Fakten vorgetragen und die Hauptpunkte ans Whiteboard geschrieben.

»Die Puzzleteile fügen sich zusammen«, ergriff Franziska das Wort. »Schwarzer, Bühler und Jan Riemer riefen durch ihre Werke in Florian Sander den Drang hervor, seine Fantasien in die Tat umzusetzen. Die drei waren seine großen Helden, er verehrte sie. Damit kennen wir die Verbindung zwischen dem Amoklauf Sanders und den Tötungen von Schwarzer und Bühler.«

»Ihr Mörder hat sie für den Amoklauf Sanders verantwortlich gemacht«, folgerte Gomez.

Franziska nickte. »Das dürfte sein Motiv sein. Durch die Briefe, die er in Cornelia Schorns Wohnung fand und an sich nahm, erfuhr er erstmals von der Existenz dieser Ikonen Sanders. Dem Täter war bewusst, dass Schwarzer und Bühler trotz ihrer Mitverantwortung nicht selbst auf die unschuldigen Menschen geschossen haben. Dennoch sollten sie nicht weiter durch ihre gewaltverherrlichenden Unterhaltungswerke zur Verrohung der Gesellschaft beitragen. Deshalb hat er ihnen eine Chance gelassen und ihnen zunächst gedroht, für den Fall, dass sie weitermachen würden. Als sie nichts darauf gaben, hat er Schwarzer und Bühler getötet.«

»Das lässt sich hören«, zeigte Gomez sich zufrieden.

»Auch der gewählte Name *Totenrächer* ergibt Sinn«, betonte Tina. »Der Täter rächt die Toten von Sanders Amoklauf und sieht sich als Hüter der Gesellschaft vor

Gewaltdarstellungen in den Medien und brutalen Killerspielen.«

»Deshalb dürfte unsere Zielperson höchstwahrscheinlich einen geliebten Menschen bei dem Amoklauf verloren haben«, schaltete sich Speer ein. »Warum sonst sollte er diejenigen richten, die an Sanders Massaker nur entfernt Schuld tragen.«

»Der Meinung bin ich auch«, sprang ihm Franziska zur Seite. »Der Täter hasste Sander und hat sich auch nach dessen Verurteilung weiter mit seiner Person beschäftigt. Deshalb hat er die Medien im Hinblick auf Hintergrundberichte durchforstet. Nachdem Cornelia Schorns Artikel über Sander mit der Ankündigung einer geplanten Buchveröffentlichung erschienen war, ist er bei ihr eingebrochen und hat ihr anschließend gedroht, sie zu töten, falls das Buch auf den Markt kommt. Der Täter wollte verhindern, dass Florian Sander durch ein Buch auf ein Podest gestellt wird und letztlich das kriegt, was er durch den Amoklauf erreichen wollte.«

»Und was wäre das deiner Meinung nach?«, fragte Bogner, der sich bis jetzt im Hintergrund gehalten hatte.

»Sander wollte, dass sein Leben nicht unbedeutend bleibt. Er gierte nach Aufmerksamkeit und einem Platz in der Geschichte. Das geht aus einem seiner Briefe an Cornelia Schorn hervor.«

Bogner rümpfte die Nase. »Ich bin noch nicht so überzeugt von dieser Theorie. Mir gibt es da noch zu viel, das nicht zusammenpasst. Wir wissen zum Beispiel, dass die Totenrächer-E-Mails von Riemers Laptop gesendet und der Account in Riemers WLAN angelegt wurde. Das macht Riemer zu unserem Hauptverdächtigen. Er hat aber niemanden bei dem Amoklauf verloren und auch sonst keinen Bezug zu Florian Sander.«

»Der Account wurde in Riemers Haus angelegt«, mischte sich Tina ein. »Das muss nicht heißen, dass Riemer ihn erstellt hat. Sein Laptop war nicht durch ein Passwort gesichert. Theoretisch könnte also auch jemand anderes in seiner Abwesenheit das E-Mail-Programm installiert und den Account eingerichtet haben. Mit ein wenig technischem Verständnis wäre sogar ein Fernzugriff auf den Rechner möglich und damit auch das Versenden der E-Mails von außerhalb über Riemers Rechner, ohne dass er davon etwas merkt.«

»Der Täter könnte beabsichtigt haben, Riemer die Morde an Bühler und Schwarzer und an allen Anverwandten in die Schuhe zu schieben«, ergänzte Speer.

»Dann bräuchte er nur noch Riemer zu töten und es wie Selbstmord aussehen zu lassen«, fügte Franziska hinzu.

»Das wäre ein wirklich sehr ausgeklügelter Plan«, fand Bogner.

»Aber denkbar wäre es«, sagte Gomez.

Bogner massierte sich mit Daumen und Zeigefinger die Stirn. Dann seufzte er. »Ich würde gern glauben, dass unser ehemaliger Kollege Jan Riemer nichts mit den Morden zu tun hat. Aber da wären immer noch seine psychische Erkrankung und seine Visionen, die ihn seinen Job aufgeben ließen.«

»Die Identitätsstörung würde ins Bild des Mörders passen, aber von wem haben wir diese Information?«, gab Franziska zu bedenken.

»Das stimmt auch wieder. Wir dürfen Georg Hauser nicht ungeprüft vertrauen«, gab Bogner ihr recht.

Speer ergriff wieder das Wort. »Es kann kein Zufall sein, dass Riemers, Schwarzers und Bühlers Familienangehörige erschossen wurden. Da die Waffe in allen Fällen dieselbe war, dürfte auch der Täter derselbe sein.«

»Worauf willst du hinaus?«, fragte Bogner.

»Riemer könnte die Inhalte aus seinen Büchern wahr gemacht und die Angehörigen von Sanders Vorbildern getötet haben. Warum er aber anschließend auch Schwarzer und Bühler töten sollte, erschließt sich mir nicht. Deshalb müssten wir bei dieser Variante in Betracht ziehen, dass es einen zweiten Täter gibt.«

Alle nickten nachdenklich.

»Gehen wir jedoch nun einmal davon aus, dass es nicht Riemer war, der die Angehörigen erschoss, wir es aber insgesamt mit nur einem einzigen Mörder zu tun haben«, fuhr Speer fort. »Es könnte sich dabei um jemanden handeln, der bei dem Amoklauf Sanders einen Verwandten verloren hat. So jemand hätte ein Motiv, es Bühler, Schwarzer sowie Riemer mit gleicher Münze heimzuzahlen und ihnen ebenfalls ihre Liebsten zu nehmen. Damit sie so leiden wie er.«

»Auge um Auge, Zahn um Zahn«, raunte Bogner.

»Ganz genau«, sagte Speer. »Und als die drei nach ihrer Trauer wieder ins Leben zurückfanden und da weitermachen wollten, wo sie aufgehört hatten, nämlich neue Bücher schreiben, neue Spiele entwickeln und Serienmörder auf YouTube porträtieren, beschloss er, sie aus dem Verkehr zu ziehen, sollten sie seine Warnung in den Wind schlagen.«

Franziska lächelte. »Hey, Respekt. Die Überlegung ist wirklich interessant.«

Niemand sagte mehr etwas. Alle schienen über Speers Theorie nachzudenken.

»Wenn das zutreffend ist, würde es den Kreis der möglichen Täter enorm einschränken«, brach Bogner schließlich das Schweigen. Er wandte sich Fernanda Gomez zu. »Ich finde, wir sollten in diese Richtung ermitteln. Was meinen Sie?«

Die Kriminalrätin verzog nachdenklich die Mundwinkel und hob ihre rechte Augenbraue an. Schließlich nickte sie. »Ich halte den Ansatz ebenfalls für vielversprechend und bin dafür, ihm Priorität einzuräumen.«

»Dann also los«, wandte Bogner sich an Speer, Franziska und Tina. »Stürzen wir uns auf die Ermittlungsakte Florian Sander und finden heraus, welche Familien er zerstört hat und wer die Hinterbliebenen sind.«

Franziska sah auf die Wanduhr. Es war mittlerweile schon siebzehn Uhr dreißig.

»Ich werde mich, wenn das okay für euch ist, wieder nach Moabit zu Hauser begeben. Falls es ihm jetzt genehm ist, mit mir zu reden, würde ich ihm gern unsere neue Theorie unterbreiten und sehen, wie er reagiert.«

»Einverstanden«, sagte Bogner. Er erhob sich und die anderen folgten seinem Beispiel.

»Was mir jetzt nur noch Sorgen bereitet, ist das Verschwinden von Jan Riemer«, sprach Bogner abschließend einen wunden Punkt an. »Ich würde mich deutlich wohler fühlen, wenn wir ihn in Gewahrsam hätten. Denn entweder er ist ein Serienmörder oder er schwebt selbst in akuter Lebensgefahr.«

16

Jan Riemer fühlte sich, als hätte ihm jemand einen Baseballschläger gegen den Kopf gehämmert. Langsam kam er wieder zu Bewusstsein.

Sein Schädel brummte und schmerzte dabei zum Zerbersten. Er erinnerte sich nicht, was geschehen war, und er wusste auch nicht, wo er sich jetzt befand. Ein klassischer Filmriss. Er wurde leicht hin und her gerüttelt. Auf seiner Zunge lag ein brennender Geschmack. Übelkeit überkam ihn und sein Mageninhalt drängte nach oben. Er konnte nicht ausschließen, sich übergeben zu müssen. Er stöhnte auf. Und dann kamen die Erinnerungen blitzartig zurück.

Er war von seiner morgendlichen Laufrunde durch den Wald zurückgekehrt. Wie immer hatte er sich bis aufs Letzte verausgabt. Nach seinen Dehnübungen hatte er sich auf die Bank gesetzt, die an der Wand hinter dem Haus stand, den Kopf zurückgelehnt und die Augen geschlossen. Ein Geräusch ließ ihn hochschrecken. Doch da war es schon zu spät. Vor ihm stand wie aus dem Nichts ein Mann. Er trug eine Sturmhaube mit zwei Aussparungen für die Augen über dem Kopf, auf der ein Totenschädel abgebildet war, und musste sich aus dem nur wenige Meter entfernten Feld oder seitlich ums Haus herum angeschlichen haben. Er ließ ihm keine Zeit zu reagieren. Ein Arm schoss vor, in der Hand ein Elektroschocker. Die Enden trafen ihn am Hals. Als der Maskierte von ihm abließ, war er kurz unfähig, sich zu bewegen. Diese Zeit nutzte der Mann, um einen Plastikbeutel aus seiner Jacke zu befördern. Das darin befindliche nasse Stofftuch nahm er heraus und presste es ihm ins Gesicht. Kurz darauf trübte sich sein Blick und er verlor das Bewusstsein.

Und auch was später kam, stand Riemer wieder vor Augen: Er erwachte auf dem Rücken liegend, an Hand- und Fußgelenken an den Metallrahmen eines Bettes gefesselt, in einer Holzhütte. In seinem ausgetrockneten Mund steckte ein Knebel. Er zerrte an seinen Fesseln, stellte aber schnell fest, dass es zwecklos war. Aus eigener Kraft würde er sich nicht befreien können.

In dem kargen Raum roch es modrig und die Luft war abgestanden. Er hatte Kopfschmerzen, so wie jetzt gerade, und führte dies auf eine Betäubung mit einem Narkosemittel zurück. Möglicherweise Äther oder etwas Ähnliches. Das von Spinnweben verhangene Fenster, durch dessen verschmutztes Glas er Bäume erkennen konnte, war geschlossen, ebenso wie die zerschlissene und klapprig wirkende Holztür.

Draußen wurde es dunkel. Sein Durst und mit ihm seine Kopfschmerzen wurden unerträglich. Irgendwann hörte er draußen ein herannahendes Motorengeräusch. Die Scheinwerfer streiften gespenstisch über die Bäume. Der Wagen hielt vor dem Haus. Der Motor wurde ausgeschaltet, eine Autotür geöffnet und wieder zugeschlagen. Kurz schöpfte er Hoffnung, als er Schritte auf dem Holzboden in der Hütte vernahm. Dann wurde die Tür zu seinem Zimmer entriegelt und schwang mit einem quietschenden Geräusch auf. Grelles Deckenlicht flammte auf und stach wie Nadeln in seinen Augen. Er zwang sich dennoch, sie offen zu halten. Ein Mann, groß gewachsen, breit gebaut, in Jeans und einer Militärjacke, kam auf ihn zu. Diesmal trug er keine Sturmhaube.

Der Unbekannte hatte eine Wasserflasche dabei und schritt langsam, fast bedächtig, zu ihm ans Bett, entfernte den Knebel und flößte ihm die Flüssigkeit wortlos in den Mund. Seine Augen blieben dabei ausdruckslos und kalt. Gierig schluckte Riemer das Wasser herunter. Als die Flasche leer war, knebelte der Mann ihn sofort wieder und verließ den Raum. Ohne irgendeine Erklärung, was er mit ihm vorhatte. Vielleicht war dies das Schlimmste gewesen. Nicht zu wissen, was geschehen würde. Was, wenn der Kerl ihn über Wochen, Monate oder Jahre hier liegen lassen würde und ihm gerade so viel Nahrung und Wasser gab, dass er überlebte? Irgendwann war er eingeschlafen. Als er wieder aufwachte, war es bereits hell draußen.

In den nachfolgenden Stunden fühlte er sich schwach und benommen. Er ging davon aus, dass der Entführer ein Sedativum in das Wasser gemischt hatte. Anders konnte er sich seinen seltsamen körperlichen und geistigen Zustand nicht erklären.

Er schien kaum eines klaren Gedankens fähig. Aber in einem Punkt war er sich sicher. Der Kerl, der ihn gefangen hielt, musste ihm die E-Mail geschrieben haben. Er hatte ihm gedroht, dass er ihn aus dem Verkehr ziehen würde, sollte sein neues Buch erscheinen. Der Irre hatte bereits Arno Schwarzer und Susanne Bühler umgebracht und nun würde er der Nächste sein. Seltsamerweise versetzte ihn die Vorstellung, bald zu sterben, nicht in Unruhe oder Panik. Und das lag nicht nur an dem Beruhigungsmittel in seinem Trinkwasser.

Seit dem Tod seiner Frau und seiner Tochter hing er nicht mehr an seinem Leben. Wenn es demnächst vorbei sein sollte, dann war dem eben so. Dass sein Entführer zuletzt auf seine Sturmhaube verzichtet hatte, deutete darauf hin, dass er ihn offenbar nicht lebend davonkommen lassen wollte.

Als die Dämmerung hereinbrach, hörte Riemer erneut den Wagen heranrollen. Was würde ihn diesmal erwarten? Statt einer Flasche Wasser hatte der Mann ein Fläschchen und einen Lappen dabei. Er setzte sich eine Atemschutzmaske vor den Mund. Dann tränkte er den Lappen mit der Flüssigkeit aus dem Fläschchen, bis dieser triefte und Tropfen daraus zu Boden fielen. Ein süßlicher Geruch breitete sich in dem Zimmer aus.

Der Fremde trat zu ihm ans Bett und legte ihm den Lappen auf Nase und Mund. Kurz darauf verlor er das Bewusstsein und gerade eben war er erst wieder zu sich gekommen.

Riemer konnte die Augenlider einen Spalt weit öffnen. Die Umgebung, beschienen vom schummrigen Licht der Straßenlaternen, huschte schemenhaft an ihm vorbei. Er saß auf dem Beifahrersitz in seinem eigenen Auto. Musik dröhnte laut aus den Boxen. Es war ein Song von *AC/DC*. Als er den Kopf zur Fahrerseite drehte, sah er seinen Peiniger, diesmal wieder mit der Totenschädelhaube über dem Kopf.

Riemer wollte etwas sagen, aber es kam nur ein Stöhnen aus seiner Kehle. Er schloss die Augen wieder, um seine Kräfte zu sparen. Sollte dieser Wahnsinnige doch denken, dass er nach wie vor bewusstlos wäre. Unmerklich bewegte er sich in seinem Sitz, um seine Lage besser einschätzen zu können. Dabei stellte er fest, dass seine Hände hinter dem Rücken zusammengebunden waren. Vermutlich mit Kabelbinder, denn das dünne Band schnitt ihm schmerzhaft in seine Haut, als er die Hände auseinanderzog.

Quer über seiner Brust spannte sich der Anschnallgurt. Als er den Kopf leicht zur Seite neigte, spürte er, dass er zusätzlich durch eine Schnalle fixiert war, die um seinen Hals und die Kopfstütze geschlungen war. Von dem kurz aufgeflammten Gedanken, sich während der Fahrt aus dem Wagen fallen zu lassen, konnte er sich verabschieden.

17

Die Ermittlungsakte in der Strafsache Florian Sander umfasste mehrere Ordner und beinhaltete neben dem Festnahmebericht, den Vernehmungsprotokollen und dem psychologischen Gutachten, das Sander eine volle Schuldfähigkeit attestierte, auch die grausamen Tatortfotos.

Die blutigen Bilder der Toten hätten einem Splatterfilm entsprungen sein können. Doch leider waren sie grässliche Realität. Es entzog sich Speers Verstand, wie jemand zu solch einer Tat fähig sein konnte, und auch Bogner brachte immer wieder kopfschüttelnd beim Lesen zum Ausdruck, für wie unfassbar er dieses Verbrechen hielt, das vor drei Jahren die Menschen im ganzen Land erschüttert hatte.

Um sich einen Überblick über den Fall zu verschaffen, waren sie zügig den Hauptteil der Akte durchgegangen.

Nun widmeten sie sich den Opfern. Wer waren die Unschuldigen gewesen, die Sander in dem Einkaufszentrum hingerichtet hatte, und wer waren ihre Hinterbliebenen?

Unter den insgesamt neun Toten waren fünf Einzelpersonen, drei Frauen und zwei Männer. Die restlichen vier Opfer waren zwei Frauen mit je einem Kind gewesen.

Bogner stand auf und raufte sich die Haare. »Ich brauche mal eine kurze Pause.«

Speer erhob sich ebenfalls und ging zum Fenster. Es war alt und schloss nicht mehr dicht ab, sodass die kalte Abendluft spürbar hereindrang. Die Dunkelheit draußen wirkte angesichts der gerade gesehenen Bilder besonders bedrückend. »Ich kann verstehen, dass Riemer kein Polizist mehr sein wollte«, murmelte Speer und starrte dabei auf die Straße unter ihm und die vorbeifahrenden Autos. »Wir blicken wirklich täglich in menschliche Abgründe. Das verändert einen und das nicht zum Guten.«

Bogner steckte sich einen Kaugummi in den Mund. »Das stimmt schon. Eigentlich sollten wir den Blick auf die schönen Dinge des Lebens richten. Aber wenn man sich im Fernsehen die Nachrichten anschaut, bekommt man auch nur Angst und Schrecken geboten.«

Speer setzte sich wieder und blätterte in der Akte zu den Personalien der Opfer und ihrer Angehörigen.

Bogner stieß einen tiefen Seufzer aus und begab sich ebenfalls wieder an seinen Schreibtisch. Er lehnte sich in seinen Stuhl zurück. »Ausgangspunkt ist also unsere Überlegung, dass der Mörder von Susanne Bühler und Arno Schwarzer zunächst deren Familien tötete, um es ihnen mit gleicher Münze heimzuzahlen. Bühler und Schwarzer sollten leiden, wie unser Täter gelitten hat, als Sander ihm seine Familie nahm.«

Speer hielt den Finger auf eine bestimmte Stelle auf dem Papier. »Richtig, und hier habe ich die Personalien der beiden Männer gefunden, die bei Florian Sanders Amoklauf Frau und Kind verloren haben. Die sollten wir vor allen anderen überprüfen.«

Speer notierte die Namen der beiden Witwer und ihre damalige Adresse aus der Akte. Anschließend prüfte er nach, ob die Wohnanschriften noch aktuell waren. Nur bei einem der Witwer war die Anschrift gleich geblieben. Sie beschlossen, mit ihm zu beginnen.

Stefan Dassler war von Beruf Soldat und wohnte in Charlottenburg in einem kleinen Reihenhaus, das dem Stil nach in den Achtzigerjahren erbaut worden war. Sie parkten am Straßenrand vor dem Haus. Ein Jägerzaun grenzte den Vorgarten vom Gehweg ab. Innen brannte Licht hinter dem rechten Erdgeschossfenster und sie sahen hinter der Gardine einen groß gewachsenen Mann geschäftig im Zimmer hin und her huschen.

Als Speer die Klingel betätigte, war es kurz vor neunzehn Uhr. Bogners Hand lag auf seiner unter seinem Jackett in der Gürteltasche steckenden Dienstwaffe. Falls es sich bei Stefan Dassler um den Gesuchten handelte, war äußerste Vorsicht geboten.

Eine an der Hauswand angebrachte Außenleuchte flammte auf und der Mann, den sie eben hinter der Gardine gesehen hatten, öffnete die Tür. Wärme und ein herzhafter Duft von gekochtem Essen waberte nach draußen.

»Bogner, Kripo Berlin«, stellte Bogner sich vor und hielt dem Hünen seinen Dienstausweis hin. Dieser warf nur einen kurzen irritierten Blick darauf.

»Sind Sie Stefan Dassler?«

»Ja, warum wollen Sie das wissen?«

Bogner musterte den Mann. Er wirkte nicht wie jemand, der etwas zu verbergen hatte. »Wir ermitteln in einer Mordserie und müssen Ihnen ein paar Fragen stellen.«

»Schatz, wer ist denn da?«, fragte eine Frau mit zaghafter Stimme, die gleich darauf hinter Dassler zum Vorschein kam.

»Polizei. Sie wollen mir Fragen stellen. Ich weiß noch nicht, um was es geht. Bitte geh du zu den Kindern. Sie sollen nicht beunruhigt sein. Ich möchte das hier gern alleine machen. Und fangt ruhig schon mal mit dem Abendessen an.«

»Wenn du meinst.« Die Frau blieb noch kurz stehen und starrte Bogner und Speer mit zusammengezogenen Augenbrauen an. Als Stefan Dassler ihr zunickte und dabei lächelte, zog sie sich widerwillig zurück.

Dassler nahm einen Schlüsselbund und ein Handy von dem Sideboard neben der Tür, trat zu ihnen nach draußen und zog die Haustür hinter sich ins Schloss. »Sicher sind Sie mit dem Auto hier. Können wir uns da reinsetzen und reden?«

Es war eine ungewöhnliche Bitte, aber Bogner sah keinen Grund, sie auszuschlagen. Er gebot Dassler, auf dem Beifahrersitz Platz zu nehmen, setzte sich auf den Fahrersitz und Speer begab sich auf die Rückbank. Bogner schaltete die Innenbeleuchtung ein. Dassler zeigte sich weder nervös noch angespannt.

»Also was wollen Sie von mir wissen? Auch wenn ich keine Ahnung habe, wie ich Ihnen weiterhelfen könnte.«

Bogner atmete durch und behielt Dassler dabei im Blick. Dann kam er gleich auf den Punkt. »Wir untersuchen eine Mordserie. Das Motiv des Täters ist vermutlich, dass er seine Opfer für die Auslöser des Amoklaufs von Florian Sander hält und sie für dessen Morde in dem Einkaufszentrum zur Rechenschaft gezogen hat.«

Dasslers Gesicht blieb regungslos, während er Bogner ansah.

»Und jetzt kommen Sie zu mir, weil Sie glauben, ich könnte dieser Täter sein, weil ich meine Frau und meinen Sohn bei dem Massaker verloren habe«, folgerte er dann.

»Es gibt eine neue Frau an Ihrer Seite?«, fragte Bogner.

Dassler nickte. »Ich durfte mich nicht aufgeben. Ich habe noch eine Tochter, die ihre Mutter und ihren Bruder verlor. Für sie muss ich da sein. Vor einem halben Jahr habe ich über das Internet Marie kennengelernt. Ihr Mann starb bei einem Motorradunfall und sie hat ebenfalls ein Kind.«

Dassler präsentierte sich nach Bogners Einschätzung nicht als jemand, der auf Rache sann und andere Familien ermordete.

»Wo waren Sie denn vergangenen Mittwochabend?«, fragte Speer dennoch.

»Da brauche ich nicht lange zu überlegen. Wir gehen so gut wie nie aus. Ich habe nach dem Abendessen zusammen mit Marie und den Kindern auf der Couch gesessen und Fernsehen geschaut. Gegen neun Uhr ist Schlafenszeit für die Kleinen, und wir haben uns um halb elf ins Bett gelegt.«

Speer nannte Dassler das Datum im April, an dem Susanne Bühler in der Badewanne mit geöffneten Pulsadern ums Leben gekommen war. »Können Sie sich vielleicht noch erinnern, was Sie an dem Abend gemacht haben?«

»Moment, da muss ich mal nachschauen«, sagte

Dassler. Er zog sein Handy hervor und rief den Kalender auf. Er schmunzelte. »In der Woche waren Osterferien und ich war mit meiner Tochter im Urlaub auf Teneriffa.« Er tippte ein paar Mal auf das Display seines Smartphones und hielt Bogner eine E-Mail mit der Buchungsbestätigung für den Zeitraum hin.

Nachdem Bogner mit Dassler zurück zum Haus gegangen war und sich von seiner Freundin hatte bestätigen lassen, dass sie den Mittwochabend zusammen zu Hause verbracht hatten, fuhren sie weiter zur Adresse des zweiten Mannes, der seine Familie durch Sanders Gräueltat verloren hatte.

18

Jan Riemer wurde im Wagen hin und her gerüttelt. Sein Entführer musste von der Straße auf einen holprigen Weg abgebogen sein. Unter den Rädern seines deutlich langsamer fahrenden Wagens knirschte es, als ob sie über Schotter rollen würden. Riemer schätzte, dass er vor einer Viertelstunde zu Bewusstsein gekommen war. Er hatte die Augen geschlossen gehalten und sich auch sonst nicht geregt. Sein Entführer sollte glauben, dass er noch weggetreten war. Tatsächlich war er mehrere Male kurz davor gewesen, einzuschlafen. Er war sich sicher, dass seine Benommenheit noch von dem Betäubungsmittel rührte, das der Maskierte ihn hatte einatmen lassen, bevor er ihn in den Wagen verfrachtet hatte.

Der Drehschwindel in Riemers Kopf und seine Übelkeit steuerten auf einen neuen Höhepunkt zu. Sämtliche Kraft schien aus seinem Körper gewichen und seine Glieder kamen ihm bleischwer und unbeweglich vor. Selbst das Denken funktionierte nur verlangsamt.

Dennoch fühlte er sich schon wesentlich wacher als wenige Minuten zuvor, kurz nachdem er das Bewusstsein wiedererlangt hatte.

Ein Schlagloch erschütterte den Wagen. Riemers Mageninhalt drückte nach oben. Er würgte, um den Brechreiz zu unterdrücken. Sein Kopf kippte zur Seite. Sein Oberkörper wurde durch das Band, das um seinen

Hals und die Kopfstütze geschlungen war, aufrecht gehalten.

Dann kam der Wagen zum Stehen und der Motor wurde ausgeschaltet, die dröhnende Hardrockmusik verstummte. Die Fahrertür wurde geöffnet. Das Innenlicht sprang an. Riemer spielte weiterhin den Bewusstlosen und hob, ohne sich zu bewegen, die Lider einen Spalt. Er erhaschte einen Blick auf den Fußraum vor dem Fahrersitz und die Beine seines Peinigers. Sie steckten in einer olivgrünen Anglerhose aus Gummi mit angeschweißten wasserdichten Stiefeln.

Der Fahrer stieg aus. Riemer nutzte den Moment, um die Augen zu öffnen. Die Scheinwerfer waren noch angeschaltet und ihr kegelförmiges Licht fiel durch eine Schneise zwischen Sträuchern und Schilf auf das stille Wasser eines Sees.

Die Beifahrertür wurde aufgerissen, der Anschnallgurt und anschließend das Band um seinen Hals gelöst. Starke Hände griffen entschlossen unter seine Achseln und zogen ihn aus dem Wagen. Er war nur einen Meter achtundsechzig groß und infolge seines asketischen Daseins ein Leichtgewicht, das kam seinem Entführer entgegen. Im nächsten Moment wurde er in Richtung See geschleift. Zu ertrinken war einer der grausamsten Tode. Das wusste er aus seiner Polizeiarbeit. So wollte er nicht sterben. Er hing wirklich nicht an seinem Leben, aber das hieß nicht, dass er es diesem Irren leicht machen musste.

Riemer begann, sich zu wehren. Sein Gegner quittierte es mit einem noch festeren Zupacken und einem schnelleren Schritt, mit dem er ihn in Richtung des Seeufers zog.

Verzweifelt versuchte Riemer, sich aus der Umklammerung zu winden. Doch der Griff um seine Achseln war fest wie der eines Schraubstocks. Keuchend rammte er die Beine in den Boden, um dem Maskierten das Vorankommen zu erschweren. Trotz des Adrenalins, das aufgrund des Ringens in seine Blutbahn schoss, fühlte sich Riemer noch immer nicht annähernd im Vollbesitz seiner Kräfte. Alles, was er durch sein Strampeln und Winden bewirkte, war, dass es ein klein wenig langsamer voranging. Es hatte in letzter Zeit viel geregnet und nun fielen erneut dicke Tropfen aus den Wolken am Nachthimmel nieder. Seine Schuhabsätze frästen tiefe Furchen in den weichen Erdboden. Doch bis man seine Leiche finden würde, wären die Schleifspuren im Untergrund vermutlich durch den Regen weggespült und die Hämatome an seinen Handgelenken aufgrund der Verwesung seines Leichnams im Wasser des Sees unkenntlich geworden. Riemer zweifelte nicht daran, dass der Mann mit der Totenschädelmaske seinen Tod wie einen Selbstmord aussehen lassen wollte, so wie bei Schwarzer und Bühler.

Riemer schrie so laut er konnte um Hilfe. Seine Stimme war rau und ebenso kraftlos wie seine Muskeln. Wortlos, was von der Gefühlskälte des Maskierten zeugte, legte dieser einen Arm um seinen Hals und drückte ihm die Luftzufuhr ab. Riemers Schreien erstarb in seiner Kehle und an dessen Stelle trat ein gutturales Röcheln.

In einem letzten Akt purer Verzweiflung stemmte Riemer sich mit Wucht gegen den Mann, um ihn aus dem Gleichgewicht zu bringen. Doch die Aktion war viel zu langsam ausgeführt und energielos, um seinen Gegner zu überraschen und in Bedrängnis zu bringen.

Der Maskierte kam nur einen Augenblick geringfügig ins Wanken und glich den drohenden Gleichgewichtsverlust leichtfüßig wieder aus.

Nun waren es nur noch wenige Meter. Es ging über einen Trampelpfad, den vermutlich Angler gebildet hatten, eine kurze Böschung hinab.

Der Mond blitzte durch ein Loch in der Wolkendecke und tauchte den Vermummten und die umliegende Natur in ein fahles blaues Licht. Dann umspülte das eiskalte Wasser des Sees Riemers Beine. Immer weiter wurde er hineingezogen. Und in diesem Moment schoss, trotz aller Panik, die seinen Körper aufbäumen ließ, ein Gedanke durch seinen Kopf. Was, wenn dieser Mann, der ihn töten wollte, auch seine Frau und seine Tochter umgebracht hatte?

Der Maskierte stieß ihn nach unten und er glitt mit seinem ganzen Körper unter die Wasseroberfläche. Die nasse Kälte brannte auf seinem Gesicht. Im nächsten Moment drückten die Hände, die ihn hergeschleift hatten, seinen Kopf hinab und hielten ihn unter Wasser. Er strampelte. Doch da seine Arme noch immer hinter dem Rücken gefesselt waren, hatte er keine Chance, sich erfolgreich zu wehren.

Sein Bewusstsein trübte sich bereits wieder. Der Griff um seinen Hals hatte zuvor schon zu lange die Sauerstoffzufuhr zu seinem Gehirn unterbrochen. Eine Erinnerung blitzte vor seinem geistigen Auge auf. Sie war wie neu und doch vertraut. Diese Sekunden des Schrecklichsten, was er je erlebt hatte, waren bisher wie ausgelöscht gewesen. Aber nun sah er das Bild klar vor sich. Es war die Sturmhaube mit dem Totenschädel. Er hatte sie schon einmal gesehen. Der Mann, der vor zwei Jahren an ihrer Haustür geläutet hatte, hatte sie getragen, als er ihm unvermittelt mit dem Knauf seiner Pistole gegen den Kopf schlug. Das Monster, das seine Familie auf dem Gewissen hatte, war das gleiche, das auch ihn töten würde. Grenzenlose Wut, wie er sie noch nie zuvor gespürt hatte, schoss durch seinen Körper und versetzte seine Muskeln in Spannung. Damals, als er zu Bewusstsein gekommen war und seine Frau und sein Kind leblos in ihrem Blut liegend vorgefunden hatte, hatte er nur aus einem Grund nicht sofort die Jagdflinte genommen und sich selbst den Kopf weggeschossen. Der Hass auf denjenigen, der hierfür verantwortlich war, hatte es ihm verboten. Er hatte sich geschworen, diesen Mann aufzuspüren und mit eigenen Händen in die Hölle zu schicken. Und auch in diesem Moment äußerster Hoffnungslosigkeit wünschte er noch immer nichts sehnlicher, als den Mörder seiner Familie zur Rechenschaft ziehen.

Da sie sich am Rand in noch seichtem Gewässer befanden, gelang es ihm irgendwie, die Füße auf den Boden zu bekommen. Er schnellte hoch und schaffte es, mit dem Kopf an die Wasseroberfläche zu stoßen.

Gierig sog er die Luft ein. Dann wurden seine Beine auch schon wieder von seinem Gegner weggetreten, er fiel und tauchte erneut unter Wasser. Brachialer und fester hielt der Mann seinen Kopf nun dort unten. Wieder würde er ihn nicht so einfach an Sauerstoff kommen lassen.

Instinktiv vollführte Riemer eine Bewegung, die er vor Jahren für den Fall einer Gefangennahme zur Befreiung geübt und beherrscht hatte. Er wehrte sich nicht mehr, ließ seinen Gegner in dem Glauben, dieser habe gewonnen.

In diesen letzten ihm vor seinem Tod zur Verfügung stehenden Sekunden setzte Riemer alles auf eine Karte. Er zog die Oberschenkel bis zur Brust und machte sich so klein, wie es nur ging. Dann bewegte er seine aneinandergefesselten Hände unter seinem Körper vorbei nach vorn. Als er das geschafft hatte, drehte er sich blitzschnell zur Seite und griff nach den Händen seines Gegners. Es gelang ihm, diese von seinem Kopf wegzuziehen und sich aufzustellen.

Kurz standen er und der Maskierte sich gegenüber. Der Sauerstoff wirkte belebend, aber er war dennoch am Ende seiner Kräfte. Bei einem weiteren Kampf im Wasser würde er den Kürzeren ziehen. Zumal anzunehmen war, dass der Kerl für den Notfall eine Waffe bei sich hatte.

Der Maskierte hob die Arme, um ihn zu greifen. Plötzlich ertönte Musik, ein Popsong, dessen Lautstärke zunehmend anschwoll. Der Mann mit der Maske hielt für einen Sekundenbruchteil konsterniert inne. Das reichte Riemer, um sich von ihm weg in Richtung der Mitte des Sees zu drehen, wenige Schritte zu laufen und sich aus dem Lichtkegel der Scheinwerfer in das dunkle Wasser zu stürzen.

Der Mond verschwand wie ein treuer Gehilfe wieder hinter den Wolken. Er hörte seinen Feind mit platschenden Geräuschen hinter ihm hereilen. Riemer tauchte unter, wechselte unter der Wasseroberfläche die Richtung und bewegte sich angetrieben durch die Bewegung seiner Beine so gut es ging von der Stelle.

Als er wieder auftauchte, um Luft zu holen, tat er dies so geräuschlos wie möglich. Sein Widersacher hatte die Verfolgung eingestellt und spähte in eine andere Richtung auf den See. Dabei telefonierte er offensichtlich. Riemer sah die Hand des Mannes am Ohr und dort den bläulichen Schimmer eines Smartphones. Eben noch hatte er Quelle und Bedeutung der anschwellenden Musik nicht einordnen können. Jetzt war ihm klar, dass der Popsong den Eingang eines Anrufs vermeldet hatte.

Der Maskierte ließ seinen Blick über den See schweifen, sprach jedoch zu leise in das Gerät, als dass Riemer seine Worte hätte verstehen können. Als der Kopf des Entführers in seine Richtung wanderte, tauchte Riemer erneut unter und entfernte sich immer weiter weg von der Uferstelle, an der er hätte sterben sollen.

19

Franziska musste nach ihrer Ankunft in der Justizvollzugsanstalt noch eine geschlagene Stunde warten, bis Hauser ihr endlich die Ehre erwies, sie zu empfangen.

Nun kam er breit grinsend auf den Vernehmungsraum zu, vor dessen Tür Franziska ungeduldig die Wangenmuskeln spielen ließ. Einer der beiden JVA-Beamten, die ihn begleiteten, schob einen Einkaufswagen mit den Hauser zur Verfügung gestellten kopierten Unterlagen vor sich her.

»Es tut mir wirklich sehr leid, dass Sie warten mussten«, säuselte Hauser, als er an ihr vorbei in den Raum geführt wurde, »aber mein Abendessen war einfach zu delikat, als dass ich es hätte auf später verschieben können.«

Georg Hauser hatte sein grau meliertes und pomadig glänzendes Haar glatt nach hinten gekämmt. Dies verlieh ihm ein noch strengeres Aussehen und seine dadurch freiliegende hohe Stirn brachte seine stechend blauen Augen weitaus stärker zur Geltung.

Franziska war davon überzeugt, dass Hauser es genoss, über ihre Zeit zu verfügen. Nur aus diesem Grund hatte er sie warten lassen.

Ein Beamter legte die Akten auf den Tisch, während der andere Hauser zu dem dahinter stehenden Stuhl führte.

Als Franziska den Raum betrat, wandte er sich ihr zu. »Sind Sie einverstanden, dass ich mit nur einer Hand an den Tisch gekettet werde?«

Sie zog die Augenbrauen zusammen und blieb ihm eine umgehende Antwort schuldig.

»Ich brauche eine freie Hand, falls ich etwas in den Akten nachschlagen muss«, erklärte Hauser.

Franziska war davon nicht angetan. »Das wird nicht nötig sein. Ich kann für Sie in den Unterlagen blättern.«

Hauser lächelte verschmitzt. Seine Augen verengten sich zu Schlitzen. Offensichtlich bereitete ihm die Situation ein diebisches Vergnügen. »Ich schwöre, ich wäre Ihnen nicht an den Hals gegangen. Aber ganz wie Sie wollen. Wenn Sie selbst hier drin noch Angst vor mir haben ...«

Franziska fing den fragenden Blick des Beamten auf, der Hausers Handgelenke an die Tischvorrichtung ketten wollte und bis jetzt auf eine endgültige Entscheidung gewartet hatte.

»Lassen Sie eine Hand frei«, ordnete Franziska an.

Sie wollte unter keinen Umständen Hauser gegenüber Schwäche zeigen. Schlimm genug, dass dieser Psychopath noch immer in ihren von Zeit zu Zeit auftretenden Albträumen auftauchte. Aber das würde sie weder ihm noch sonst jemandem gegenüber jemals zugeben. Vermutlich wäre es sogar eine heilsame Therapie, wenn sie jetzt ihre unterschwellige Furcht zurückdrängte, Hauser könne über den Tisch langen und sie packen.

Als die Beamten den Raum verlassen hatten, setzte sich Franziska Hauser gegenüber.

»Sie sehen heute besonders hübsch aus«, begann

Hauser. Sein Blick glitt über ihren Körper. Dann sah er ihr unvermittelt wieder in die Augen. »Es scheint Ihnen gutzutun, dass Sie wieder arbeiten.«

Franziska widerstand dem Drang, eine nach vorn gefallene Haarsträhne hinter ihr Ohr zu streichen. Das tat sie immer, wenn sie nervös war, und sie war sich sicher, Hauser würde diese Geste so zu deuten wissen.

Sie hatte ihn als Psychologen geschätzt und das war wesentlich seiner Fähigkeit zuzuschreiben, sich extrem gut in andere Menschen hineinversetzen zu können. Er musste auch wissen, dass ihre nunmehr nach außen ausstrahlende tiefe Zufriedenheit nicht in erster Linie mit ihrer Arbeit zu tun hatte. Aber sie würde ihm nicht den Gefallen tun und ihm gegenüber Lucy erwähnen.

Er neigte den Kopf und sah sie abwägend an. In seinen Augen lag etwas Verklärtes. Was ging im Kopf dieses Irren vor sich? Malte er sich gerade aus, was er mit ihr anstellen würde, wenn nicht er der Gefangene, sondern sie in seiner Gewalt wäre? Ein Schauder lief Franziska über den Rücken. Solche Fragen durfte sie sich nicht stellen.

»Ich würde jetzt gerne über den Fall reden«, sagte Franziska mit fester Stimme.

Hauser rekelte sich. Es war, als hätte sie ihn aus einer anderen Welt zurück in die Realität geholt.

»Ach ja, der Fall. Die Familien Schwarzer, Bühler und Riemer. Bis auf Jan Riemer sind alle engeren Angehörigen ermordet worden. Sind Sie bei der Aufklärung weitergekommen? Eigentlich sollten Sie das, nach allem, was ich Ihnen bereits erzählt habe.«

Franziska hasste Hausers Arroganz. Seinen Aussagen

wohnte bisher kaum ein konkreter Informationsgehalt inne. Aber dennoch musste sie ihm recht geben. Das Wenige hatte genügt, um die Suizide infrage stellen und eigene Schlüsse zum Zusammenhang mit dem Amoklauf Sanders ziehen zu können.

»Sanders Tat war von den Werken Schwarzers, Bühlers und Riemers inspiriert. Er hat die exzessiven Gewaltvorstellungen dieser Künstler real werden lassen. Sander wollte dadurch in die Geschichte eingehen. Wir glauben, dass ein Hinterbliebener seiner Opfer von diesen Vorbildern erfahren hat und Schwarzer und Bühler als Mitverantwortliche zur Rechenschaft gezogen hat.«

»Hätte ich beide Hände frei, würde ich jetzt Beifall klatschen«, gab sich Hauser gönnerhaft. »So muss dies hier genügen.« Er klopfte im Zeitlupentempo mit den Fingerknöcheln der freien Hand auf die Tischplatte.

»Was glauben Sie, wer zuvor ihre Familien getötet hat?«, fragte er anschließend. »Jan Riemer?«

»Wir suchen nach ihm. Aber wir gehen eher davon aus, dass er es nicht war.«

»Wie kommen Sie darauf?«

»Wir glauben, der Mörder von Arno Schwarzer und Susanne Bühler hat bei dem Massaker im Supermarkt zumindest einen Angehörigen verloren. Deshalb hat er bei beiden zunächst Gleiches mit Gleichem vergolten.«

Hauser nickte. Sein Gesicht hatte einen hochachtungsvollen Ausdruck angenommen und er lächelte.

»Und warum hat er sich entschlossen, Arno Schwarzer und Susanne Bühler später auch noch zu töten?«

»Er wollte sie leiden sehen, deshalb nahm er ihnen zunächst ihre Familien. Doch im Gegensatz zu ihm haben Schwarzer, Bühler und Riemer ins Leben zurückgefunden und mit ihrer Arbeit, seiner Meinung nach die eigentliche Wurzel allen Unheils, weitergemacht. Er hat sie umgebracht, weil er verhindern wollte, dass sie noch mehr Gewalt in die Köpfe der Menschen säen. Es durfte keinen neuen Fall Florian Sander geben.«

»Perfekt. Damit wäre der Mörder doch eigentlich ein Gutmensch«, lachte Hauser auf. »Der Mörder, den Sie suchen, hat in seinen Augen rechtschaffen gehandelt. Er hat durch seine Taten verhindert, dass noch mehr mediales Blutvergießen unters Volk gebracht und dadurch die Gewaltbereitschaft geschürt wird.«

»Sie machen sich über meine Theorie lustig?«, erkundigte sich Franziska.

Hauser wurde augenblicklich ernst. »Nein, ich teile sie sogar und ich möchte meine Anerkennung zum Ausdruck bringen. Aber wie so oft ist das Böse nicht immer so schlecht, wie es scheint. Und umgekehrt versteckt sich der eigentliche Wolf oftmals im Schafspelz. Was als Unterhaltung in Form von brutalen Videospielen, Krimis, True-Crime-Berichterstattungen, blutrünstigen Filmen getarnt ist, senkt in der Realität doch nur die Hemmschwelle zu eigenen Übergriffen durch die Konsumenten.«

»Sie wissen selbst, dass diese These von der Forschung nicht bestätigt wurde«, sagte Franziska. »Wenn alle Fans von Horrorfilmen ihre Erfahrungen in die reale Welt übertrügen, würden in der Gesellschaft Anarchie, Chaos und das Recht des Stärkeren regieren. Ich glaube eher, dass die Konfrontation mit Gewalt und dem, was sie anrichtet, einen abschreckenden Lerneffekt hat.«

Hauser legte den Kopf schief, was zu seinem mimischen Repertoire zu gehören schien, und verzog seine blassen Lippen zu einem angedeuteten Lächeln. »Letztlich werden wir in dem Punkt nicht zu einer Einigung kommen. Aber verraten Sie mir, warum konzentrieren sich die Menschen auf das, was sie eigentlich nicht wollen? Niemand will getötet werden, doch die meisten schauen im Fernsehen gern dabei zu.«

Die Frage brachte Franziska etwas aus dem Konzept und sie hatte spontan keine passende Antwort darauf.

»Weil der Mensch genetisch so gestrickt ist, dass er nach Fehlern und dem Schlechten sucht. Es sind urzeitliche Filter in unserem Gehirn, die uns das Gute als selbstverständlich ausblenden und das Negative aufsaugen lassen. In der Steinzeit brauchten wir diesen Mechanismus, um zu überleben. Heute nutzen ihn die Medien aus, um damit Geld zu verdienen. Zugegeben, blutige und brutale Unterhaltungswerke machen die Menschheit nicht zu einem Volk von Mördern. Florian Sander war ein Einzelfall, eine Anomalie im System. Aber er ist das Resultat seines Konsums und diejenigen, die ihn mit der Produktion von fiktionaler Gewalt gefüttert und damit Geld verdient haben, tragen eine Mitschuld an dem, was er getan hat. Reicht daher nicht schon der eine Fall Florian Sander aus, um die Frage nach der Berechtigung von Gewaltdarstellungen in Filmen, Computerspielen und Büchern zu stellen?«

Franziska wollte sich nicht auf Hausers verrückt anmutende Gedankengänge einlassen. Sie wusste zudem nicht, wohin dieses Gespräch im Moment führte. Aber sie wollte Hauser auch zeigen, dass sie durchaus in der Lage war, ihm intellektuell die Stirn zu bieten. »Die Menschen haben sich schon vor Urzeiten gerne schaurige Geschichten angehört. Die ersten Höhlenmalereien erzählen von den Abenteuern der Jagd.«

»Das mag sein, aber wie bei so vielem übertreibt der moderne Mensch auch maßlos mit den Inhalten seiner Geschichten. Die ersten Menschen haben reale Erlebnisse in Bildern weitererzählt. Sozusagen biografisch. Die Zuhörer konnten dadurch für ihr eigenes Leben etwas lernen. Zum Beispiel, dass der Säbelzahntiger kein Schmusetier ist, sondern einen frisst, wenn man ihn streicheln will. Aber was bitte schön ist der Lerneffekt unzähliger Krimis, in denen die Opfer auf immer abartigere Weise gemeuchelt werden?«

»Die Menschen lernen, mit den dadurch ausgelösten Ängsten umzugehen. Und wenn es ihnen zu viel wird, können sie das Buch zuklappen oder den Fernseher ausschalten.«

»Aber die geschürten Ängste sind unnötig. Jährlich werden ungefähr 300 reale Morde verübt. In den zahllosen allabendlichen Fernsehkrimis sterben demgegenüber Zigtausende pro Jahr. In Ostfriesland geschieht in Büchern gefühlt hinter jeder Ecke und in jedem noch so kleinen Siel ein Mord. Kein Wunder, dass sich abends kaum noch jemand im Dunkeln auf die Straße traut. Hinzukommen die Tagesnachrichten in den Zeitungen, im Rundfunk und im Netz, die regiert werden von den Krisenherden und Kriegen in der Welt und jeglichem auch nur ansatzweise drohenden Unheil. Insgesamt wird unser Planet dadurch von all diesen Angstmachern in den Köpfen der Menschen zu einem lebensunfreundlichen Ort stilisiert. Finden Sie nicht?«

»Sie sind ein Mörder und damit ein realer Teil dieses Schreckens«, konterte Franziska.

»Das ist wohl wahr. Aber wie viele gibt es, die so sind wie ich?«

»Manche machen einen Bungeesprung, andere ziehen es vor, sich zu Hause mit einem Buch den Kick zu holen.«

Hauser schüttelte den Kopf. »Das ist etwas komplett anderes. Es ist doch ein Unterschied, ob man in der Realität seine Grenzen austestet oder in einer erfundenen Welt andere bei ihrem qualvollen Leiden und Sterben begleitet. Noch weiß niemand so genau, was der Konsum von Mediengewalt auslöst. Aber ich für meinen Teil bin in dem Punkt ganz bei Nietzsche. Man wird zu dem, auf das man seine Aufmerksamkeit richtet.«

»Das trifft vielleicht auf Sie zu, aber nicht auf andere Menschen.«

Hauser bleckte seine kleinen Zähne. »Da irren Sie sich. Es gibt immer einen Ursprung, einen Anfang und ein Ende.« Er grinste. »Und ich bin der Anfang, ich bin der Abgrund, in den Sie gerade blicken.«

Franziska musste den Blick von Hauser abwenden. Gepresst atmete sie aus. Plötzlich spürte sie eine Berührung auf ihrer Hand. Hausers Finger streiften darüber. Er wirkte wie ein Hai, der seine sichere Beute anvisierte, bevor er blitzschnell das Maul öffnete und vorstieß. Mit einem Ruck zog sie ihre Hand vom Tisch.

»Sie machen mir keine Angst.«

»Oh doch, das tue ich«, widersprach Hauser. Sein grausiges Lächeln haftete noch kurz wie angemalt in seinem Gesicht. Dann sackten seine Mundwinkel nach unten, und Franziska meinte, die für ihn typische Überheblichkeit nun wieder in seinen Augen aufblitzen zu sehen. »Ich kenne den Namen des Mörders.« Er machte eine kurze Pause. »Für mich ergibt er sich zweifelsfrei aus den Unterlagen.« Er tippte auf den Stapel. »Genauer gesagt aus dem Vergleich der Obduktionsberichte der ermordeten Familienangehörigen mit denen der Opfer vom Einkaufszentrum. Ich habe die betreffenden Stellen mit Klebezetteln markiert.«

»Können Sie das näher erläutern?«

Hauser gähnte übertrieben.

»Das brauche ich nicht. Sie werden es selbst auf den ersten Blick erkennen. Meine Arbeit ist erledigt. Nehmen Sie die Berichte mit. Ich brauche sie nicht mehr.«

Franziska nahm aus dem Stapel die betreffenden Teilakten heraus und wollte eine der markierten Stellen aufschlagen, doch Hauser legte seine Hand auf den Aktendeckel. »Tun Sie mir den Gefallen und erledigen das bitte, nachdem Sie gegangen sind. Es würde mich wirklich langweilen, Ihnen dabei zusehen zu müssen.«

Kurz hielt Franziska seinem Blick und seinem Lächeln stand. Dann erhob sie sich und klemmte sich die Unterlagen unter den Arm.

»Das war gerade eben eine anregende Diskussion«, spielte Hauser wieder die Rolle des jovialen Gastgebers. »Vielen Dank dafür. Ich werde Konversationen dieser Art mit Ihnen künftig schmerzlich vermissen.«

»Ich muss Ihnen bei allem Widerwillen für Ihre Mithilfe in dem Fall danken«, entgegnete Franziska.

»Ja, das sollten Sie«, erwiderte Hauser.

»Ihre Haftbedingungen werden sich entsprechend

Ihren Forderungen zum Positiven verändern, falls sich Ihr Verdacht bestätigt.«

»Das wird er. Ich freue mich schon auf meine neue Zelle.«

Franziska ging zur Tür des Vernehmungsraums.

»Auf ein Wiedersehen«, rief Hauser ihr nach, als sie die Klinke nach unten drückte und die Tür aufzog.

Franziska drehte sich zu ihm um. »Wir werden uns nie mehr begegnen«, gab sie zurück.

»Das kann man nie wissen«, erwiderte er. Ein angsteinflößender Ausdruck lag auf seinem Gesicht.

Mit zitternden Knien verließ Franziska das Gefängnis. Ihr Wagen stand einsam auf dem Parkplatz. Die nächste Laterne ragte weit entfernt auf. Als sie eingestiegen war, schaltete sie die Innenbeleuchtung dauerhaft ein und verriegelte die Türen. Dann schlug sie die Obduktionsberichte an den von Hauser markierten Seiten auf. Er hatte die Zeilen, auf die es ankam, mit einem Rotstift umkreist. Zuletzt nahm sie sich die Seite in den Berichten zu Sanders Opfern vor. Als sie dort die rot markierte Stelle las, war ihr augenblicklich klar, hinter wem sie her waren, und sie erschauderte.

Hauser hatte recht behalten. Er brauchte nichts zu erklären. Unter den Menschen, die Sander getötet hatte, gab es eine Mutter mit Kind, die auf die gleiche Art gestorben waren wie die Partner Schwarzers, Bühlers und Riemers. Die Frau durch einen Kopfschuss, das Kind traf eine Kugel ins Herz. Der hinterbliebene Ehemann hieß Olaf Brack.

Ein explosionsartig lautes Krachen ließ Franziska zusammenschrecken. Das Seitenfenster riss spinnennetzartig und das Glas zerfiel in unzählige kleine Splitter, die in den Innenraum stoben und in Form von Minigeschossen auf Franziska prasselten. Sie duckte sich, hob schützend die Hände vor den Kopf und rückte von der Gefahrenstelle weg in Richtung Beifahrersitz. Dennoch hatten ein paar Glassplitter sie im Gesicht getroffen und sie blutete an der Wange.

Ehe sie erfasste, was geschah, griff jemand ins Wageninnere und entriegelte die Tür. Dann wurde die Fahrertür aufgerissen. Alles ging rasend schnell. Franziska war vom Schock noch wie gelähmt und nicht in der Lage zu reagieren. Ein Mann, den sie noch nie zuvor gesehen hatte, bückte sich zu ihr hinein. Entsetzen erfasste jede Faser ihres Körpers. Ihr Blick haftete an der Atemschutzmaske, die sein Gesicht bedeckte. Zu spät achtete sie auf den Gegenstand in seiner Hand. Ein Elektroschocker.

Obwohl ihr instinktiv klar war, dass sie es nicht schaffen würde, griff Franziska nach ihrer Dienstwaffe, die sich gesichert in der Gürteltasche an ihrem Hosenbund befand. Der Unbekannte ließ ihr nicht den Hauch einer Chance. Blitzschnell schoss sein Arm vor und die beiden Enden des Elektroschockers drückten sich auf ihren Hals. Der Stromschlag fuhr schmerzhaft durch ihren Körper, ließ ihre Zähne aufeinanderschlagen und ihren Oberkörper unkontrolliert zucken.

Als er das Gerät von ihr wegnahm und sich aus dem Wagen zurückzog, war ihr Verstand zwar wach, doch sie konnte sich kaum noch bewegen. Während ihre Kräfte langsam zurückkehrten, beförderte der Angreifer ein Fläschchen und ein Tuch aus seiner Jacke. Seelenruhig tränkte er den Stoff mit der Flüssigkeit aus der Flasche. Dann beugte er sich wieder zu ihr ins Auto. Noch immer konnte Franziska nicht einmal einen Arm anheben, um sich zu verteidigen.

Unaufhaltsam näherte er sich, das feuchte Tuch vor sich haltend, von dem ein süßlicher Geruch ausging. Er wollte sie betäuben. Aber was hatte er danach mit ihr vor? Würde er sie töten? Franziska wimmerte und hatte dabei fürchterliche Angst. In diesem Moment dachte sie an ihre Kinder. Es durfte nicht sein, dass sie fortan ohne sie aufwachsen mussten. Lucy und Jonathan brauchten sie noch.

Tränen rannen über ihre Wangen. Flehentlich sah sie den Angreifer an. Seine Augen blieben kalt. Sie wollte etwas sagen, doch ihre Stimmbänder versagten ihr den Dienst. Dann presste er ihr das Tuch auf Mund und Nase und einen Augenblick später tauchte sie in eine schwarze Leere.

20

Die zweite Person, auf die das erstellte Täterprofil am ehesten passte, war Olaf Brack. Nach dem Tod seiner Frau und seines Sohnes war er aus der Familienwohnung am Prenzlauer Berg in einen Plattenbau nach Neukölln gezogen.

Mehr als seinen Beruf, Maschinenbauingenieur, kannten sie noch nicht von ihm, als sie am Straßenrand vor dem Haupteingang des Gebäudes parkten, in dem er nun lebte.

Nachdem sie mehrmals vergeblich geklingelt hatten, überlegten sie, wie sie weiter vorgehen sollten.

»Ich habe eigentlich keine Lust, unverrichteter Dinge wieder abzudampfen«, meinte Bogner.

»Geht mir genauso«, pflichtete Speer ihm bei.

»Ich denke, Gomez wird uns den Rücken freihalten, wenn wir Gefahr im Verzug anführen und die Wohnung ohne Durchsuchungsbefehl betreten. Was meinst du?«

»Ich bin dabei. Es ist nicht so, dass unser Verdacht gegen Brack aus der Luft gegriffen wäre.«

»Dann los«, gab Bogner knapp zurück und drückte mit der flachen Hand gleichzeitig so viele Klingelknöpfe wie möglich. Gleich darauf ertönten aus der Gegensprechanlage Bewohner, die nachfragten, wer da sei. Dann ertönte der Summer der Türentriegelung und Bogner drückte die Eingangstür auf. Womöglich hatte jemand Besuch erwartet und es mit der Anmeldung an der Tür nicht so genau genommen.

Eine Minute später standen sie vor der Wohnungstür des Verdächtigen. Bogner klopfte dagegen. »Herr Brack, Kripo Berlin, öffnen Sie bitte die Tür.«

Sie warteten kurz. Speer holte seine Dienstwaffe hervor und Bogner tat es ihm gleich. »Wir brechen jetzt die Tür auf. Letzte Chance also für Sie zu öffnen, falls Sie doch zu Hause sind.«

Wieder kam keine Reaktion. Mit Schwung trat Bogner in Höhe des Schlosses gegen das Türblatt. Beim zweiten Tritt sprang die Tür mit einem lauten Krachen auf.

Schnell durchkämmten sie mit vorgehaltenen Pistolen die Wohnung und mussten schließlich feststellen, dass Brack tatsächlich ausgeflogen war.

Sie steckten die Waffen ein und machten sich daran, die spärlich möblierten Zimmer zu durchkämmen, die durch penible Ordnung und Sauberkeit bestachen. Bereits nach fünf Minuten wurde Speer in einer Schublade des Wohnzimmerschrankes fündig.

»Ich glaub, ich hab was«, rief er Bogner zu, der gerade das Schlafzimmer inspizierte.

Als Bogner zu ihm kam, hielt er ihm einen Stapel Briefe hin, der mit einem gekreuzten Band zusammengehalten wurde.

»Die stammen alle von Florian Sander und sind an Cornelia Schorn adressiert.«

Bogner grinste. »Man muss auch mal Glück haben.«

Sie warteten im Wagen, bis die von Fernanda Gomez aus einem der anderen Dezernate herbeorderten Kollegen zu ihnen stießen, um die Observation des Wohnhauses zu übernehmen.

In der Zwischenzeit organisierte Bogner telefonisch die Fahndung nach Olaf Brack.

Sie hatten in der Wohnung ein Foto gefunden, das eigentlich nur Brack darstellen konnte und das neben seinem Autokennzeichen an sämtliche Einheiten weitergeleitet wurde.

Als sie losfuhren, um ins Präsidium zurückzukehren, ging ein Anruf auf Speers Handy ein. Es war Jonathan.

»Sag mal, weißt du, wo Mama ist?«, begann er ohne ein Wort der Begrüßung.

Speer sah auf die Uhr. Mittlerweile war es kurz vor halb elf abends. Franziska war um siebzehn Uhr dreißig zu Hauser nach Moabit aufgebrochen. Eigentlich sollte sie schon lange wieder daheim sein. Und selbst wenn sie anschließend ins Büro zurückgekehrt wäre, hätte sie Arthur oder einem der Kinder Bescheid gesagt, dass es heute spät werden würde.

Seine Unruhe ließ er sich nicht anmerken, als er Jonathan antwortete. »Wir arbeiten gerade zusammen an einem Fall, der unseren vollen Einsatz und unsere ganze Konzentration erfordert. Ich gehe davon aus, dass sie im Büro ist und die Zeit vergessen hat.«

»Da ist sie aber nicht. Ich habe es unter allen möglichen Telefonnummern versucht. Und auf ihrem Handy geht sie auch nicht ran. Das ist total ungewöhnlich. Egal, was bisher gewesen ist, Mama ist immer rangegangen oder hat gleich darauf zurückgerufen.«

»Vielleicht hat sie ihr Handy in ihrem Büro liegen lassen und arbeitet in meinem Dienstzimmer.«

»Da hebt auch niemand ab.«

»Okay. Es gibt sicher eine Erklärung. Gibst du mir bitte mal Arthur.«

Jonathan schnaubte missbilligend.

»Der ist heute wegen seines neuen Filmprojekts nach London geflogen und kommt erst übermorgen wieder zurück.«

Verflucht. Speer biss sich auf die Unterlippe. »Gut Großer, ich bin jetzt auf dem Weg ins Präsidium«, sagte er dann. »Ich melde mich, sobald ich Genaueres weiß. Aber macht euch bitte keine Gedanken. Ich bin mir sicher, es ist alles in Ordnung.«

»Ist gut, Papa«, wisperte Jonathan.

Speer drückte das Gespräch weg. Jonathan machte sich Sorgen, das spürte Speer, und wenn er ehrlich war, bestand dazu durchaus auch ein Grund.

Er wandte sich Bogner zu, der ihn mit besorgtem Gesichtsausdruck ansah.

»Wir müssen Franziska finden«, erklärte Speer und wählte im gleichen Atemzug ihre Handynummer.

Bogner nickte. »Sie ist vielleicht noch immer in der JVA.«

Speer ließ es klingeln, bis ihre Mailbox ansprang. »Franziska, wenn du das abhörst, bitte melde dich sofort. Wir machen uns Sorgen.«

»Soll ich nach Moabit fahren? Vielleicht ist sie aus irgendeinem Grund noch dort.«

»Ja, bitte«, sagte Speer.

Während der Fahrt rief Speer Tina an, die noch immer die Stellung im Büro hielt, und bat sie, im Gebäude nach

Franziska zu suchen. Kurz bevor sie die Justizvollzugsanstalt erreichten, rief ihre Kollegin zurück. Speer stellte sein Telefon auf Lautsprecher, damit Robert Bogner mithören konnte.

»Ich hab in allen Räumen nachgesehen, in denen sie sein könnte. Aber Fehlanzeige. Ich peile jetzt ihr Handy an und melde mich wieder.«

»Tu das bitte«, antwortete Speer.

»Noch was, ihr werdet nicht glauben, wen wir gefunden haben.«

»Tina, ich bin jetzt nicht zu Ratespielen aufgelegt«, sagte Speer genervt.

»Ja, sorry, das verstehe ich. Es ist Jan Riemer. Er war an den Händen gefesselt, vollkommen durchnässt und halb erfroren, als er sich an Kollegen von der Schutzpolizei wandte, die mit ihrem Streifenwagen in der Nähe einer U-Bahn-Station parkten.«

»Wo ist er jetzt?«, schaltete sich Bogner in das Gespräch ein.

»Er wird zu uns gebracht.«

»Dann befragen wir ihn, sobald wir zurückkommen.«

»In Ordnung. Um die Uhrzeit könnt ihr euch den Vernehmungsraum aussuchen. Ich besorge ihm bis dahin schon mal was Trockenes zum Anziehen aus der Kleiderkammer.«

An der Gefängnispforte erfuhren sie von einem JVA-Beamten, dass Franziska die Anstalt bereits um halb neun verlassen hatte.

Speer hielt die Luft an und ihm wurde übel. Langsam wusste er nicht mehr, wo sie noch suchen sollten. Immer gewisser erschien es ihm, dass ihr etwas zugestoßen sein musste.

Als sie zurück zum Wagen kamen, zerriss das Klingeln seines Smartphones die Stille.

»Ihr seid ganz in der Nähe ihres Handys«, verkündete Tina. Sie beschrieb ihnen den Weg zu einem Parkplatz. Nach kurzem Suchen entdeckten sie dort Franziskas Wagen.

Fassungslos stand Speer vor der eingeschlagenen Seitenscheibe. Er sackte in den Knien ein und musste sich an der Karosserie abstützen. Dabei schloss er kurz die Augen und atmete durch.

Bogner stand gesenkten Hauptes neben ihm und stemmte die Arme in die Hüften. Für ein paar Sekunden verharrten sie so. Dann gab Speer sich einen Ruck, zog wortlos die Einweghandschuhe über, die er und Bogner im Dienst immer bei sich trugen, und öffnete die Fahrertür. Er musste jetzt funktionieren, Franziska und den Kindern zuliebe.

Franziskas Handy lag inmitten der Splitter des Seitenfensters, als hätte es jemand extra für ihn dorthin gelegt. Speer nahm das Gerät an sich. Kleine rote Punkte, vermutlich Blut, zeichneten sich auf dem hellen Polster des Fahrersitzes ab. Es waren nur sehr wenige, sodass Speer von einer Verletzung durch die Glassplitter ausging.

Im Fußraum des Fahrersitzes und auf dem Beifahrersitz lagen einige Akten. Speer reichte sie zu Bogner nach draußen. Anschließend durchsuchte Speer sorgfältig das Wageninnere, fand aber weder im Handschuhfach noch auf dem Rücksitz etwas, das Rückschlüsse darauf zuließ, was mit Franziska geschehen war.

Zuletzt zog Speer den Autoschlüssel aus dem Zündschloss, reichte ihn Bogner und schloss die Fahrertür.

»Könntest du bitte nachsehen?«

Bogner legte die Unterlagen aus dem Wagen auf die Motorhaube. Gemeinsam gingen sie zum Heck des Wagens, und Bogner drückte den Zündschlüsselknopf zum Öffnen der Kofferraumklappe. Bogner zögerte einen Moment, bevor er noch einen Schritt an den Wagen herantrat, eine Hand an die Klappe legte und sie einen Augenblick später anhob.

Geräuschvoll blies er einen großen Schwall Luft aus. Speer kam näher. Der Kofferraum war leer. Eine nervenzerrende Anspannung fiel von beiden ab.

Bogner schloss die Klappe wieder und deutete mit dem Kopf auf das zerborstene Seitenfenster. »Meinst du, das war Brack?«

»Ich weiß es nicht. Warum sollte er Franziska entführen?«

Bogner breitete die Akten aus dem Wagen auf der Motorhaube aus und beleuchtete sie mit der Taschenlampe seines Smartphones. »Das sind Teile der Akten, die wir Hauser zur Verfügung gestellt haben.« Er schlug die Seiten auf, an denen Haftzettel klebten, und fand die markierte Stelle in den Obduktionsberichten der Opfer Florian Sanders, die auf Olaf Brack als Täter hinwies. »Hauser ist zu dem gleichen Ergebnis gelangt wie wir«, sagte Bogner.

Im Schein der Lampe wirkte sein Gesicht aschfahl. Speer fühlte sich wie nach drei Runden mit einem Profiboxer im Ring und in seinem Magen breitete sich ein schmerzhaftes Glühen aus.

»Hältst du es für möglich, dass Hauser Brack darüber informiert hat, dass er überführt ist?«, fragte Bogner.

»Ehrlich gesagt traue ich Hauser so ziemlich alles zu«, sagte Speer. »Auch, dass er die ganze Zeit ein falsches Spiel mit uns getrieben hat.«

»Das denke ich mittlerweile auch. Es kann doch kein Zufall sein, dass Franziska ausgerechnet hier und jetzt überfallen wird, nachdem sie erfahren hat, wer für die Familienmorde verantwortlich ist.«

Eine halbe Stunde später standen sie vor Georg Hausers Zelle, die von zwei Beamten der Justizvollzugsanstalt durchsucht wurde.

Nachdem sie der Gefängnisleitung ihren Verdacht erklärt hatten, dass Hauser aus seiner Zelle heraus Kontakt zu einem gesuchten Mörder hatte, wurde ihnen ohne Zögern volle Unterstützung gewährt.

Während die Wärter seine Zelle auf den Kopf stellten, weilte Hauser im Gang des Zellentrakts mit vor dem Oberkörper gefesselten Händen und unter Bewachung eines weiteren Beamten. Die ganze Zeit über zierte ein diabolisches Grinsen sein Gesicht.

Nach wenigen Sekunden kam einer der Wärter mit einem kleinen Gegenstand aus der Zelle.

»Verdammt«, entfuhr es Bogner.

Der Beamte überreichte Speer das Mini-Handy, das nur ungefähr fünf mal zwei Zentimeter maß und etwas mehr als einen Zentimeter dick war. »Es steckte in einer Mulde, die in die Seiten eines Buches geschnitten wurde.«

»Haben Sie damit Olaf Brack angerufen?«, fuhr Speer Hauser an.

»Es war nicht so ganz leicht und zudem auch ziemlich

teuer, an das Telefon heranzukommen. Aber es hat sich allemal gelohnt«, gab Hauser zurück. Auf seinem Gesicht lag ein Ausdruck tiefer Zufriedenheit. »Ich hätte das Teil natürlich auch verschwinden lassen können, aber ich wollte, dass Sie wissen, wer Brack gewarnt hat.«

Speer war mit einem Satz bei Hauser, umklammerte mit beiden Händen seinen Hals und drückte zu.

Der Beamte, der Hauser bewachte, ging dazwischen und trennte die beiden. Bogner drückte seinen Partner von Hauser weg. »Er will doch nur, dass du das tust«, zischte er. »Denk an deine Bewährung. Ein Fehltritt und du sitzt neben ihm in der Zelle.«

Speer stemmte sich gegen Bogner. Er biss die Zähne aufeinander und ballte die Fäuste. Er wusste, dass Bogner ihn nur schützen wollte. Aber im Moment war ihm alles egal. Hauser war es offensichtlich nicht nur gelungen, Brack zu warnen, sondern ihn auch dazu zu benutzen, Franziska zu entführen.

»In dem geschützten Haus damals ist Franziska meiner Kugel nur um Haaresbreite entgangen. Da hatte sie einfach nur unverschämtes Glück. Ich glaube nicht, dass sie zweimal dem Tod von der Schippe springen wird«, feixte Hauser. Gerade die Ruhe in seiner Stimme trieb Speer beinahe in den Wahnsinn.

Der JVA-Beamte drängte Hauser in seine Zelle zurück und schloss sie ab. »Und wissen Sie, wer schuld an ihrem Tod sein wird?«, rief Hauser mit so lauter Stimme aus seiner Zelle, sodass sie durch die Stahltür hindurch klar und deutlich zu hören war. »Sie, Adrian Speer, denn Sie haben zugelassen, dass Franziska sich mit mir in einen Raum begibt. Sie haben Ihre Ex-Frau, die Mutter

Ihrer Kinder, zu mir gebracht wie ein Lamm, das zur Schlachtbank geführt wird.«

Sein triumphierendes Lachen drang zu ihnen in den Flur.

Speer starrte wie paralysiert auf Hausers Zellentür. Bogner riss ihn an der Schulter zu sich herum. »Hör nicht auf ihn. Franziska wird nichts geschehen. Brack hat keinen Grund, ihr etwas anzutun. Vermutlich benutzt er sie nur als Geisel, um unbehelligt das Weite zu suchen.«

Speer wollte glauben, was Bogner ihm einzureden versuchte. Aber Hauser hatte so unerträglich selbstsicher geklungen, als er behauptete, dass Franziska diesmal nicht überleben würde.

21

Auf dem Weg zurück zum Präsidium rief Speer umgehend Tina Jeschke an und informierte sie über Franziskas Entführung durch Brack und die Rolle Hausers dabei.

Nachdem er aufgelegt hatte, musste er ein paar Mal tief durchatmen, um Kraft zu sammeln. Er hatte hin und her überlegt, was er seinem Sohn erzählen sollte. Dann war er zu der Überzeugung gelangt, dass er Jonathan nicht die Wahrheit sagen konnte. Nicht zu so später Stunde, wo er allein mit Lucy zu Hause war und es niemanden gab, der ihnen beistand. Wie sollte er seinem Sohn überhaupt erklären, dass seine Mutter von einem Serienmörder entführt worden war? Und Lucy würde noch viel weniger damit umgehen können. Wenn er ihnen jetzt reinen Wein einschenkte, konnte er die beiden anschließend nicht sich selbst überlassen. Und wenn er zu ihnen fuhr und bei ihnen blieb, nahm er sich wiederum die Chance, Olaf Brack aufzuspüren und Franziska zu befreien. Nach dem zweiten Klingeln hob Jonathan ab.

»Es ist alles in Ordnung«, begann Speer das Gespräch. »Eurer Mutter geht es gut. Aber sie hatte einen kleinen Autounfall und musste ins Krankenhaus gebracht werden.«

Das war zwar auch schockierend, aber eine andere

Notlüge, die Franziskas Ausbleiben einigermaßen plausibel erklären würde, war ihm nicht eingefallen.

»Oh nein«, sagte Jonathan mit besorgter Stimme. »Ist Mama schlimm verletzt? Können wir zu ihr?«

Es brach Speer das Herz, seinen Sohn anzulügen. Falls es ihm nicht gelang, Franziska bis morgen wohlbehalten zurückzubringen, würden Jonathan und Lucy ihm nicht verzeihen, dass er sie über das wahre Schicksal ihrer Mutter zunächst im Unklaren gelassen hatte.

»Sie hat nur eine leichte Gehirnerschütterung, muss aber heute Nacht zur Beobachtung im Krankenhaus bleiben.« Er schluckte den Kloß in seinem Hals herunter. »Ich soll euch ausrichten, dass ihr euch keine Sorgen machen sollt, und morgen früh kommt sie wieder nach Hause.«

Robert Bogner, der den Wagen fuhr, sah mit einem Gesichtsausdruck, der tiefstes Bedauern ausdrückte, zu Speer hinüber. Sie hatten auf dem Weg von der Gefängnispforte bis zum Wagen darüber diskutiert, was er Jonathan sagen sollte. Letztlich hatte Bogner ihn darin bestärkt, zu dieser Notlüge zu greifen. Es gab in dieser Situation kein richtig oder falsch.

»Na gut«, sagte Jonathan.

»Schläft Lucy?«

»Ja.«

»Das ist gut so. Leg dich jetzt bitte auch schlafen. Ich rufe noch Arthur an und informiere ihn. Und ihr geht bitte morgen früh ganz normal zur Schule. Wenn ihr heimkommt, ist eure Mutter wieder zu Hause.«

»Versprochen?«

»Versprochen!«

Speer wählte Arthurs Nummer und hatte ihn kurz darauf in der Leitung. Ihm erklärte Speer so schnell es ging, was tatsächlich geschehen war. Dabei klammerte er aus, dass er selbst Franziskas Gespräch mit Hauser in die Wege geleitet hatte und dass der Psychologe derjenige war, der Franziskas Entführung aus seiner Zelle heraus herbeigeführt hatte.

Nach einem Moment fassungslosen Schweigens verkündete Franziskas Lebensgefährte, dass er sich umgehend um einen schnellstmöglichen Rückflug nach Berlin kümmern würde.

»Den Kindern habe ich erzählt, dass Franziska einen Unfall hatte und bis morgen im Krankenhaus bleiben muss. Ich werde alles tun, um sie zu finden«, sagte Speer abschließend.

»Bring Franziska bitte heil wieder zurück«, flüsterte Arthur.

»Das werde ich«, versprach Speer. Nun hatte er innerhalb weniger Minuten Jonathan und Arthur sein Wort gegeben, von dem er noch keine Ahnung hatte, wie er es einlösen sollte. Sie beendeten das Gespräch und kurz darauf fuhr Bogner auf den Parkplatz des LKA-Gebäudes in der Keithstraße.

Tina Jeschke saß mit dem Rücken zu ihnen vor ihrem Computerbildschirm, als Speer und Bogner durch die offen stehende Tür ihres Bürozimmers traten.

»Hast du was Neues für uns?«, fragte Speer ohne Umschweife.

Tina wandte sich in ihrem Drehstuhl zu ihnen um und stand auf.

»Riemer wartet seit einer Viertelstunde im Vernehmungsraum. Ich habe kurz mit ihm gesprochen, als ich ihm trockene Kleider gebracht habe. Er meinte, er sei circa sechsunddreißig Stunden in einer Holzhütte im Wald gefangen gewesen. Sein Entführer wollte ihn vor ein paar Stunden ertränken und es vermutlich wie Selbstmord aussehen lassen. Doch Riemer konnte knapp entkommen.«

»Gibt es Anhaltspunkte, wo diese Hütte sich befinden könnte?«, fragte Bogner.

Tina nickte. »Ich bin mir ziemlich sicher, dass ich sie bereits gefunden habe. Bracks verstorbene Frau hat eine solche Hütte und ein kleines zugehöriges Grundstück von ihrem Vater geerbt. Sie befindet sich im Grunewald.«

»Dann sollten wir umgehend ein Einsatzkommando dorthin schicken.« Bogner wollte zum Hörer greifen.

»Ist soeben schon geschehen«, hielt ihn Tina zurück.

»Ich fahre auch dorthin«, erklärte Speer.

»Klar«, stimmte Bogner mit besorgtem Blick zu, »viel Glück.« Er fuhr sich mit der Hand über den Kopf. »In der Zwischenzeit befrage ich Jan Riemer.«

Tina gab Speer eine Wegbeschreibung zu der Hütte und nannte ihm den Treffpunkt des Einsatzkommandos. »Ich informiere den Einsatzleiter, dass er mit dem Zugriff warten soll, bis du bei ihnen bist«, rief sie Speer hinterher, der bereits aus dem Zimmer geeilt war.

Wenig später öffnete Robert Bogner die Tür zu dem Vernehmungsraum, in dem Jan Riemer am Tisch saß. Ein missbilligender Ausdruck lag auf dem Gesicht des Krimiautors, der sich die Handgelenke rieb. Er trug ein bunt kariertes Holzfällerhemd und eine Jeans. Die Sachen stammten aus einem Fundus persönlicher Kleiderspenden von Polizeibeamten und waren genau für solche Fälle gedacht, wenn die Klamotten eines Festgenommenen durchnässt oder stark verschmutzt waren.

»Wo ist denn Adrian? Hat er keine Lust, mit mir zu sprechen?«

»Franziska wurde entführt.«

Riemer zog betroffen die Stirn kraus. »Von dem gleichen Kerl, der mich in der Mangel hatte?«

»So wie es aussieht, ja.«

»Verdammte Scheiße. Der Irre hat mich am Montagmorgen nach dem Laufen mit einem Elektroschocker außer Gefecht gesetzt und mit Chloroform betäubt. Aufgewacht bin ich in einer Waldhütte. Das habe ich schon Ihrer Kollegin erzählt.«

»Wir glauben, die Hütte gefunden zu haben. Adrian und ein Spezialeinsatzkommando sind auf dem Weg dorthin.«

»Ich kenne Franziska von früher«, sagte Riemer. »Ich hoffe, ihr passiert nichts.«

»Das hoffen wir alle«, antwortete Bogner.

Riemer fuhr sich mit der Hand über sein Gesicht. Er sah erschöpft aus.

»Warum sind wir hier im Vernehmungsraum? In Ihrem Büro wär's sicher angenehmer.«

»Weil das Mikrofon vor Ihnen auf dem Tisch unsere Unterhaltung aufzeichnet.«

Riemer ließ seinen Kopf sinken und seufzte. Dann sah er wieder auf und lehnte sich in seinen Stuhl zurück.

»Ich konnte es nicht glauben, aber dann ist es wohl wahr. Die Streifenpolizisten, zu denen ich mich gerettet habe, haben mir gesagt, dass ich wegen Mordverdacht gesucht werde, und mir deshalb Handschellen angelegt.«

»Sie haben ein Buch geschrieben, in dem Teile einer Familie auf die gleiche Art umgebracht werden, wie es später tatsächlich bei Ihrer Frau und Ihrem Kind geschehen ist.«

Riemer presste seine Augenlider fest zusammen. Tränen rannen seitlich darunter hervor.

»Ich habe mir auch schon oft vor Augen gehalten, dass der Mörder meiner Frau und meiner Tochter dieses Buch gelesen und den Inhalt an meiner Familie nachgeahmt haben könnte.« Riemer rieb sich mit der Hand über sein Gesicht. »Ich habe mir deswegen die Schuld an ihrem Tod gegeben.«

»Vermutlich wollte der Mörder Sie auf diese Weise belasten. Wir denken, er wollte es so aussehen lassen, als hätten Sie selbst Ihre und die Familienangehörigen von Arno Schwarzer und Susanne Bühler in Anlehnung an Ihr Buch umgebracht.«

»Aber warum sollte ich so etwas Schreckliches tun? Das wäre doch verrückt.«

»Sie leiden unter Gewaltfantasien und unter einer Persönlichkeitsstörung. Deshalb haben Sie Ihren Polizistenjob gekündigt. Zumindest hat uns Hauser das erzählt.«

»Das ist Unsinn.«

Bogner nickte. »Hauser hat uns reingelegt.«

»Ich hatte keine Lust mehr, mich jeden Tag inmitten

des kriminellen Abschaums wiederzufinden und im Namen der Gerechtigkeit gegen Windmühlen anzukämpfen.«

»Wir glauben Ihnen das. Allerdings war das noch nicht alles. Auf Ihrem Laptop haben wir ein geheimes zweites E-Mail-Programm gefunden. Damit wurden die Drohnachrichten des Totenrächers verschickt. Der Account bei dem E-Mail-Anbieter wurde über Ihr WLAN eingerichtet.«

Riemer seufzte. »Ich verstehe allmählich, dass Sie mich für einen durchgeknallten Mörder halten mussten. Das Schloss meiner Haustür ist nicht sonderlich sicher. Noch leichter dürfte die Terrassentür zu knacken sein. Vielleicht ist der Typ bei mir eingestiegen, als ich nicht zu Hause war, und hat meinen Computer für sein Rachespiel benutzt.«

Bogner nickte abermals. »So könnte es sich zugetragen haben. Wir konnten den Täter inzwischen identifizieren. Er heißt Olaf Brack. Sagt Ihnen der Name etwas?«

»Nein, den Namen habe ich noch nie gehört.«

»Brack hat vor drei Jahren bei dem Amoklauf in einem Berliner Einkaufszentrum seine Frau und seinen Sohn verloren. Der Todesschütze Florian Sander war ein Fan Ihrer Bücher und wurde offenbar zudem durch Schwarzers Computerspiele und Susanne Bühlers You Tube-Kanal zu seiner Tat inspiriert.«

Riemer schüttelte fassungslos den Kopf. »Das kann ich nicht glauben.«

»Fällt Ihnen noch etwas ein, das uns helfen könnte, Olaf Brack zu finden?«

»Nein, wie gesagt, ich war nur in dieser Hütte und

die meiste Zeit weggetreten oder benommen von dem Betäubungsmittel.«

»Haben Sie eine Ahnung, zu welchem Gewässer er Sie transportiert hat?«

»Es war ein kleinerer Weiher. Er hat meinen Wagen benutzt. Mehr weiß ich nicht, tut mir leid.«

»Schon gut. Ich gebe Ihren Wagen in die Fahndung. Vielleicht ist Brack damit noch immer unterwegs.«

Riemer kratzte sich am Kopf und gähnte. »Kann ich jetzt nach Hause. Ich bin hundemüde.«

Bogner atmete tief ein und wieder aus und verzog die Lippen. »Es wäre mir lieber, wenn Sie den Rest der Nacht hier verbringen würden. Brack hat versucht, Sie umzubringen. Vielleicht hat er sein Vorhaben noch nicht aufgegeben. Außerdem könnten wir noch weitere Fragen an Sie haben.«

»Also gut, das sehe ich ein. Wenn es hier irgendwo eine Pritsche gibt, auf die ich mich legen kann, soll es mir recht sein.«

»Ich hätte da noch eine niedliche kleine Zelle für Sie frei«, scherzte Bogner.

»Nicht Ihr Ernst?« Riemer verzog missmutig den Mund.

Bogner erhob sich und schwieg. Das war auch eine Antwort.

22

Die letzten zweihundert Meter legten Speer und die sechs Männer des Einsatzkommandos zu Fuß entlang des Waldweges zurück. Zur Ausrüstung der auf Festnahmen und Geiselbefreiung spezialisierten Einheit gehörten neben schusssicheren Westen, Schutzhelmen und Gewehren auch Nachtsichtgeräte. Speer trug ebenfalls ein solches Teil vor den Augen und nahm die Umgebung trotz vollständiger Dunkelheit nun in hellen Grautönen wahr.

Als die Hütte in Sichtweite kam, pirschten sich die Männer im Schutz des Unterholzes weiter voran. Die einzigen Geräusche stammten von dem leisen Rascheln des abgefallenen Laubs und dem Knacken zu Boden gefallener Äste unter ihren Stiefeln. Hin und wieder hallte der Ruf einer Eule durch die Nacht. Am Ende der Baumreihe hielten sie an und gingen in die Hocke.

Die Eingangstür lag nur noch etwa zehn Meter entfernt. Auf dem Platz vor der Hütte stand kein Fahrzeug und die Holzläden vor den Fenstern waren zugeklappt. Nirgendwo drang ein Lichtschein nach draußen. Da es mittlerweile bereits kurz vor halb zwei Uhr nachts war, bedeutete dies nicht zwangsläufig, dass niemand in der Hütte war. Brack konnte ebenso gut darin schlafen.

Der Einsatzleiter gab zwei seiner Leute den Befehl, das Objekt zu erkunden. Nachdem sie die Hütte umkreist hatten, näherten sie sich ihr vorsichtig und führten eine Minikamera durch einen Spalt in der rückwärtigen Holzverkleidung ein. Fünf Minuten später teilten die Polizisten über ihre Ohrbügel-Headsets mit, keine Anzeichen dafür entdeckt zu haben, dass sich jemand in der Hütte befand.

Der Einsatzleiter gab die Anweisung zum Zugriff und lief in gebückter Haltung voran.

Drei seiner Leute folgten ihm. Speer eilte den Spezialkräften mit knappem Abstand hinterher. Sie postierten sich rechts und links neben dem Eingang. Einer der Polizisten trat vor und wuchtete die mitgebrachte Ramme gegen das Türblatt. Mit einem lauten Knall gab das Schloss nach und die Tür sprang auf. Sofort stürmten die übrigen Beamten in das Dunkel der Hütte. Speer blieb zunächst draußen und hielt die Luft an. Mehrere Male hörte er das Wort *gesichert* über sein Headset. Dann: »Hier ist niemand. Die Hütte ist leer.«

Speer schlug enttäuscht mit der Faust gegen das Holz der Außenwand und presste die Augenlider zusammen. »Verdammt«, murmelte er.

Eigentlich war ihm klar gewesen, dass Olaf Brack nach der Flucht Jan Riemers nicht mehr hierher zurückkehren würde.

Brack musste davon ausgehen, dass Riemer ihnen vom Ort seiner Gefangenschaft berichtete und sie sehr schnell auf das Erbe seiner Frau kommen würden. Dennoch hatte Speer die Hoffnung gehegt, Franziska hier zu finden.

Er gab sich einen Ruck und trat ins Innere des Holzhauses. Jemand hatte bereits das Licht eingeschaltet und eine kahle Glühbirne in der Deckenmitte erhellte den Raum.

Die Möblierung bestand lediglich aus einem zerfledderten Sofa, einem Beistelltisch und einem Regal mit vergilbten Büchern.

Die Beamten des SEK gingen an Speer vorbei nach draußen und sahen ihn dabei bedauernd an. Als er alleine in der Hütte war, schritt er durch die offen stehende Tür in einen kleineren Nebenraum. Darin stand das Bett, das Riemer beschrieben hatte und an dessen Gestell er gefesselt gewesen war.

Als Speer ins Präsidium zurückkehrte, war es bereits halb drei. Bogner erwartete ihn in ihrem Dienstzimmer. Er sah abgekämpft aus und Speer ahnte, dass ihn bei einem Blick in den Spiegel ein ähnlicher Anblick erwartete.

»Ich habe Tina vor einer halben Stunde nach Hause geschickt«, empfing ihn Bogner. »Es gibt nichts Neues. Von Brack noch immer keine Spur.«

Speer setzte sich an seinen Schreibtisch. Er fühlte sich niedergeschlagen und starrte auf die leer geräumte Arbeitsfläche. Dass niemand in der Hütte gewesen war, hatte er Bogner auf dem Rückweg bereits telefonisch mitgeteilt.

Er atmete durch die Nase ein, hielt die Luft an und blies sie geräuschvoll durch den Mund wieder aus. Dann sah er zu Bogner auf, der seinen Blick erwiderte.

»Was können wir jetzt noch tun?«, fragte Speer. Er dachte an Jonathan und Lucy, denen er in wenigen Stunden die Wahrheit erzählen musste.

»Ich fürchte, wir sind im Moment zum Abwarten verdammt.« Bogner gähnte. »Tina hat alles, was sie über Brack gefunden hat, durchleuchtet, aber nichts entdeckt, das uns verraten würde, wo er sich jetzt aufhalten könnte. Wir tappen leider völlig im Dunkeln.«

»Fahr nach Hause und ruh dich aus«, sagte Speer.

Bogner zog missbilligend eine Augenbraue hoch. »Ich bleibe selbstverständlich hier. Aber ich lege mich kurz auf das Sofa im Aufenthaltsraum.« Er erhob sich von seinem Stuhl und gähnte abermals. »Ich brauche jetzt dringend ein wenig Schlaf, damit ich fit bin, wenn wir Brack festnehmen.«

Speer zwang sich zu einem angedeuteten Lächeln. »Danke für deine Zuversicht.«

»Du solltest dir auch einen Schlafplatz suchen.«

»Gleich. Ich will noch kurz hier sitzen bleiben und in Ruhe nachdenken. Vielleicht fällt mir noch etwas ein.«

»Verstehe«, entgegnete Bogner. Er legte seine Hand auf Speers Schulter. »Wir finden Franziska und bringen sie wohlbehalten zurück«, versprach er. Speer nickte ihm dankend zu. Bogner öffnete die Tür und hob die Hand. »Bis nachher.«

Nachdem Bogner gegangen war, fuhr Speer sich frustriert mit den Händen durchs Gesicht. Nackte Angst lag wie ein heißer Stein in seinem Magen.

Franziska hatte sich selbst dazu entschieden, Hausers Befragung durchzuführen. Er hatte sie nicht dazu gedrängt, aber er hatte sie vor die Wahl gestellt, es zu tun oder auch nicht. Insgeheim hatte er vorher gewusst, dass sie es machen würde, weil sie es als ihre Pflicht ansah. Er hätte zumindest auch die Möglichkeit in Erwägung ziehen müssen, dass Hauser sein Ziel, Franziska zu eliminieren, nicht aufgegeben hatte. Nun benutzte Hauser Olaf Brack für seine Zwecke.

Speer schlug mit der geballten Faust auf die Tischplatte. Ein Frösteln überkam ihn. Er trug die Verantwortung dafür, wenn Franziska etwas zustieß, so wie er schon schuld daran gewesen war, dass Lucy entführt worden war.

Mit leerem Blick starrte er auf das Whiteboard. Er hoffte auf eine zündende Idee. Aber sie wussten einfach zu wenig über Olaf Brack.

Ein lautes Geräusch unmittelbar hinter ihm ließ Speer hochschrecken. Kurz war er orientierungslos. Dann begriff er, dass er noch immer im Büro war. Die Zeiger der Wanduhr standen auf fünf Uhr dreißig. Er hatte nur kurz ausruhen wollen und den Kopf mit seinen Armen als Unterlage auf die Schreibtischplatte gelegt. Dabei musste er eingeschlafen sein.

Das Geräusch war ein ihm unbekannter Handyklingelton. Sein Herz pochte augenblicklich laut und schnell in seiner Brust. Er griff in die Innenseite seiner Jacke, die hinter ihm über dem Stuhl hing, und brachte Franziskas Smartphone zum Vorschein.

Das pulsierende Display zeigte einen unbekannten Anrufer an. Er wischte das grüne Telefonsymbol zur Seite und hielt sich das Gerät ans Ohr.

»Wer ist da?«, fragte er mit zitternder Stimme.

»Sind Sie Hauptkommissar Speer?«

»Ja.«

»Ich bin der Mann, der Ihre Ex-Frau hat.«

Speer musste schwer schlucken, bevor er etwas sagen konnte.

»Was soll das?«

Ein heiseres Lachen drang durch die Leitung.

»Riemer ist mir leider entwischt.«

»Aber was hat das mit Franziska zu tun?«

»Ich brauche sie für einen Austausch. Ihre Ex-Frau gegen Riemer.«

Hauser musste Brack auf diese Idee gebracht haben. Dem Handy, das sie bei Hauser gefunden hatten, konnten sie entnehmen, dass er am frühen Abend Bracks Haustelefon angewählt hatte, das, wie sie inzwischen wussten, die Anrufe auf dessen Smartphone weitergeleitet hatte. Seitdem hatte Brack das Gerät nicht mehr benutzt, sodass sie ihn nicht hatten orten können. Und jetzt benutzte er vermutlich ein Prepaid-Handy.

»Damit Sie Riemer doch noch töten können. Sie wissen, dass ich das nicht tun kann.«

»Dann stirbt eben Ihre Frau und Sie sind dafür verantwortlich. Können Sie damit weiterleben und das vor Ihren Kindern verantworten?«

Speer dachte fieberhaft nach. Die Situation schien ihm aussichtslos. Er musste Brack irgendwie hinhalten. Das ging aber nur, wenn er zum Schein auf dessen Angebot einging.

»Also gut«, lenkte er ein. »Angenommen, ich liefere Ihnen Jan Riemer aus. Wo und wie soll der Austausch vonstattengehen?«

»Es ist noch zu früh, Ihnen zu sagen, wo genau ich bin. Ich brauche zuvor einen Beweis, dass Sie es ernst meinen.«

»Was meinen Sie damit?«

»Schnappen Sie sich Riemer und fahren Sie mit ihm in Richtung Stralsund. Ich melde mich in zwei Stunden wieder bei Ihnen. Falls Sie diesen ersten Teil geschafft haben, sage ich Ihnen, wo Sie mich und Ihre Ex-Frau finden, wenn nicht, lasse ich Sie dabei zuhören, wie sie stirbt. Und noch eins, falls Sie jemand anderen über unseren Kontakt informieren und Sie nicht alleine mit Riemer zu mir kommen, stirbt Franziska ganz sicher. Sie können sich darauf verlassen, dass ich intelligent genug bin, es so anzustellen, dass selbst ein groß angelegter Zugriff mit einem Spezialeinsatzkommando das nicht verhindern kann.«

Speers Herz krampfte sich zusammen, als er hörte, mit welcher Kälte Brack über Franziskas Schicksal sprach. Er zweifelte nicht im Geringsten, dass es der Mann ernst meinte.

»Ich habe verstanden«, sagte Speer.

Brack legte auf. Speer presste das Smartphone noch eine Zeit lang ans Ohr. Währenddessen war sein Kopf wie leer gefegt.

Was um alles in der Welt sollte er jetzt nur tun? Langsam wie in Zeitlupe ließ er das Telefon sinken. Er stand auf, zog seine Jacke an und steckte das Gerät wieder in die Innentasche.

Dann begab er sich auf den Weg zu der Zelle, in der Riemer untergebracht war.

Riemer war in der heutigen Nacht der einzige Insasse im Zellentrakt des LKA-Gebäudes.

Als Speer das Licht anschaltete und durch die offen

stehende Tür trat, kam Riemer zu sich und rieb sich die Augen. »Was ist denn los?«, murmelte er verschlafen. »Hast du Franziska gefunden?«

Speer schüttelte den Kopf. »Nein.«

»Das tut mir leid.«

»Ich brauche deine Hilfe.«

Riemer schlug die Decke weg und setzte sich auf die Bettkante.

»Meine Hilfe? Bei was?«

»Brack hat mich angerufen. Er will, dass ich dich zu ihm bringe, dann will er im Gegenzug Franziska freilassen.«

Riemer sah ihn stumm und mit ausdrucksloser Miene an.

»Glaubst du jetzt, ich lasse mich dem Schwein freiwillig ausliefern, damit er mich in aller Seelenruhe umbringen kann?«

»Uns fällt schon was ein, damit das nicht passiert. Aber er will mich wieder anrufen und wenn ich mich bis dahin nicht mit dir auf dem Weg zu ihm befinde, will er Franziska sofort exekutieren.«

»Dann bin ich so was wie ihre letzte Chance.«

Speer nickte.

»Und was machst du, wenn ich *Nein* sage?«

»Keine Ahnung.«

»Diese Situation existiert nur deshalb, weil Brack mich haben will. Du kennst mich, ich bin keiner, der kneift, wenn es schwierig wird. Klar, dass ich mitkomme.«

»Dann stehe ich tief in deiner Schuld, ich war mir nicht sicher, dass du das so siehst.«

Riemer sah ihn mit versteinerter Miene an. »Brack hat meine Familie ermordet. Ich will nicht, dass er noch mehr Unheil anrichtet. Außerdem wollte er mir seine Morde anhängen. Er darf mit all dem nicht ungeschoren davonkommen.«

23

Franziska saß im Esszimmer eines fremden Hauses auf einem einfachen Holzstuhl. Ihre Unterschenkel waren an die vorderen Stuhlbeine gefesselt und ihre Handgelenke hinter der Rückenlehne zusammengebunden. Schmerzerfüllt verzog sie das Gesicht und stöhnte auf. Bei der mehrstündigen, teils holprigen Fahrt, die sie gefesselt und geknebelt im Kofferraum von Olaf Bracks Wagen verbracht hatte, hatte sie sich rechts eine oder mehrere Rippen geprellt oder sogar gebrochen. Jeder Atemzug glich seitdem einem Messerstich in ihren Lungenflügel. Das dicke Seil, das der Entführer zur Sicherheit zusätzlich mehrfach um ihren Oberkörper und die Stuhllehne geschlungen hatte, erschwerte ihr das Luftholen noch mehr. Wenigstens hatte er ihr den Knebel aus dem Mund genommen.

Trotz der Schmerzen fielen ihr vor müder Benommenheit kurz wieder die Augen zu und ihr Kopf sackte nach vorn auf ihre Brust. Mit aller Kraft stemmte sie sich gegen den Dämmerzustand und hob ihren Kopf wieder an. Doch selbst ihre panische Angst, die ihr Herz lauter schlagen ließ, vermochte sie nicht aus dem tranceartigen Zustand zu befreien.

Ihr Entführer saß nur wenige Meter neben ihr am Tisch, auf dem sich Baumaterial und Werkzeuge befanden. Neben einer Seilwinde auf einer Trommel fielen ihr ein benzinbetriebenes Notstromaggregat, eine Axt und ein Bohrhammer auf. Er arbeitete an einer Apparatur, deren Einsatzzweck nur er kannte.

Franziska wusste nicht, wohin er sie gebracht hatte und was sie hier sollte. Aber die Situation glich einem Horrortrip.

Ein paar Meter seitlich von ihnen entfernt saß ein circa fünfzigjähriger Mann mit schulterlangen dunkelblonden Haaren in einem Abstand von weniger als zwei Metern vor einer Kinoleinwand, auf der ein schrecklicher Film lief. Dabei war er auf die gleiche Weise wie sie an einen der Esszimmerstühle gefesselt. Allerdings ließ Brack sein zweites Opfer auf noch schrecklichere Weise leiden.

Seine Lider wurden mit zwei metallenen Apparaturen gewaltsam offen gehalten. An zwei Stellen hatte Brack den Kopf des Mannes mit breitem Klebeband an ein Brett fixiert, das hinter dessen Rücken von dem Stuhl aufragte. Das erste Band hatte Brack um die Stirn und das Brett gewickelt, das zweite hatte er in mehreren Lagen quer über den Mund und wiederum um das Brett geklebt. Dadurch wurde der Gefesselte, ohne dass er blinzeln oder den Blick abwenden konnte, gezwungen, den Film über sich ergehen zu lassen, der durch einen an der Decke angebrachten Beamer auf die circa vier Meter breite Leinwand projiziert wurde. Ein unerträgliches, bluttriefendes Gemetzel unter Einsatz von Macheten, Samuraischwertern und Maschinenpistolen. Die sieben rundum installierten Lautsprecher lieferten in ohrenbetäubender Lautstärke den passenden Raumklang zu den verstörenden Bildern.

Durch den Klebestreifen über seinem Mund wurde der Gefangene am Schreien gehindert. Nur dumpf waren die gequälten gutturalen Laute, die aus seiner Kehle kamen, durch den Lärm des Films zu hören. Schweiß stand auf seiner Stirn. Seine Hände verkrampften sich zu Fäusten und er zitterte am ganzen Leib.

»Warum tun Sie das?«, fragte Franziska. »Warum quälen Sie diesen Mann?« Ihre Stimme hörte sich an, als ob sie zu viel Alkohol getrunken hätte. Sie hatte Brack schon mehrfach gefragt, was er vorhatte, aber bis jetzt war er ihr eine Antwort schuldig geblieben.

Jetzt sah er kurz zu ihr auf und lächelte. Dann konzentrierte er sich wieder auf seine Arbeit.

»Das habe ich alles im Keller gefunden«, erklärte er. »Eine wahre Fundgrube. Mit etwas handwerklichem Geschick kann man aus dem Material die tollsten Dinge bauen.«

Wenn sie neben Olaf Brack an der Bushaltestelle gestanden hätte, wäre sie niemals auf den Gedanken gekommen, dass er ein Mehrfachmörder von Frauen und Kindern war. Vielmehr sah er sogar nett aus. Nur seine Augen gaben Aufschluss über sein wahres Wesen. Dieser Mann hatte schon vor langer Zeit aufgehört, Gefühle für irgendetwas oder irgendjemanden zu hegen, abgesehen von dem Hass, der seinen Taten zugrunde liegen musste.

»Dass Ihre Familie auf grausame Weise sterben musste, rechtfertigt nicht, was Sie getan haben.« Der Ton des Kinofilms wurde in der gerade einsetzenden Metzelszene plötzlich viel lauter, sodass Franziska schreien musste, damit Brack sie verstand.

»Was habe ich denn getan?«, fragte Brack.

»Sie haben Unschuldige getötet.«

Brack sah sie traurig an. »Es stimmt übrigens, was man sagt.« Er legte den Kopf zur Seite und wirkte dabei wie ein reuiges Kind, das etwas Verbotenes getan hatte. »Zumindest in meinem Fall.«

Eine Welle der Übelkeit überkam Franziska plötzlich. Aber sie musste weiterreden, jetzt wo sie die Aufmerksamkeit Bracks gewonnen hatte. »Was denn?«, ächzte sie.

»Beim ersten Mal ist es am schwersten. Ich war kaum in der Lage abzudrücken und bei dem Kind zitterte meine Hand, als ob ich Parkinson hätte.«

Blitzartig änderte sich sein Gesichtsausdruck zu einem freudigen Strahlen. Dabei grinste er breit. »Aber ich habe es geschafft.« Er winkte ab. »Und von da an ging es immer leichter.« Er formte seine rechte Hand zu einer Pistole, bei der Zeige- und Mittelfinger den Lauf bildeten, und zielte damit auf Franziskas Kopf. Dabei kniff er sein linkes Auge zusammen. »Peng.« Er lachte auf. »Wirklich viel leichter.«

Franziska konnte nicht anders, als ihre Gedanken laut auszusprechen. »Sie sind vollkommen verrückt.«

»Nein, nein. Sie bewerten mich falsch. Florian Sander war schließlich auch nicht verrückt. Er hatte eine Mission. Er wollte berühmt werden. Meine Morde geschahen auch aus einem tieferen Sinn heraus. Die Frauen und Kinder habe ich getötet, damit Riemer, Schwarzer und Bühler das gleiche Leid erfahren wie ich. Aber das eigentliche Ziel war, dass sie zu Selbsterkenntnis gelangen, erkennen, was sie angerichtet haben, und aufhören, mit ihren Werken Tod, Gewalt und Brutalität zu glorifizieren. Damit es keinen zweiten Florian Sander geben würde, der sie sich zum Vorbild für einen Amoklauf nimmt.«

»Als sie jedoch nach der Trauerphase begannen, ihre alte Arbeit wieder aufzunehmen …«

»… mussten auch sie sterben. Wer Gewalt sät, sollte sich nicht wundern, wenn die Ernte auch aus Gewalt besteht.«

»Warum haben Sie die drei nicht einfach auch erschossen? Warum wollten Sie es wie Selbstmord aussehen lassen?«

»Liegt das nicht auf der Hand?«

»Für mich nicht.«

»Ich wollte die Täter nicht zu Opfern machen und sie sollten kein Mitleid erfahren. Außerdem hatte ich die Hoffnung, dass ihre Werke nach ihrem Selbstmord kritisch hinterfragt werden. Dann kam mir aber die noch viel bessere Idee, Riemer alles in die Schuhe zu schieben. Die Angehörigen hatte ich schon erschossen, wie er es in einem seiner Bücher beschrieben hatte. Das war die Ernte seiner Saat.«

»Sie haben seinen Laptop manipuliert und es so aussehen lassen, als hätte er die Droh-E-Mails geschrieben.«

»Ein Thrillerautor, der nicht nur in seinen Büchern mordet, sondern auch in Wirklichkeit. Angefangen bei seiner Familie und den Partnern von Schwarzer und Bühler, gefolgt von diesen selbst, und am Ende steht der Suizid. Das wäre doch eine runde Geschichte gewesen, besser hätte sie Riemer auch nicht schreiben können, finden Sie nicht?«

»Sie sind in meinen Augen dennoch nicht besser als Florian Sander.«

»Schade, dass Sie das so sehen.« Brack formte kurz einen Schmollmund und machte ein beleidigtes Gesicht. Dann suchte er aus einem Kasten Schrauben und Dübel heraus und legte sie auf den Tisch. Franziska zerrte zum wiederholten Mal an ihren Fesseln, aber es war sinnlos. Es bewegte sich nichts, als ob sie in einen Schraubstock gespannt wäre.

»Warum haben Sie mich entführt?«

»Ich tausche Sie gegen Riemer. Er ist mir leider knapp entwischt. Aber Ihr Mann wird ihn herbringen.«

Franziska verschlug es den Atem. Adrian würde Riemer nicht opfern, aber er würde alles versuchen, um sie zu befreien. Plötzlich begannen ihre Beine zu zittern.

Dieser Plan Bracks konnte nur auf die eine oder andere Weise scheitern. Es gab keinen Weg, der die Sache zu einem guten Ende führte. Sie musste wieder an Lucy und Jonathan denken und dabei kamen ihr die Tränen.

»Entspannen Sie sich«, forderte Brack sie auf. »Ich weiß, was ich tue.«

Seine Worte beruhigten Franziska nicht im Geringsten.

»Und weshalb sind Sie in dieses Haus hier eingedrungen und haben diesen Mann vor der Leinwand fixiert?«

Brack wies mit dem Akkuschrauber auf den laufenden Film. »Der ist von ihm, Björn Michel. Jetzt darf er ihn ein letztes Mal genießen.«

Franziska sagte der Name etwas. Michel war so etwas wie der deutsche Tarantino, zumindest fiel in der Presse dieser Vergleich des Öfteren. Auch Michel schrieb seine eigenen Drehbücher, produzierte selbst und übernahm selbstverständlich auch die Regie. Seine Filme strotzten nur so vor Gewalt, Blut und Grausamkeiten. Allerdings gelang es Michel nicht, seine Dialoge und die Bildsprache in der gleichen Art mit schwarzem Humor zu garnieren, wie der amerikanische Kultregisseur dies tat. Für Franziskas Geschmack hinkte der Vergleich daher stark. Michels Werke waren in ihren Augen einfach nur perverser Gewalttrash, dem keine besonderen Geschichten zugrunde lagen.

»Florian Sander hat Ihre Familie ermordet, aber er hatte nur drei Vorbilder, die ihn zu seinem Amoklauf inspirierten«, sagte Franziska.

»Sind Sie da sicher?«

Franziska stockte der Atem. Ihre Übelkeit wurde immer schlimmer. Mittlerweile war sie dafür aber wacher und drohte nicht mehr einzuschlafen. Jetzt erst bemerkte sie, dass ihre Kehle staubtrocken war.

»Haben Sie etwas zu trinken für mich?«

Brack stand wortlos auf, ging in die Küche, die durch eine Tür vom Esszimmer getrennt war, und kam mit einem großen Glas Wasser zurück, das er ihr nach und nach einflößte. Die Flüssigkeit tat unbeschreiblich gut und hauchte Franziska neue Kraft ein.

Brack stellte das leere Glas ab und sah auf seine Armbanduhr.

»Es ist Zeit, Adrian anzurufen, so heißt er doch, Ihr Ex-Mann.«

»Hören Sie doch bitte auf«, flehte Franziska ihn an.

»Tut mir leid, aber das kann ich nicht. Dafür bin ich

schon viel zu weit gegangen und außerdem habe ich nichts mehr zu verlieren.«

Franziska deutete mit dem Kopf zu Björn Michel hinüber. Sie konnte nur erahnen, wie es sein musste, bewegungslos, ohne die Augen schließen zu können, den Lichtreizen und den grauenvollen Bildern auf der Leinwand ausgesetzt zu sein. Wenn diese Folter nur lange genug dauerte, würde sie vermutlich jeden Menschen irgendwann in den Wahnsinn treiben. Wann wäre es bei Michel so weit? Wann würde sein innerster Kern unwiederbringlich zerbrechen?

»Geben Sie ihm bitte doch wenigstens auch etwas zu trinken«, bat sie Brack.

Der Mann lächelte kalt. Er nahm sein Handy, das er auf dem Tisch neben den Werkzeugen abgelegt hatte, ging in den Flur und schloss die Tür hinter sich.

24

Um Viertel vor sieben wurde Robert Bogner durch zwei Kollegen, die plaudernd in den Aufenthaltsraum stapften und die Deckenbeleuchtung anschalteten, unsanft aus dem Schlaf gerissen. Er hörte, wie der Kühlschrank geöffnet wurde, und rieb sich die Augen.

»Schönen guten Morgen«, grüßten die Kollegen betont sarkastisch.

Bogner drehte sich auf der Couch zur Seite und setzte sich auf. Mürrisch kratzte er sich am Kopf und wünschte den beiden ebenfalls einen guten Morgen.

Er hatte miserabel geschlafen. Vor etwa zwei Stunden hatte starker Regen eingesetzt, begleitet von stürmischen Böen. Seitdem klatschten dicke Tropfen vom Wind gepeitscht gegen die Fensterscheibe. Unzählige Male war er aufgewacht. Sofort hatten seine Gedanken um Franziska gekreist, der seine ganze Sorge galt.

Erst vor einer Stunde war er in einen tieferen Schlaf gesunken, doch damit war es jetzt schon wieder vorbei. Aber auch wenn er sich nicht erholt fühlte, war es besser, als gar nicht geschlafen zu haben, und nach einem starken Kaffee sähe die Welt wieder ein wenig besser aus. Er streckte sich und gähnte.

Adrian Speer tat ihm unendlich leid. Vermutlich hatte sein Partner kein Auge zugetan und war vor Sorge fast verrückt geworden. Augenblicklich bekam Bogner ein schlechtes Gewissen. Es waren zwar nur ein paar Stunden gewesen, aber er hätte Speer in dieser schrecklichen Situation nicht allein lassen dürfen. Mit Bestürzung ging ihm nun auch auf, dass sich in der Zwischenzeit nichts Wesentliches ergeben haben konnte, sonst hätte Speer ihn sicher sofort geweckt.

Bogner schlüpfte in seine Schuhe, stand auf, klopfte die Falten aus seiner Anzughose und begab sich zu den Toiletten, wo er sich dürftig wusch und seine Haare richtete.

»Du siehst ziemlich fertig aus«, sagte er anschließend zu seinem Spiegelbild, das ihn mit zerknitterter Haut, dunklen Rändern unter den Augen und müdem Blick anstarrte.

Die Besprechung mit dem zuständigen Kommissariat für Entführungsdelikte war für acht Uhr anberaumt. Im Gegensatz zu dem Regelfall, in dem die Person des Entführers unbekannt war, wussten sie zwar, dass Olaf Brack Franziska verschleppt hatte, die Frage war aber, wohin und aus welchem Grund. Vielleicht würde das spezialisierte Kommissariat eine Spur auftun, die zu Brack führte. Viel Hoffnung machte Bogner sich diesbezüglich aber nicht.

Auf dem Weg zu seinem Dienstzimmer ging er im Geiste durch, wie er seinen Bericht zur Vorgeschichte der Entführung für die Kollegen am besten strukturieren könne. Kurz vor der Bürotür brachen seine Überlegungen aber ab und er hielt inne. Sein Magen verkrampfte sich, als er daran dachte, wie sein Partner sich jetzt fühlen musste. Adrian würden sicher ein paar tröstende und aufmunternde Worte guttun.

Als er schließlich die Tür öffnete und eintrat, überraschte es ihn umso mehr, Speer nicht an seinem Platz anzutreffen. Auch die Kaffeemaschine war nicht in Betrieb, was ein untrügliches Zeichen dafür war, dass Speer nicht nur kurz das Zimmer verlassen hatte.

Bogner seufzte und machte sich daran, frischen Kaffee zu kochen. Als er wenig später die Maschine einschaltete, klopfte es an die Tür, und Tina Jeschke erschien im nächsten Moment im Türrahmen. Ihre Gesichtsfarbe war noch bleicher als sonst. Gewiss war sie auch noch nicht lange da.

»Ich habe gerade die Meldungen gecheckt, die über Nacht ins System gestellt wurden. Riemers Wagen wurde in der Nähe eines Weihers entdeckt. Darin haben die Kollegen eine Pistole gefunden. Ich tippe mal, das ist die Waffe, mit der die Angehörigen von Riemer, Schwarzer und Bühler erschossen wurden.«

»Die ballistische Untersuchung wird es zeigen«, gab Bogner müde zurück.

»Gibt's was Neues, das ich noch nicht weiß?«, fragte Tina.

Bogner zuckte mit den Achseln. »Vermutlich nichts. Ich bin auch gerade erst reingekommen und frage mich, wo Adrian ist. Ich hab auf der Couch ein paar Stunden geschlafen und dachte eigentlich, er wäre hier im Büro.«

»Dann rufen Sie ihn bitte sofort an.« Das war die unverkennbar dunkle und harte Stimme von Fernanda Gomez, die nun hinter Tina erschien und den letzten Satz im Flur gehört haben musste.

»Das wird wohl das Beste sein«, zeigte Bogner, den augenblicklich ein ungutes Gefühl beschlich, sich sofort einverstanden.

Gomez schob sich an Tina vorbei ins Büro. Diese folgte ihr nach und schloss die Tür hinter ihnen. Gomez' Nasenflügel bebten und ihre Stirn lag in Falten, was ein untrügliches Zeichen dafür war, dass ihr etwas missfiel.

»Ich bin auf der Suche nach Jan Riemer. Er soll sich für weitere Fragen bereithalten, die sich bei der Einsatzbesprechung nachher bestimmt ergeben.«

»Riemer hat sich bereit erklärt, die Nacht in einer unserer Zellen zu verbringen.«

»Tja, da hab ich schon nachgesehen. Dort ist er aber nicht mehr.«

»Verfluchter Mist«, stöhnte Bogner, während er Speers Nummer wählte.

Nach dreimaligem Klingeln hob Speer ab. »Ich hab schon darauf gewartet, dass du anrufst.«

»Bei mir im Büro sind Fernanda Gomez und Tina. Ich stelle das Telefon auf laut.« Bogner drückte das Lautsprechersymbol auf seinem Tischapparat und rieb sich mit der freien Hand durchs Gesicht. »Wo bist du?«

»Unterwegs zu Olaf Brack.« Im Hintergrund war deutlich ein Motorengeräusch zu hören.

»Was? Woher weißt du, wo er ist?«

»Er hat mich kurz vor halb sechs angerufen und gesagt, ich soll mir Riemer schnappen und Richtung Stralsund fahren. Er will Franziska gegen ihn austauschen.«

»Der Mistkerl hat seinen Plan also noch nicht aufgegeben: Er will Riemer töten«, entfuhr es Bogner. »Warum hast du mich nicht geweckt?«

»Brack hat gesagt, nur Jan und ich.«

»Sie haben Jan Riemer gekidnappt?«, schaltete Gomez sich in das Gespräch ein.

»Nein, denken Sie, ich will meine Bewährung riskieren?«

»Mir ist jetzt nicht nach Scherzen zumute«, erwiderte Gomez.

»Mir auch nicht, aber der Seitenhieb musste sein. Ob ich in den Knast gehe oder nicht, ist mir völlig egal. Hauptsache, Franziska geschieht nichts. Und zu Ihrer Frage, Jan ist freiwillig mit mir mitgekommen. Wollen Sie mit ihm reden?«

»Ja, bitte.«

»Moment, ich schalte die Freisprechanlage ein. So, das müsste jetzt funktionieren.«

»Herr Riemer, sind Sie da? Geht es Ihnen gut?«

»Ja, hier ist Jan Riemer. Es ist alles in Ordnung.«

»Stimmt es, was Hauptkommissar Speer gesagt hat? Sind Sie aus freien Stücken mit ihm gekommen?«

»Das ist korrekt. Wir mussten sofort losfahren, um die Chance zu wahren, Franziska zu befreien.«

»Ich möchte bitte wieder mit Herrn Speer sprechen«, forderte Gomez mit Nachdruck.

Es dauerte einen kurzen Augenblick. »Ich höre«, meldete sich Speer dann.

»Kann Herr Riemer noch mithören?«, fragte Gomez.

»Nein.«

»Hat Brack Ihnen verraten, wo genau er sich aufhält?«

»Er hat sich vor zehn Minuten wieder gemeldet und mir eine Adresse genannt. Er ist auf Rügen. Aber ich muss das allein machen.«

»Wie soll denn das bitte schön funktionieren?«

»Mir wird schon etwas einfallen. Brack hat unmissverständlich zum Ausdruck gebracht, dass er Franziska umbringt, wenn außer Riemer und mir sonst noch jemand auftaucht.«

»Wo sind Sie jetzt?«

»Wir sind gerade auf die A20 gefahren und brauchen noch etwa drei Stunden, bis wir da sind.«

»Gut, das ist genug Zeit, um ein Spezialeinsatzkommando vor Ort in Stellung zu bringen. Ich kann Sie das nicht ohne Unterstützung machen lassen.«

Eine kurze Gesprächspause trat ein.

»Ein Einsatzkommando ist viel zu riskant. Wenn Brack Wind davon bekommt, ist Franziska tot.«

»Sie und Riemer alleine zu Brack zu schicken, ist riskanter. Sie wissen nicht, was Sie erwartet. Und ich kann nicht zulassen, dass Brack Jan Riemer tötet, weil Sie mal wieder einen Alleingang der üblichen und bewährten Vorgehensweise vorziehen, und die besteht nun mal in der Zuhilfenahme eines Spezialeinsatzkommandos.«

Einen Moment lang war wieder nur das Brummen des Automotors in der Leitung zu hören.

»Also gut«, lenkte Speer schließlich ein.

»Dann geben Sie mir jetzt die Adresse und fahren Sie weiter dorthin. Ich nehme mit Bogner den Hubschrauber der Bundespolizei. Wir kümmern uns persönlich vor Ort um die Koordination des Einsatzes, und wir geben Ihnen bis zu Ihrer Ankunft genaue Anweisungen, wie Sie weiter vorgehen.«

»Versprechen Sie mir, dass Sie vorsichtig sind.«

»Das ist selbstverständlich. Ich weiß, worum es geht«, versprach Gomez.

»Aber wenn Franziska etwas passiert, mache ich Sie

dafür verantwortlich«, sagte Speer. Dann gab er ihnen die Adresse durch und legte auf.

25

Sintflutartiger Regen ergoss sich aus der dunklen Wolkendecke und prasselte gegen die Windschutzscheibe des SUV. Die Wischerblätter bewegten sich auf der höchsten Stufe hin und her. Doch selbst das reichte nicht aus, um für eine ausreichende Sicht zu sorgen. Speer musste die Fahrt verlangsamen, um nicht von der Fahrbahn abzukommen.

Letztes Jahr kurz vor Weihnachten hatte er gemeinsam mit Lucy auf der Suche nach einem Wagen die Autohäuser in der näheren Umgebung abgeklappert. Am Ende hatte seiner Tochter dieser schwere, PS-starke Wagen mit Abstand am besten gefallen und er hatte ihn deshalb gekauft.

Im Stadtverkehr, insbesondere wenn es darum ging, einen geeigneten Parkplatz zu finden, hatte er sich danach oft ein kompakteres Auto gewünscht. Doch jetzt auf der Autobahn bei Starkregen und Windböen erwiesen sich das Gewicht und die Straßenlage des Wagens als vorteilhaft.

Das dumpfe Geräusch der unzähligen auf das Wagendach fallenden Regentropfen wirkte beruhigend auf Speer. Vielleicht, weil es ihn an die ersten Jahre erinnerte, in denen er mit Franziska zusammengelebt hatte.

Ihre erste gemeinsame Wohnung lag im Dachgeschoss eines Mehrfamilienhauses. Oftmals lagen sie abends im Bett und lauschten gemeinsam dem Regen, der auf das Dachfenster trommelte. Meistens war Franziska in seinem Arm mit dem Kopf auf seiner Brust vor ihm eingeschlafen.

Als Olaf Brack ihn vorhin angerufen hatte, hatte er sich davon überzeugt, dass Jan Riemer auch tatsächlich im Wagen saß. Erst dann hatte er ihm den Treffpunkt mitgeteilt. Danach hatte Brack ihn kurz mit Franziska sprechen lassen.

»Es geht mir gut«, hatte sie unter Tränen gesagt.

Seine Kehle war schlagartig so trocken geworden, als wäre er seit vielen Stunden ohne Wasser in der Sahara unterwegs gewesen. Er hatte Mühe gehabt, überhaupt noch einen Ton herauszubringen. »Ich bin gleich bei dir und bringe dich wieder nach Hause«, hatte er ihr schließlich doch noch Mut zusprechen können. Danach hatte Brack die Leitung abrupt gekappt.

Speer mochte nicht daran denken, wie es wäre, wenn Franziska nicht überleben würde. Dennoch drängte sich diese Vorstellung in seinen Verstand und sein Magen reagierte unverzüglich mit einem schmerzhaften Stechen.

Er biss die Zähne so fest aufeinander, dass seine Wangenmuskeln zuckten. Er würde das nicht zulassen, unter keinen Umständen. Er würde seiner Tochter und seinem Sohn gegenübertreten und ihnen ihre Mutter zurückbringen. Speer atmete durch und versuchte, sich auf die vor ihm liegende Aufgabe zu konzentrieren.

Riemer saß neben ihm und starrte mit leerem Blick nach vorn auf die Straße. Er schien in eine andere Welt versunken zu sein. Vielleicht dachte er gerade an seine

Frau und seine Tochter, die Brack ihm auf so grausame Weise genommen hatte. Dass Riemer daran nicht zerbrochen war, grenzte an ein Wunder. Andererseits wusste Speer nicht, wie es wirklich in seinem ehemaligen Kollegen aussah.

Seit dem Anruf Bogners, bei dem Fernanda Gomez das Gespräch an sich gerissen hatte, waren Riemer und er fast verstummt. Eigentlich wäre es jetzt an der Zeit gewesen, einen Plan zu schmieden. Aber sie wussten nicht, was sie erwartete. In diesem Punkt hatte Gomez leider recht. Deshalb wollten sie sich zunächst vor Ort in gebührendem Abstand ein Bild von der Lage machen und dann entscheiden, wie es weitergehen sollte. Außer Speers Dienstpistole verfügten sie über keine weiteren Waffen, was ihre Ausgangsposition nicht gerade optimal machte. Zudem würde Brack ihnen vermutlich keinen sonderlich großen Handlungsspielraum einräumen.

Ihr Widersacher war intelligent, und das machte ihn zu einem extrem gefährlichen Gegner. Die meisten Mörder dachten nicht unbedingt viel nach, bevor sie töteten. Hinzu kam, dass die Täter oftmals aus dem näheren Umfeld des Opfers stammten. Deshalb war die Aufklärungsquote bei Morden auch ausgesprochen hoch. Selten hatten sie es mit Personen zu tun, die ihr Vorgehen bis ins kleinste Detail planten, und Brack war diesbezüglich ein Perfektionist. Wenn Hauser ihn nicht hätte auffliegen lassen, wäre vermutlich niemand je darauf gekommen, dass die Suizide Bühlers und Schwarzers in Wirklichkeit getarnte Morde waren.

Mittlerweile war es Viertel nach acht. Noch immer war es draußen aufgrund der dichten Wolkendecke nicht richtig hell geworden. Wenigstens hatten sie bisher mit dem Verkehr Glück gehabt und waren von einem Stau verschont geblieben. Wenn es weiter so voranging, kämen sie gegen neun Uhr in Stralsund an.

Von da aus war es noch eine gute Stunde bis zu der Adresse, die Olaf Brack ihnen genannt hatte. Das zeigte zumindest der Routenplaner auf Speers Smartphone an, das in einer an den Lüftungsschlitzen befestigten Halterung klemmte.

Als sie eine Dreiviertelstunde später über die Bundesstraße B96 durch Stralsund fuhren, klingelte Speers Handy. Er erkannte die Nummer von Bogners Dienstapparat auf dem Display und nahm diesmal das Gespräch direkt über die Freisprechanlage entgegen.

»Hier ist Robert«, meldete sich Bogner. »Wo seid ihr jetzt?«

»Hast du was dagegen, wenn Jan unser Gespräch mithört?«

»Nein, das ist okay.«

»Kurz vor der Rügendammbrücke«, sagte Speer. »Aber solltest du nicht mit Gomez im Hubschrauber sitzen?«

»Der Hubschrauber konnte nicht fliegen. Zu starker Wind und nach Meldung des Wetterdienstes tobt auf Rügen ein Sturm.«

Das hatte sich Speer schon gedacht. Je weiter sie in Richtung Norden gelangt waren, desto heftiger waren der Regen und der Wind geworden.

Als er jetzt auf die Mitte der Brücke zusteuerte, musste er gegenlenken, da der Wagen plötzlich seitlich von einer Böe getroffen wurde und nach links auf die Gegenfahrbahn gedrückt zu werden drohte.

»Hat Brack sich wieder gemeldet?« Das war die Stimme von Fernanda Gomez.

»Das mit dem Koordinieren des Einsatzes vor Ort hat sich wohl erledigt, Frau Kriminalrätin«, sagte Speer. Der Spott in seiner Stimme war nicht zu überhören.

»Tut mir leid, das war nicht absehbar. Aber das SEK ist jetzt einsatzbereit und beginnt in wenigen Minuten mit der Annäherung an das Haus. Das sind durchweg erfahrene Beamte. Ich habe persönlich mit dem Einsatzleiter gesprochen.«

»Dann bleibt uns nichts anderes übrig, als darauf zu vertrauen, dass die Leute ihr Handwerk verstehen.«

»Darauf können Sie sich verlassen. Es sind insgesamt zehn Polizisten. Sie werden sie nicht sehen, wenn Sie mit Riemer an dem Haus ankommen. Ich gebe Ihnen jetzt die Handynummer des Einsatzleiters. Kurz bevor Sie da sind, rufen Sie ihn an. Er wird bis dahin die Lage vor Ort sondiert haben und Ihnen seine Instruktionen für das weitere Vorgehen geben.«

Fünfzig Minuten später lenkte Speer den SUV auf die L303 Richtung Schwirenz. Er kannte diese Gegend, da er mit Franziska und den Kindern, als diese noch klein gewesen waren, einige Urlaube auf Rügen verbracht hatte. Zwar hatten sie ihr Quartier weiter weg bezogen, aber sie hatten damals auch diesen Teil der Insel mit dem Naturpark und den Kreidefelsen erkundet.

Nach einer Weile musste er links abbiegen und die Straße wurde deutlich enger.

Äußerlich ließ Speer sich seine Aufregung nicht anmerken, aber so kurz vor dem Ziel klopfte sein Herz mittlerweile wie ein Hammer gegen seine Brust und seine Kehle war wie zugeschnürt.

Ein paar Minuten, nachdem er den Herthasee passiert hatte, war kein Wagen mehr hinter ihnen zu sehen. Speer verlangsamte die Fahrt, da die Stelle, die Brack ihnen als Zufahrt zum Haus beschrieben hatte, nicht mehr weit entfernt sein konnte.

Ein mittelgroßer Reisebus kam ihnen entgegen. Als er an ihnen vorbeifuhr, spritzte Regenwasser, das sich in einem Schlagloch angesammelt hatte, in einem Schwall hoch und ergoss sich über die Windschutzscheibe des SUV.

Anschließend musste Speer einem dicken Ast ausweichen, den der Wind von einem der umstehenden Bäume gerissen und auf die Fahrbahn geschleudert hatte.

Plötzlich tauchte wie aus dem Nichts vor ihnen am rechten Straßenrand ein schmaler, von Sträuchern und Bäumen umwachsener Weg auf. Das musste die Zufahrt sein, die Brack ihm am Telefon beschrieben hatte. Speer riss das Lenkrad herum und bog darauf ein.

Der Schotter knirschte unter den Reifen, während er vorsichtig weiterfuhr. Er musste im weiteren Verlauf über mehrere Äste fahren, die über den Weg verstreut lagen. Dabei wurden sie im Wagen durchgerüttelt. Es rumpelte und die Äste kratzten an der Karosserie.

Dann tauchte vor ihnen das Haus auf. Es stand frei auf einem großzügigen Grundstück. Rundherum gab es nur Wald. Ein perfekter Ort, um sich zu verstecken. Aber Brack hatte es vorgezogen, in die Offensive zu gehen.

Speer hielt etwa vierzig Meter von dem Haus entfernt und stellte den Motor aus. Es war kaum wahrnehmbar, aber seine Hände zitterten. Er ballte sie zu Fäusten. Riemer sah wie versteinert zu dem Einfamilienhaus. Die Rollläden waren geschlossen. Dann zerriss der Klingelton von Franziskas Handy die Stille.

»Haben Sie das Haus gefunden?«, fragte Brack.

»Ja«, antwortete Speer.

»Gut, dann kommen Sie jetzt mit Riemer rein. Der Schlüssel liegt unter der Türmatte.«

Speer hatte sein eigenes Handy auf stumm gestellt. Jetzt leuchtete das Display auf. Es war die Nummer des SEK-Beamten, den er hätte anrufen sollen, sobald sie in der Nähe des Hauses waren. Speer sah zu Riemer. Der nickte ihm entschlossen zu. Sie waren zuvor darin übereingekommen, wie sie vorgehen wollten.

Speer nahm sein Handy aus der Halterung und steckte es zusammen mit Franziskas Gerät in seine Jacke. Noch einmal atmete er durch. Das Haus wirkte wie ein Monster auf ihn, das alle Eindringlinge zu verschlingen drohte. Er fühlte sich kraftlos, unfähig, aus dem Wagen zu steigen.

»Wir schaffen das schon«, riss ihn Riemer mit unerwartet aufmunternden Worten aus seiner Starre.

Der Sturm pfiff ihnen um die Ohren und sie mussten nach vorn gebeugt und gegen den Wind ankämpfend auf das Haus zugehen. Rechts daneben war eine breite Garage angebaut, in der zwei Autos nebeneinander Platz finden konnten. Vermutlich hatte Brack seinen Wagen dort abgestellt.

Der dichte Wald zeichnete sich unmittelbar hinter

dem Haus und dem angrenzenden Garten vor der grauen Wolkendecke ab. Die Äste der blätterlosen Laubbäume stocherten wie Krakenarme in der Luft, und die hohen Nadelbäume neigten sich unter der Last des Windes bedrohlich zur Seite.

Kurz bevor sie das Haus erreichten, zog Speer seine Pistole.

Auf dem Briefkasten eingangs des Vorgartenweges, der zur Haustür führte, stand der Name Björn Michel. Diesen hatte Brack ihnen genannt. Wenn sie noch letzte Zweifel gehegt hatten, hier richtig zu sein, waren sie hiermit zerstreut.

Speer fand den Schlüssel unter der Fußmatte und öffnete die Tür. Dann traten sie ein.

26

Das Haus verfügte über eine Diele, von der aus rechts eine Treppe in das Obergeschoss führte. An den Wänden hingen gerahmte Fotos von Safaris und Großwildjagden in fernen Ländern. Die Türen rechts und links neben ihnen waren geschlossen. Ein Flügel der Doppeltür vor ihnen stand offen und gab den Blick auf Stühle und einen zugehörigen Tisch im Licht einer darüber hängenden Pendellampe frei.

»Kommen Sie näher! Geradeaus durch die Tür, wenn ich bitten darf!« Die hohe, nasale Stimme war eindeutig dieselbe, die ihn am Telefon hierher dirigiert hatte.

Zuvor war es gespenstisch ruhig im Haus gewesen, und das plötzliche Durchbrechen dieser Stille verlieh Bracks Aufforderung noch mehr Nachdruck.

Speer und Riemer sahen sich an. Dabei kam Speer plötzlich etwas zu Bewusstsein. Er hatte es die ganze Zeit über gespürt, dem aber keine Beachtung geschenkt. Jan Riemer verhielt sich alles andere als normal für jemanden, der kurz davor stand, seinem potenziellen Mörder gegenüberzutreten. Er hätte viel nervöser sein müssen. Auch wenn er in letzter Sekunde einen Rückzieher gemacht hätte, wäre Speer nicht klar gewesen, wie er weiter vorgehen sollte, aber er hätte es verstehen können. Doch in Riemers Gesicht und in seinen Augen konnte er weder Zweifel noch Angst erkennen.

»Wo bleiben Sie denn? Warten Sie etwa auf Verstärkung? Das wäre schlecht für Ihre Ex-Frau.«

Speer atmete tief durch. Dann fasste er sich ein Herz und ging voran auf den Raum zu.

Bevor er eintrat, gebot er Riemer, der ihm nachfolgte, mit einer Handbewegung stehen zu bleiben. Es war besser, wenn er zunächst allein vorging und Riemer vor der Türschwelle wartete, bis sie wussten, was gespielt wurde. Als Riemer ihm zunickte, zum Zeichen, dass er verstanden hatte, betrat Speer den Raum.

Es handelte sich um das Wohn- und Esszimmer. Die Rollläden der beiden Fenstertüren, die in den Garten führen mussten, waren heruntergelassen. Links befand sich eine Eckcouch mit Blickrichtung auf eine weiße Kinoleinwand, auf der aber kein Film abgespielt wurde. Die Tür auf der rechten Seite des Raumes war geschlossen. In ihrer Mitte klaffte ein vermutlich mit einer Axt grob hineingeschlagenes Loch von der Größe einer DIN-A4-Seite.

Dahinter erhellte das Tageslicht einen Küchenraum.

»Ich bin hier drin«, sagte Brack. Seine Stimme drang durch das Loch in der Tür. »Ich habe Sie über eine Außenkamera ankommen gesehen. Es ist begrüßenswert, dass Sie sich an die Abmachung gehalten haben und nur zu zweit hier aufgetaucht sind.«

»Ich gehe davon aus, dass Sie nicht alleine in dem Raum sind«, sagte Speer.

»Außer mir ist hier noch der Eigentümer dieses Hauses. Vielleicht sagt Ihnen sein Name etwas. Er hat es sich zur Aufgabe gemacht, seine abartigen Gewaltfantasien mittels seiner Filme in die Köpfe der Menschen zu pflanzen. Dafür wird er heute bezahlen.«

»Der Mann hat Ihnen nichts getan«, sagte Speer.

»Oh doch, das hat er. Hauser hat mich angerufen. Er hat mir glaubhaft versichert, dass Florian Sander nicht nur von Bühler, Schwarzer und Riemer zu seinem Amoklauf inspiriert wurde, sondern auch von Björn Michel. Damit trifft ihn eine Mitschuld am Tod meiner Familie.«

»Hauser hat Sie angelogen. Er benutzt Sie für seine Zwecke. In Sanders Brief an Cornelia Schorn wird Michel nicht erwähnt.«

»Sander hat es Hauser im Gefängnis im Vertrauen erzählt.«

Speer fiel es schwer, seine Fassung und die nötige Ruhe zu bewahren. »Georg Hauser lügt. Er will nur, dass meine Ex-Frau stirbt. Er will beweisen, dass er selbst als Gefangener in einer Zelle die Macht besitzt, sein Ziel in die Tat umzusetzen.«

»Selbst wenn es so wäre, verdient hat Michel den Tod dennoch. Haben Sie mal einen seiner Filme gesehen?«

»Nein«, sagte Speer wahrheitsgemäß.

»Hausers Anruf hat mich in dem Moment erreicht, als ich Riemer gerade ertränken wollte. Ich bin spontan rangegangen, obwohl ich die Nummer nicht kannte. Hauser erklärte mir, dass ich in weniger als zwei Stunden als Mörder Schwarzers, Bühlers sowie ihrer und Riemers Familien überführt würde. Als er mich nach Riemer fragte, gab ich zu, dass der mir gerade abgehauen war. Hauser riet mir, Ihre Ex-Frau zu entführen und sie gegen Riemer einzutauschen. Ich habe sie dann, als sie aus dem Gefängnis kam, bis zu ihrem Wagen verfolgt. Und siehe da, es hat funktioniert. Sie haben mir Riemer zurückgebracht.«

»Hauser war es, der Sie ans Messer geliefert hat. Ohne ihn wären wir nicht auf Ihre Spur gekommen.«

»Ich verstehe, dass Sie Hauser in Misskredit bringen wollen, um mich zu verunsichern. Aber letztlich ist mir egal, was Hauser getan hat und was nicht. Ich habe es nicht geschafft, Riemer zu töten. Das war mein Fehler.«

Speer erkannte in diesem Augenblick, dass es nicht möglich sein würde, Olaf Brack durch Argumente zur Aufgabe zu bewegen. Er hatte sich in seinem Kopf ein eigenes verrücktes Weltbild zurechtgelegt, das nun nicht mehr ins Wanken zu bringen war.

»Und jetzt geben Sie mir endlich Riemer. Er soll sich gegenüber der Tür an die Wand stellen, sodass ich ihn durch das Loch hindurch erschießen kann. Dann lasse ich Michel und Ihre Ex-Frau am Leben. Zwei Leben gegen eins, kein schlechter Deal, was meinen Sie?«

Speer registrierte aus den Augenwinkeln, dass Riemer ins Zimmer trat, sich aber hinter einem Schrank, der neben der Tür an der Wand stand, verborgen hielt. »Wo ist Franziska?«, fragte Speer nun.

»Nicht in diesem Haus. Ich konnte nicht riskieren, dass Sie ein SEK mitbringen. Ich habe Ihre Ex-Frau in einer Kiste im Wald vergraben. Sie werden sie ohne mich nicht rechtzeitig finden, bevor ihr der Sauerstoff ausgeht.«

Speers Herz krampfte sich zusammen und er sackte in den Knien ein. Verzweifelt suchte er nach einer Lösung. Doch er konnte kaum noch einen klaren Gedanken fassen.

***

Kai Gabler, der Einsatzleiter des Spezialeinsatzkommandos, rief bereits zum dritten Mal binnen Kurzem die Handynummer an, die Kriminalrätin Fernanda Gomez ihm gegeben hatte. Auch dieses Mal blieb der Versuch erfolglos. Adrian Speer hätte eigentlich ihn anrufen sollen. Doch das hatte er nicht getan und jetzt reagierte der Berliner Kommissar nicht einmal auf seinen Anruf. Dieser Einsatz entwickelte sich genauso beschissen, wie er es von Anfang an im Gefühl gehabt hatte.

Gabler holte sein Diensthandy hervor und sah sich noch einmal die Porträtfotos von Adrian Speer und dem Entführungsopfer Franziska Speer an, die das LKA Berlin ihm und seinem Team zur Verfügung gestellt hatte. Er schüttelte den Kopf. Was war nur los mit dem Kollegen? Warum hielt er sich nicht an die Absprachen? Es musste etwas schiefgegangen sein. Anders konnte er das, was hier gerade ablief, nicht deuten.

Er ließ es fünfmal klingeln, dann sprang wieder die Mailbox an. Grimmig drückte er auf das rote Telefonsymbol seines Handys und steckte das Gerät vorne in eine Tasche seiner Schutzweste. Er sah auf seine Armbanduhr. Drei Minuten würde er Speer noch geben, um zurückzurufen. Danach würden sie das Haus stürmen.

* * *

»Kommen Sie doch näher und schauen Sie durch das Loch in die Küche. Ich tue Ihnen nichts und Sie werden mir auch nichts tun, denn Sie wollen wissen, wo Ihre Frau ist.«

Speer steckte seine Waffe zurück in seine Gürteltasche, ließ den Verschluss der Tasche aber offen, um nötigenfalls einen schnellstmöglichen Zugriff zu seiner Pistole zu haben. Dann trat er zu der Öffnung vor und spähte hindurch. Ein Bild wie aus einem Horrorfilm gravierte sich in seine Netzhaut ein.

Olaf Brack stand an der Wand neben der Terrassentür. Über seiner Schulter hing ein Gewehr. In der Mitte des Raumes saß ein Mann mit schulterlangen Haaren an einen Stuhl gefesselt, der mit dem Boden verschraubt war. Um seinen Hals lag eine Schlinge aus Metalldraht, deren anderes Ende zu einer gut zwei Meter entfernten elektrischen Seilwinde führte, die an der Wand hinter ihm festgeschraubt worden war.

Um den Schritt des Mannes zeichnete sich ein dunkler Fleck ab. Sein Gesicht war schweißübersät und seine vom Wahnsinn gezeichneten, weit aufgerissenen Augen waren ein weiterer Ausdruck seiner nackten Todesangst. Er wimmerte, doch der Knebel in seinem Mund ließ nur gedämpfte Laute aus seiner Kehle nach außen dringen.

Neben Brack stand ein benzinbetriebenes Notstromaggregat, das über ein Kabel mit der Seilwinde verbunden war. Brack deutete auf einen Knopf auf dem Gerät neben sich. »Wenn ich da draufdrücke, fließt Strom. Dann setzt sich die Winde in Bewegung und zieht die Schlinge um Michels Hals zu. Bevor Sie ums Haus herum nach hinten gelangt sind, dürfte er tot sein. Und zur Küchentür kommen Sie so schnell auch nicht rein. Die habe ich von innen mit an der Wand verschraubten Querbalken barrikadiert.«

Speer musste tief Luft holen, bevor er darauf etwas

erwidern konnte. Panik machte sich in ihm breit. Bracks tödliche Konstruktion war von perfider Perfektion.

»Wie soll das Ganze hier Ihrer Vorstellung nach ablaufen?«

»Riemer soll sich im Wohnzimmer an die Wand stellen, und ich werde ihn durch das Loch hindurch exekutieren. Das habe ich Ihnen bereits erklärt. Ich werde dafür übrigens Riemers Jagdgewehr benutzen. Das habe ich aus seinem Haus mitgenommen. Das entbehrt doch nicht einer gewissen Ironie, wie ich finde.«

* * *

Kai Gablers Leute befanden sich rund um das Haus verteilt. Sie hatten sich gut versteckt. Keiner von ihnen war zu sehen. Alle trugen ihre volle schwarze Einsatzmontur mit Helmen, Schutzbrillen und schusssicheren Westen. Er wusste, dass sie nur darauf warteten, dass er den Einsatz freigab. Dann würden sie das tun, was sie unzählige Male für den Ernstfall einer Geiselbefreiungsaktion geübt hatten.

Als ihr Einsatzleiter vertraute er auf ihre Fähigkeiten. Sie waren allesamt Elitepolizisten und bestens vorbereitet auf eine solche Situation. Allerdings wusste er auch, dass sie sich auf einem ihnen unbekannten Terrain befanden. Welche Überraschungen im Inneren des Hauses auf sie warteten, konnte niemand erahnen. Eine solche Aktion war deshalb immer auch ein Himmelfahrtskommando. Jedes Mal bestand für jeden Einzelnen von ihnen die Gefahr, sein Leben zu verlieren.

Er selbst war dem Tod bereits ein paar Mal nur

knapp entronnen. Oft entschied letztlich auch das Glück darüber, wer weiterleben durfte und wer nicht. Schon mehrfach war er unter Beschuss geraten. Er war mit Molotowcocktails beworfen worden und in eine Sprengfalle getappt, der er nur um Haaresbreite entkommen war. Und irgendetwas störte ihn an diesem Haus. Sein Instinkt sagte ihm, dass ein paar böse Überraschungen darin auf sie warteten.

Er sah auf die Uhr. Die Zeit war um und Speer hatte sich nicht mehr gemeldet.

Mittlerweile war der gemeldete Sturm voll im Gange. Die Wolken trieben in atemberaubender Geschwindigkeit am Himmel. Er musste den Befehl zum Zugriff in das Mikrofon seines Headsets schreien, um die Windgeräusche zu übertönen.

Mit dem Gewehr im Anschlag lief er anschließend in gebückter Haltung neben seinen rund herum aus dem Verborgenen auftauchenden Gefolgsleuten auf das Haus zu.

* * *

Speer trat von der Tür weg. »Sie erwarten von Jan Riemer, dass er sich opfert?«

»Wenn nicht, stelle ich den Strom an, fliehe durch die Terrassentür aus dem Haus und Ihre Franziska muss elendig unter der Erde verrecken. Selbst wenn Sie mich noch einholen und verhaften würden, würde ich Ihnen niemals sagen, wo ich sie verbuddelt habe.«

Es zog Speer den Boden unter den Füßen weg. Brack hatte ihn schachmatt gesetzt. Zumindest fiel ihm nichts ein, wie er Franziska retten sollte, ohne gleichzeitig Riemer zu opfern.

»Du weißt, dass ich nicht an meinem Leben hänge«, sagte Riemer zu Speer und trat mit gesenktem Kopf hinter der Schrankwand hervor. »Seit meine Frau und mein Kind tot sind, hat für mich alles seinen Sinn verloren. Wenn ich jetzt sterbe und dadurch zwei Menschenleben retten kann, dann war ich wenigstens noch zu etwas nutze. Außerdem bin ich gewissermaßen der Grund dafür, dass Franziskas Leben in Gefahr ist.«

Speer ging zu Riemer und stellte sich vor ihn, sodass durch das Loch in der Küchentür keine freie Schussbahn auf ihn bestand. »Das kannst du nicht machen, Jan.«

Riemer sah ihm stumm in die Augen. Irgendetwas an seinem Blick irritierte Speer. Aber er war zu sehr in seinen sich überschlagenden Gefühlen gefangen, um dem Beachtung zu schenken. Riemer schloss ihn in die Arme. Kurz drückte er ihn an sich. Dann rammte er ihm ohne Vorwarnung seine Faust in den Magen.

Der Angriff kam für Speer viel zu überraschend, um ihn abzuwehren. Unter Schmerzen beugte sich sein Oberkörper nach vorne und er ging in die Knie. Die Luft blieb ihm weg. Er würgte.

Riemer griff nach seiner Gürteltasche und förderte in atemberaubender Geschwindigkeit seine Dienstwaffe daraus hervor. Speer sah auf. Riemer trat ihm gegen die Schläfe, sodass er zur Seite kippte. Dann zielte Riemer auf die Tür.

Speer kroch, so schnell es ging, auf Riemer zu. Er musste davon ausgehen, dass Riemer Brack töten wollte, und das konnte er nicht zulassen.

Er langte nach Riemers Beinen und brachte ihn ins Wanken. Zwei Schüsse donnerten aus der Pistole, verfehlten die Tür und schlugen daneben in der Wand ein. Riemer versetzte Speer einen weiteren schmerzhaften Tritt und machte sich los. Dann duckte er sich und sprang in Richtung der offenen Flügeltür. Brack feuerte aus seiner Schießscharte, doch Riemer hatte sich schon hinter die schützende Schrankwand gerettet.

»Denkst du, ich lasse mir die Chance entgehen, Rache zu üben?«, schrie Riemer in Richtung Speer. »Mir ist es egal, wenn dafür andere draufgehen müssen. Michel, Franziska, die interessieren mich nicht. Hauptsache, ich kann das Schwein töten, das meine Familie ermordet hat. Deshalb bin ich mit dir mitgekommen. Aus keinem anderen Grund.«

Ein laut ratterndes Geräusch erklang. Brack hatte das Notstromaggregat in Gang gesetzt.

***

Gabler und seine Leute waren an dem Gebäude angelangt. Explosionsartig sprengte die von einem der Polizisten gegen das Türblatt gewuchtete Ramme den Eingang auf. Ein anderer SEK-Beamter warf eine Rauchgranate ins Innere. Dann stürmten sie hintereinander in das Haus. Es dauerte weniger als eine Minute, bis allen Beteiligten klar war, dass sich niemand darin befand. Fassungslos trat Gabler wieder nach draußen.

27

Jan Riemer riss die Haustür auf und rannte mit der Pistole in der Hand nach draußen.

Speer rappelte sich auf und taumelte nach vorne gebeugt in die Diele. Riemers Schlag in die Magengrube und der Tritt in sein Gesicht zeigten noch Wirkung. Das ratternde Geräusch des Notstromaggregats dröhnte in seinen Ohren. Vor seinem geistigen Auge sah er, wie die Winde das Drahtseil mit der Schlinge um Björn Michels Hals aufwickelte. So schnell er konnte, lief er Riemer hinterher hinaus ins Freie.

Brack hatte dem Seil etwas Spielraum gelassen. Speer meinte, bei seinem Blick in die Küche einige Windungen des Drahts auf dem Boden wahrgenommen zu haben. Dennoch hatte er kaum Hoffnung, es schnell genug um das Haus herum nach hinten zu der Terrassentür zu schaffen, aus der Brack mittlerweile bestimmt längst getürmt war.

Draußen schlug ihm der Regen ins Gesicht. Das Tosen des Sturms war innerhalb der letzten Minuten noch lauter geworden.

Als er links herum um das Gebäude rannte, war er sich nicht mehr so sicher, ob es richtig gewesen war, Fernanda Gomez anzulügen und das SEK vor einem falschen Haus in Stellung gehen zu lassen.

Statt der korrekten Adresse hatte er Fernanda Gomez

die Anschrift eines Ferienhauses in Glowe gegeben, in dem er einst die Urlaube mit seiner Familie verbracht hatte. Das Haus lag ebenfalls einsam und war abseits gelegen und um diese Jahreszeit stand die Chance gut, dass es gerade nicht vermietet war.

Vor allem machte er sich Vorwürfe, Robert Bogner nicht geweckt und als Absicherung zusammen mit Riemer hierher mitgenommen zu haben. Jetzt wäre sein Partner ihm sicher eine gute Hilfe gewesen. Es sei denn, Brack hätte Bogner entdeckt. Aber das alles war reine Spekulation. Er musste jetzt allein zurechtkommen. Etwas anderes blieb ihm nicht übrig.

Im Garten hinter dem Haus wirbelte ein dicker Ast durch die Luft und krachte auf den Rasen. Etwa dreißig Meter entfernt lief Riemer in den Wald, blieb kurz stehen und gab zwei Schüsse in die vor ihm liegende Dunkelheit ab. Speer betete, dass Brack nicht getroffen worden war. Er war von dem Drang erfüllt, Riemer hinterherzueilen. Doch das war undenkbar, da er sonst Michel dem sicheren Tod überlassen hätte. Die für schwere Lasten ausgelegte Zugkraft der Seilwinde würde dem Filmemacher mit der Schlinge um den Hals den Kopf abtrennen.

Als Speer die Terrassentür erreichte, rechnete er mit dem Schlimmsten. Jegliche Vorsicht über Bord werfend, rannte er in den Küchenraum. Die Schlinge kerbte sich unterhalb des Kehlkopfs bereits tief in den Hals des Mannes. Aber es war noch nicht zu spät.

Speer drückte auf den Ein-aus-Knopf des Stromaggregats, doch der funktionierte nicht mehr. Michels Augen traten hervor. Schnell riss er das Stromkabel aus dem Gerät. Augenblicklich verstummte der Motor und die Winde hielt an. Die Augäpfel des Gemarterten verdrehten sich. Gleich würde er das Bewusstsein verlieren. Speer sprang zu der Winde, stellte sie auf die entgegengesetzte Drehrichtung ein und steckte das Kabel wieder in das Stromaggregat. Der Motor sprang an und die Winde gab nun wieder Seil frei.

Schnell zog Speer die Schlinge um Michels Hals auf, um den sich ein roter Kranz aus gequetschten Blutgefäßen gebildet hatte. Der Mann röchelte. Hinter der Panik in seinem Gesicht erkannte Speer einen Ausdruck tiefer Dankbarkeit.

Für mehr blieb keine Zeit. Speer drehte sich hastig um und rannte hinaus, hinauf zum Waldrand zu der Stelle, an der Jan Riemer im Wald verschwunden war.

28

Jan Riemer hatte Brack noch ins angrenzende Unterholz am Ende des Gartens verschwinden sehen und war ihm gefolgt. Als er selbst oben am Waldrand angekommen war, hatte er zwei Schüsse auf ihn abgegeben. Aber er hatte sein Ziel verfehlt. Nun hetzte er über einen schmalen Trampelpfad hinter Olaf Brack her.

Hier und da brach der Wind Äste von den Bäumen ab. Überall ächzte und knackte es. Er musste sich in Acht nehmen. Bei dieser Windstärke konnte auch ein ganzer Baum entwurzelt werden und ihn unter sich begraben.

Ab und zu sah er Brack kurz zwischen dem Gestrüpp und den Bäumen auftauchen. Der Abstand zwischen ihnen schien zu schrumpfen. Das spornte ihn an, noch schneller zu laufen. Jetzt kam ihm sein Training zugute. Da es keine freie Schussbahn gab, entschied er sich, zwischendurch nicht mehr stehen zu bleiben und seine Munition nicht weiter zu verschwenden.

Er würde Brack einholen. Dann würde er das Schwein, das seine Familie ermordet hatte, sicher erledigen. Brack zu töten, war alles, was er noch wollte. Sein Körper und sein Geist waren vollkommen darauf fixiert. Es war lange her, dass er sich so lebendig und energiegeladen gefühlt hatte.

Wieder sah er Brack vor sich zwischen den Bäumen auftauchen. Doch plötzlich und völlig unerwartet wurde ihm in vollem Lauf der Boden unter den Füßen weggezogen. Er hob in hohem Bogen ab und landete in voller Länge auf dem Waldboden.

Der Schmerz, der blitzartig in ihm explodierte, war schlimmer als alles, was er jemals zuvor erlebt hatte. Im Bruchteil einer Sekunde begriff er, was gerade geschehen war. Es war keine Baumwurzel, über die er gestolpert war, sondern ein etwa dreißig Zentimeter über der Erde zwischen zwei Baumstämmen gespanntes Drahtseil. Dahinter ragte ein Feld von angespitzten Holzpfählen getarnt durch eine dichte Lage abgefallenen Laubs aus dem Boden. An drei Stellen hatten die Pfähle ihn aufgespießt. Unterhalb des Schlüsselbeins, in seinem Bauch und seinem Oberschenkel.

Es war eine Falle gewesen. Von Anfang an. Olaf Brack hatte sie für ihn errichtet. Er hatte vorhergesehen, dass er sich nicht für Michel und Franziska opfern, sondern auf Rache sinnen und ihn in den Wald verfolgen würde. Riemers Blick trübte sich. Er war kurz davor, sein Bewusstsein zu verlieren. Eisige Kälte überkam ihn. Schemenhaft sah er Brack über sich. Er richtete den Lauf des Gewehrs auf ihn. Mündungsfeuer. Dann nichts mehr.

29

Speer hörte durch das Rauschen des Windes einen Schuss donnern. Sekunden später folgte ein zweiter. Kurz hielt er inne. Dann lief er weiter. Adrenalin und pure Panik trieben ihn an. Die Situation war vollkommen außer Kontrolle geraten. Seine Chance, Franziska jetzt noch zu retten, tendierte gegen null. Er fühlte seine Kräfte schwinden, doch er rannte einfach weiter in den Wald hinein.

Plötzlich endete der Trampelpfad. Jetzt fehlte ihm auch noch dieser eine Anhaltspunkt, wohin Brack gerannt sein könnte. Er stieß einen langen Schrei aus. In seinem Kopf herrschte Chaos.

Auf gut Glück lief er weiter in die gleiche Richtung wie zuvor. Seine Gedanken wirbelten nur noch um Franziska. War sie noch am Leben? Verfügte sie noch über genügend Sauerstoff? Wo nur konnte Brack sie vergraben haben?

Dann sah er etwa zwanzig Meter entfernt eine Gestalt am Boden liegen. Im Näherkommen erkannte er Jan Riemer.

Den Stolperdraht bemerkte Speer nur deshalb rechtzeitig, weil Riemer unmittelbar dahinter lag und er sich der Stelle vorsichtig genähert hatte. Der Draht wäre ihm ansonsten vermutlich ebenso zum Verhängnis geworden wie seinem einstigen Kollegen.

Riemers Kleidung war blutgetränkt. Der noch immer in Sturzbächen herabfallende Regen prasselte auf den Körper herab. Seine Augen standen offen und sein lebloser Blick war in den Himmel gerichtet.

An drei Stellen durchbohrten Riemers Körper dicke Äste, die Brack schon vor ihrer Ankunft zugeschnitten, angespitzt und senkrecht aufragend im Waldboden eingegraben haben musste. Doch allein daran war Riemer vermutlich nicht gestorben. In seiner Stirn und in seiner Brust klafften Einschusslöcher. Brack hatte ihn erschossen, vermutlich mit Riemers eigenem Jagdgewehr, so wie er es angekündigt hatte.

Speers Blick glitt suchend über den Waldboden. Seine Dienstwaffe, die Riemer ihm entwendet hatte, konnte er nirgends entdecken. Brack musste sie mitgenommen haben. Speer wischte sich den Regen aus dem Gesicht. Er war vollkommen durchnässt. Orientierungslos und mit einem Gefühl der Hilflosigkeit drehte er sich im Kreis und blickte sich nach allen Seiten um. Überall sah es gleich aus. Nur Bäume, die sich im Wind bogen, und immer wieder Äste, die krachend zu Boden fielen. In welche Richtung sollte er laufen? Wo sollte er mit der Suche nach Franziska beginnen?

Der im Haus durch den Kampf mit Riemer ausgelöste Adrenalinschub hatte seine entsetzliche Angst um Franziska ein wenig übertüncht. Nun kam diese Furcht blitzschnell und schlimmer als zuvor zurück und übermannte ihn. Mit einem Mal fühlte er sich völlig ausgelaugt. Hoffnungslos sank er in die Knie, senkte den Blick und schloss die Augen.

***

Als Franziska langsam wieder zu sich kam, spürte sie, dass etwas stramm um ihren Kopf gebunden war, ein Tuch. Sie hob ein Stück weit ihre Augenlider, die ihr dabei bleiern schwer vorkamen. Weiterhin umfing sie eine tiefschwarze Dunkelheit. Sie fühlte sich schwach und benommen. Ein Gefühl, das ihr mittlerweile bestens bekannt war.

Brack hatte sie wieder betäubt. Sie erinnerte sich daran. Er hatte sich seine Atemschutzmaske aufgesetzt und den Lappen erneut mit Flüssigkeit durchtränkt. Der widerliche, süßliche Geruch hatte sofort Übelkeit in ihr aufkommen lassen. Dann war Brack zu ihr gekommen. Zu dem Stuhl, an den sie gefesselt war. Sie hatte gewimmert und um ihr Leben gefleht. Er hatte ihr erklärt, dass alles davon abhängen würde, wie kooperativ sich Adrian und Jan Riemer zeigten. Dann hatte er ihr den Lappen auf Mund und Nase gelegt und um sie herum war es Nacht geworden.

Wie lange sie weggetreten war und wo sie sich jetzt befand, wusste sie nicht. Sie war noch immer gefesselt und geknebelt und ihr Körper fest fixiert, sodass sie sich kaum bewegen konnte. Aber sie hatte nicht mehr das Gefühl, auf einem Stuhl zu sitzen. Es kam ihr vor, als würde sie schwerelos auf einem Floß in einem leeren schwarzen Raum treiben.

Alles drehte sich in ihrem Kopf. In ihren Ohren rauschte es, als höre sie einen reißenden Gebirgsfluss. Sie war durchnässt bis auf die Haut. Schmerzende Kälte hatte von ihrem Körper Besitz ergriffen und sie zitterte.

Doch dazwischen drängte sich jetzt auch ein Gefühl der Leichtigkeit. War dies ihrem nahenden Tod zuzuschreiben? Oder stand sie noch zu sehr unter der Wirkung des Narkosemittels? Ihr Bewusstsein trübte sich langsam. Dann versank sie wieder im Nichts.

***

Er musste das SEK zu Hilfe rufen, schoss es Speer durch den Kopf. Die Polizisten befanden sich zwar eine halbe Autostunde entfernt, aber sie waren zu zehnt und vielleicht würden sie es gemeinsam schaffen, die Stelle zu finden, an der Brack Franziska vergraben hatte.

Speer erhob sich ruckartig aus der Hocke, in der er ein paar Sekunden verharrt hatte, und holte sein Handy aus seiner Jackentasche. Dabei streifte sein Blick einen Meter hinter Riemers Leichnam über etwas auf dem Waldboden, das ihm bisher noch nicht aufgefallen war.

Kleine zerbrochene Äste und eine Bodensenkung, wie von einem Reifen in den Untergrund gedrückt. Vielleicht von einer Schubkarre. Vermutlich hatte Brack Franziska nicht so tief in den Wald getragen.

Speer schaltete den Klingelton seines Handys wieder auf laut, steckte es zurück in seine Jacke und trat näher heran.

Tatsächlich zog die Spur eine fortlaufende Schneise durch das Laub und den weichen Waldboden. Eine Schubkarre, in der ein Mensch transportiert wurde, wäre schwer genug, um eine solche Rille im Erdreich zu hinterlassen. Und da war noch etwas Merkwürdiges. Reiskörner lagen verstreut entlang der Furche.

Speer lief los und folgte der Fährte. Je mehr er darauf achtete, desto stärker nahm er die Reiskörner als eine weiße Linie neben der Radspur wahr. Es war, als ob die auf dem feuchten Untergrund haftenden Körner einen zusätzlichen Wegweiser neben der ansonsten schwer erkennbaren Rille darstellten.

Nach etwa fünfzig Metern erkannte er vor sich tatsächlich eine Schubkarre. Sie war leer. Speer sah sich hektisch um. Nirgends war eine Schaufel, lockeres Erdreich oder ein sonstiger Anhaltspunkt für einen Aushub zu erkennen. Erst auf den zweiten Blick bemerkte Speer, dass der Reifen der Schubkarre platt war. Ein Stück weiter tauchte wieder die Linie aus Reiskörnern auf. Von hier ab hatte Brack Franziska vermutlich getragen. Speer blieb nichts anderes übrig, als weiter allein der Reisspur zu folgen.

Das Geräusch des stürmenden Windes wurde zunehmend von einem lauter werdenden Tosen überlagert. Kurz darauf stand er an der Abbruchkante einer der Steilklippen der Insel.

Unter ihm brandeten riesige Wellen an die Kreidefelsen. Er schätzte, dass es hier siebzig bis achtzig Meter steil in die Tiefe ging. Wenn seine Orientierung einigermaßen richtig war, dann musste er sich irgendwo zwischen dem Königsstuhl, dem höchsten Punkt der Klippen, und der Viktoriasicht befinden, zwei von Touristen gern besuchten Aussichtspunkten.

»Ich wusste, dass Sie herfinden. Die Reiskörner habe ich extra für Sie ausgelegt.«

Bracks Stimme kam von rechts. Hastig drehte sich Speer zu ihm um. Er erwartete eine auf ihn gerichtete

Waffe. Doch stattdessen kniete Brack etwa zehn Meter von ihm entfernt am Rande der Klippe und hielt sich den Gewehrlauf unter das Kinn. Es war keine Falle. Brack wollte nicht ihn töten, sondern sich selbst richten.

»Warum wollten Sie, dass ich Sie finde?«, schrie Speer gegen die tosende Brandung und den Sturm an.

»Nicht mich, ich wollte, dass Sie die Mutter Ihrer Kinder finden. Ich hatte nie vor, ihr etwas anzutun. Sie beide sind gute Menschen, die im Dienste der Gerechtigkeit stehen. Sie bekämpfen das Böse, das durch Leute wie Riemer, Schwarzer, Bühler und Michel gestärkt wird.«

»Wo ist Franziska?«

»Sie brauchen sich nur umzudrehen.«

Speer wandte sich um und dort sah er sie. Franziska lag schräg auf den Stamm eines entwurzelten Baumes gefesselt, dessen Krone ein Stück weit über die Kante der Klippe ragte. Das war Speer entgangen, da Brack im Augenblick seines Eintreffens seine ganze Aufmerksamkeit auf sich gelenkt hatte.

Speer rannte los. Der Untergrund war aufgrund der ergiebigen Regenfälle der letzten Zeit extrem glitschig. Er rutschte aus und geriet dabei gefährlich nahe an die Klippenkante.

Brack hatte Franziska nicht vergraben. Er hatte diese Lüge nur als Trick benutzt, um ihn und Riemer unter größtmöglichen Druck zu setzen. Dennoch reagierte Franziska nicht, als er jetzt beim Näherkommen mehrfach ihren Namen rief.

Eine weitere hohe Welle bäumte sich im Meer auf und prallte gegen den Kreidefelsen.

Plötzlich geriet das Erdreich unter ihm in Bewegung.

Er drehte sich um. Auf die Stelle, an der Brack kniete, bewegte sich ein Riss in der Erde zu. Dieser stützte sein Kinn fest auf den Gewehrlauf.

»Sie müssen das nicht tun«, schrie Speer ihm zu.

»Ich gehe nicht ins Gefängnis«, rief Brack.

In dem Moment, als er abdrückte, brach der Hang unter ihm ab, das Gewehr rutschte unter seinem Kinn weg und der Schuss ging an seinem Kopf vorbei ins Leere. Das Sediment stürzte in die Tiefe und riss Brack mit sich hinab in die Ostsee. Eine Wasserfontäne spritzte beim Eintauchen der Erdmassen in die Höhe.

Speer konzentrierte sich wieder auf Franziska. Es waren nur noch wenige Meter. Dann war er bei ihr. Er beugte sich über sie und nahm das Band von ihren Augen und entfernte den Knebel aus ihrem Mund. Sie atmete. Dann schlug sie die Augen auf, sah ihn an und lächelte schwach.

Eine tonnenschwere Last fiel von ihm ab, gleichzeitig galoppierte sein Herz aus Furcht, auch dieser Teil des Hangs könnte bei der nächsten Welle mitsamt dem Baum und Franziska abbrechen. Unter ihnen sprudelte die Gischt und er hatte den Eindruck, dass der Fels an dieser Stelle schon besonders stark unterspült war. Tatsächlich brach im nächsten Moment ein Teil des Klippenüberhangs ab und glitt in die Tiefe, sodass der Baum zur Hälfte über den Rand hinausragte.

Brack hatte ein Tau um Franziska und den Stamm geschlungen und es mehrfach verknotet. Zwischenzeitlich hatte sich das dicke Seil mit dem Regenwasser vollgesogen und die Knoten hatten sich dadurch noch fester zugezogen.

Speer versuchte es mit aller Kraft, aber er würde eine Ewigkeit brauchen, um sie zu lösen. Unter Tränen kämpfte er mit den Knoten. Seine Fingernägel brachen ab. »Nein«, schrie er.

Franziska wandte ihm benommen den Kopf zu. Die Angst in ihren Augen würde er niemals vergessen. Ihre Rettung war so nah und doch so fern.

Ein erneuter Ruck ging durch den Untergrund und der Baum neigte sich knarrend ein Stück weiter nach unten. Dadurch wurde das Seil in den Boden gedrückt und eingeklemmt.

Es war vorbei. Er würde die Knoten nicht mehr lösen können und lange würden die wenigen Wurzeln, die noch im Erdboden verankert waren und den Baum vor dem Absturz bewahrten, nicht mehr halten.

Tiefe Verzweiflung ergriff Speer. Er schrie, zerrte an den Fesseln und sah sich dabei panisch nach einem Hilfsmittel um. Plötzlich entdeckte er ein paar Meter entfernt ein Jagdmesser auf dem Boden.

Bracks Worte hallten in ihm nach. Es war nicht Bracks Absicht gewesen, Franziska zu töten. In erster Linie hatte er sie als Druckmittel gebraucht. Er wollte Riemer und da er davon ausging, dass seine Falle mit dem Draht und den Holzpfählen funktionieren würde, hatte er die Reisspur ausgelegt, die zu Franziska führte. Sicher hatte er auch dieses Messer zum Durchschneiden des Seils bereitgelegt.

Speer stürzte darauf zu, ergriff es und machte sich daran, Franziskas Fesseln zu durchtrennen.

Eine Minute später hatte er es geschafft. So schnell er konnte, trug er sie von der Klippe weg.

Als er nach etwa zwanzig Metern ein lautes Krachen hinter sich hörte, wendete er den Kopf nach hinten. Kurz stach die mächtige Wurzel des Baumes, auf dem Franziska gelegen hatte, losgelöst in die Höhe, dann rutschte der Stamm mitsamt einem weiteren Teil des Hangs in die Tiefe.

30

Speer trug Franziska in seinen Armen noch ein Stück weiter in den Wald hinein. Dabei lehnte ihr Kopf an seiner Schulter. Immer wieder öffnete sie die Augen und sah ihn an. Er war beseelt davon, es geschafft zu haben, sie zu retten.

»Das war knapp«, flüsterte Franziska. Aufgrund der Windgeräusche verstand er sie kaum, aber er konnte ihr die Worte von den Lippen ablesen.

»Verdammt knapp«, sagte er.

Sie drückte seinen Arm, lächelte ihm müde zu und hob leicht den Kopf. »Du kannst mich jetzt runterlassen.«

Sie war noch wacklig auf den Beinen, als er sie absetzte. Sie sah ihn mit Tränen in den Augen und bebenden Lippen an. »Danke.«

Speer schloss sie in die Arme. Franziska legte ihren Kopf an seine Brust und er drückte sie fest an sich. Es fühlte sich an wie damals in ihrer ersten gemeinsamen Wohnung. Nur, dass der Regen nicht auf das Dachfenster trommelte, sondern auf ihre Körper.

Franziska löste sich von ihm und blickte ihm mit zitternder Unterlippe und aschfahlem Gesicht fest in die Augen. »Ich dachte, dass ich sterben werde.«

Speer drückte sie wieder an sich. Sie weinte und schluchzte und er ließ es schweigend geschehen. Mehrere Minuten blieben sie so im Regen stehen. Als Franziska sich erneut von ihm löste, wischte sie sich die Tränen und den Regen aus ihrem Gesicht.

»Was ist mit Brack? Ist er geflüchtet?«

»Er hat den Weg zu dir markiert. Nur deshalb konnte ich dich finden. Er wollte sich an den Klippen selbst erschießen. Doch dann brach der Hang ab und hat ihn mit sich in die Tiefe gerissen. Er ist tot.«

»Woher wusste Brack, wo er mich findet?«

»Hauser hatte sich im Knast ein Handy organisiert. Er hat Brack angerufen und ihm vorgeschlagen, Riemer gegen dich auszutauschen.«

Franziska schlug sich die Hände vor den Mund.

»Und Riemer?«

»Tot. Brack hat ihn in eine Falle gelockt.«

»Mein Gott.«

Speer erzählte Franziska nicht, dass Riemer nur mitgekommen war, um seine Rachegier zu befriedigen und Brack zu töten. Dafür wäre später noch Zeit genug.

»Brack hat Björn Michel gequält. Ich glaube, er wollte ihn auch umbringen.«

»Er lebt. Aber er ist noch immer im Haus an diesen Stuhl gefesselt. Ich hatte keine Zeit mehr, ihn loszumachen. Meinst du, du kannst weitergehen? Wir müssen ihn aus seiner Lage befreien.«

Franziska nickte. »Er hat mich wieder mit Chloroform betäubt. Diesmal war die Wirkung besonders intensiv. Ich bin zwar noch ein wenig unsicher auf den Beinen, aber wenn du mich stützt, wird es gehen.«

Anfangs musste Speer noch öfter fester zupacken, damit Franziska, die Mühe hatte, das Gleichgewicht zu halten, nicht hinfiel. Doch nach und nach fühlte sie sich besser und ihr Gang wurde sicherer.

Als sie an der Stelle vorbeikamen, an der Riemer lag, stand Franziska die Fassungslosigkeit ins Gesicht geschrieben.

»Gepfählt und erschossen. Das ist bestialisch. Kein normaler Mensch würde so etwas tun«, sagte sie.

»Der Verlust seiner Familie hat Brack selbst zu einem gefühlskalten Monster werden lassen«, erwiderte Speer. »Aber verrückt war dieser Mann nicht. Er hat alles bis ins letzte Detail geplant.«

Fünf Minuten später traten sie zwischen den Bäumen und Sträuchern hindurch in den Garten von Michels Haus. Der Sturm hatte inzwischen nachgelassen und zwischen den Wolken war wieder der Himmel zu sehen.

Aus ihrer leicht erhöhten Position sahen sie vor dem Haus zwei Rettungswagen, zwei schwarze Transporter und drei Streifenwagen. Rund um das Haus patrouillierten einige Personen in schwarzen Kampfanzügen und uniformierte Polizisten riegelten die Zufahrt ab.

Durch die offene Terrassentür, die in die Küche führte, wurde Björn Michel auf einer Trage von zwei Sanitätern in Begleitung eines Notarztes durch den Garten nach vorn zum Rettungswagen transportiert.

Nun wurden Speer und Franziska von einer energischen Stimme zum Stehenbleiben aufgefordert. Instinktiv hoben beide die Hände und Adrian Speer nannte lautstark seinen Namen und den Franziskas. Zwei Männer in schwarzen, vollausgestatteten Kampfmonturen kamen ihnen mit erhobenen Waffen entgegengelaufen.

»Mein Name ist Gabler, ich leite dieses SEK. Sie sind das Entführungsopfer? Ist jemand von Ihnen beiden verletzt?«

»Uns geht es gut«, sagte Franziska.

»Und was ist mit dem Täter?«

»Brack hat Jan Riemer getötet«, sagte Speer. »Sie finden seinen Leichnam, wenn Sie dem Pfad etwa vierhundert Meter in den Wald hinein folgen. Brack selbst ist bei einem Hangabbruch die Klippen hinuntergestürzt.«

Der SEK-Mann hatte die Waffen sinken lassen, aber nun starrte er Speer wütend an. »Was haben Sie sich bloß dabei gedacht, uns eine falsche Adresse zu geben?«

In Gablers Stimme meinte Speer den Vorwurf herauszuhören, dass es keinen Toten gegeben hätte, wenn er mit seinem Team vor Ort gewesen wäre. Doch Speer war zu erschöpft, um ihm darlegen zu können, dass ein Zugriff seines Einsatzkommandos und die Ausschaltung Bracks Franziska das Leben gekostet hätten.

»Wie haben Sie uns hier aufgespürt?«, fragte Speer stattdessen.

»Ihre Berliner Kollegen konnten Ihr Handy orten. Wir wollten gerade in den Wald vordringen, um nach Ihnen zu suchen.«

Speer erklärte Gabler in kurzen Worten, was geschehen war. Dann brachte er Franziska zu einem Rettungswagen, wo ihre Gesundheit überprüft und sie mit Decken und heißem Tee versorgt wurden. Zitternd vor Kälte, aber glücklich sahen sie einander an.

»Ich wusste gar nicht, wie sehr man sich ein heißes Bad und trockene Kleider wünschen kann«, sagte Franziska und nippte an ihrem Tee.

Speers Handy klingelte. Er nahm es aus seiner Jackentasche. Es war Lucy, die von ihrem Smartphone aus anrief. Speer sah Franziska stirnrunzelnd an. »Ich habe Jonathan gesagt, dass du einen Autounfall hattest, dir den Kopf angeschlagen hast und über Nacht zur Beobachtung im Krankenhaus bleiben musst.«

Franziska lächelte.

»Gibst du mir bitte das Handy?«

Er reichte es ihr und sie aktivierte den Lautsprecher, bevor sie den Anruf entgegennahm.

»Hallo mein Engel, hier ist Mama. Solltest du nicht in der Schule sein?«

»Mama? Warum gehst du an Papas Handy?«

»Papa ist bei mir. Er hat es mir gegeben, als er gesehen hat, dass du es bist.«

»Dann grüß ihn lieb von mir. Ich habe gerade zweite große Pause. Wie geht es dir?«

»Es ist alles in Ordnung und ich fühle mich wieder besser.«

»Super. Dann bin ich beruhigt. Und wann kommst du heim?«

»Heute Nachmittag.«

»Prima. Ich bin froh, dass dir nichts Schlimmeres passiert ist. Ich sage gleich Jonathan Bescheid. Wenn er mir hilft, backen wir später einen Kuchen für dich.«

Wieder kamen Franziska die Tränen. Diesmal vor Rührung.

»Das macht dein Bruder bestimmt.«

31

Vier Wochen später

Adrian Speer trat durch die offene Wohnungstür in Bogners Einzimmerappartement, in dem er selbst noch bis vor einem Jahr gewohnt hatte. Er hatte Mühe, durch den schmalen Flur zu gelangen, ohne über eine der zahlreichen Umzugskisten zu stolpern, die sich entlang der Wand stapelten.

Erinnerungen an die unzähligen Abende, die er damit verbracht hatte, die Ermittlungsergebnisse zu Lucys Entführung wieder und wieder durchzugehen, um eine Spur zu finden, schossen ihm durch den Kopf. Ebenso ihre Lieblingslieder, die er unzählige Male auf ihrem Smartphone abgespielt hatte und dabei eingeschlafen war.

Heute zog Bogner zurück in sein Reihenhaus zu seiner Frau Laura und seiner Tochter Julia und Speer hatte versprochen, ihm bei dem Umzug zu helfen.

Die ganze Zeit über hatte Bogner sich so sehr bemüht, Laura für sich zurückzugewinnen. Nun hatte er es endlich geschafft. Laura hatte zugestimmt, dass sie wieder als Familie unter einem Dach zusammenlebten.

Speer freute sich für seinen Partner. Er selbst war seit der Trennung von Franziska mit keiner anderen Frau zusammen gewesen. Er liebte sie dafür noch zu sehr.

»Ich hoffe, du hast gut gefrühstückt«, sagte Bogner, der ihn in dem Zimmer des Appartements erwartete, das gleichzeitig als Schlaf- und Wohnzimmer diente.

»Wegen der paar Kisten?«

Der Mietvertrag lief noch auf Speer und er hatte die Wohnung gerade erst gekündigt, sodass ihm genügend Zeit blieb, seine Möbelstücke darin nach und nach zu verkaufen.

»Das mag sein. Aber habe ich schon erwähnt, dass der Fahrstuhl seit gestern kaputt ist?«, fragte Bogner und grinste breit.

»Machst du Scherze?«

»Leider nein.«

Außer ein paar Habseligkeiten hatte Bogner nichts mit in die Wohnung gebracht. Mit ihren beiden Autos würden sie nur einmal fahren müssen, um alles zu Bogners Haus zu schaffen. Dennoch mussten sie jetzt öfter als geplant hoch- und runterlaufen.

Nachdem sie etwa die Hälfte der Kartons in den Autos verstaut hatten, legten sie am Straßenrand eine Pause ein und besorgten sich zwei Becher Kaffee zum Mitnehmen von der Bäckerei auf der anderen Straßenseite.

»Das wird in diesem Jahr bestimmt ein besonders schönes Weihnachtsfest für dich«, sagte Speer und nahm einen Schluck von dem dampfend heißen Muntermacher.

Bogner nickte und strahlte über das ganze Gesicht. »Und über Silvester wollen wir verreisen. Wir haben Julia erlaubt, eine Freundin mitzunehmen. Sonst wäre sie auch nicht mehr mit uns mitgekommen.«

»Ich dachte, Julia hat einen Freund?«

»Hatte. Vor einer Woche hat er mit ihr Schluss gemacht. Wenn ihm das nicht mal leidtun wird. Sie ist jedenfalls noch immer ziemlich mitgenommen deswegen.« Bogner nippte ebenfalls an seinem Becher.

»Und wohin soll die Reise gehen?«, fragte Speer.

»Irgendwohin, wo es um diese Jahreszeit warm ist. Wir schwanken noch zwischen den Kanaren und Florida. Julia würde am liebsten in die USA, aber das ist natürlich wahnsinnig teuer, gerade über Silvester. Heute Abend wollen wir aber auf jeden Fall eine Buchung klarmachen.«

Speer nahm den letzten Schluck seines Kaffees. »Na dann viel Spaß beim Stöbern in den Reiseangeboten. Ich hoffe, dass ihr was Passendes findet.«

Bogner trank ebenfalls aus. »Packen wir's wieder?«

»Klar, auf geht's.«

»Ich bin froh, dass die Ermittlung gegen dich glimpflich ausgegangen ist und du ab Montag wieder an Bord bist«, sagte Bogner, als sie anschließend nebeneinander die Treppe hochgingen.

Da Jan Riemer zu Tode gekommen war, hatte eine interne Überprüfung der Ereignisse stattgefunden. Fernanda Gomez hatte Speer nahegelegt, sich Urlaub zu nehmen, bis die Ermittlungen abgeschlossen waren, und er hatte ihren Rat befolgt. Seit gestern stand das Ergebnis fest. Danach hatte Riemer seinen Tod selbst zu verantworten und der vorgesehene Einsatz des SEK hätte mit hoher Wahrscheinlichkeit nicht nur Franziskas, sondern auch Björn Michels Tod bedeutet.

Gomez war anfangs sehr erzürnt gewesen, dass Speer sich über ihre Anweisung zum Vorgehen hinweggesetzt und ihr eine falsche Adresse für das SEK gegeben hatte. Doch der Erfolg hatte ihm letztlich recht gegeben und sie hatte seinen Dienstverstoß auf sich beruhen lassen.

»Danke, dass du mich vermisst hast«, sagte Speer. »Falls du zum Ausdruck bringen wolltest, dass du mich als Partner schätzt und keine Lust hast, dir einen neuen vor die Nase setzen zu lassen, dann gebe ich das Kompliment gerne an dich zurück.«

Bogner grinste bis über beide Ohren. »Genau so habe ich das gemeint. Ich kann mich nur einfach nicht so geschwollen ausdrücken wie du. Aber dafür habe ich andere Vorzüge.«

»Ach ja? Die müsstest du mir mal bei Gelegenheit näher erläutern. Denn auf Anhieb fallen mir keine ein.«

Sie lachten befreit auf.

Während sie weitere Kisten nach unten schleppten, musste Speer daran denken, wie sauer Bogner auf ihn gewesen war, weil er allein mit Riemer zu Brack gefahren war. Doch nach ein paar Tagen war der Groll seines Partners wieder verflogen. Bogner war zwar schnell aufgebracht, wenn ihm etwas gegen den Strich ging. Meist überdachte er dann seine Wortwahl nicht mehr genügend. Aber er konnte auch vergeben und vergessen, wenn er merkte, dass eine Entschuldigung ernst gemeint war.

Außerdem hatte Bogner wohl auch eingesehen, dass er in der ausweglosen Situation, die Brack in Michels Haus geschaffen hatte, vermutlich nichts am Ablauf der Ereignisse hätte ändern können und seine Anwesenheit womöglich gar zu einer Kurzschlussreaktion Bracks geführt hätte.

Im Moment schien die Sonne für sie beide. Aber

Speer wusste, dass schnell wieder dunkle Wolken aufziehen konnten. Doch zumindest würde er sich sowohl privat als auch beruflich auf Bogner verlassen können und das galt natürlich auch umgekehrt.

Trotz ihrer unterschiedlichen Charaktere verstanden sie sich gut. So hatten sie in den letzten Monaten abends nach Feierabend oft zusammen etwas unternommen. Meist verabredeten sie sich zum Fußballschauen oder Billardspielen in einer Kneipe oder einfach nur auf ein Bier. Sicher war dies auch dadurch begünstigt worden, dass auf beide nach Dienstschluss keine Familie wartete. Für Bogner galt das nun nicht mehr.

Heute Nachmittag hätten sie normalerweise in Henriettes Eck die von *Sky* übertragene Bundesliga-Konferenz geschaut. Doch Bogner musste passen, da er nach dem Umzug den Rest des Tages mit Laura und Julia verbringen wollte und zum ersten Mal wieder in seinen eigenen vier Wänden schlafen würde. Speer hatte vollstes Verständnis dafür.

»So, das war's«, sagte Bogner eine halbe Stunde später und hievte den letzten Umzugskarton in den Kofferraum seines Wagens.

Speer zog die Fahrertür seines Autos auf. »Dann bis gleich. Fährst du vor?«

»Mach ich«, rief ihm Bogner zu. Dann stieg er in seinen Wagen und startete den Motor.

Speer wartete, bis Bogner an ihm vorbeigefahren war, und lenkte seinen SUV anschließend ebenfalls vom Seitenstreifen auf die Straße.

Als er wenig später hinter Bogner an einer Ampel anhalten musste, fiel sein Blick auf eine riesige Reklametafel am Straßenrand, auf der ein gerade im Kino angelaufener Actionfilm beworben wurde.

Auf dem Plakat waren fünf schwerbewaffnete Söldner abgebildet. Ein gefundenes Fressen für die Gegner der Mediengewalt, die nach Cornelia Schorns jüngst veröffentlichtem Artikel zu den Motiven Olaf Bracks einen regen Sympathiezuwachs fanden.

Der Hintergrundbericht zu den Morden beinhaltete viele Details, die nur in der Ermittlungsakte auftauchten. Daher lag die Vermutung nahe, dass die Journalistin über einen Informanten bei der Kriminalpolizei verfügte.

Ihre These, dass Florian Sanders Amoklauf durch den Konsum gewalthaltiger Bildschirminhalte ausgelöst worden war, führte zu einer heftigen öffentlichen Diskussion. Dabei wurden Forderungen laut, dass die zunehmende Gewaltdarstellung in den Medien schärfer überwacht und reglementiert werden müsse.

Schorns Artikel wartete auch mit wissenschaftlichen Fakten auf. Diese belegten unter anderem, dass Gamer umso mehr zu aggressivem Verhalten neigten, je intensiver die Beschäftigung mit brutalen Videospielen ausfiel.

Die Ampel schaltete auf Grün und Speer konnte weiterfahren.

In den ersten Tagen, nachdem er Franziska hatte retten können, war Speer immer wieder schweißgebadet aus dem gleichen Albtraum hochgeschreckt. Darin hetzte er durch den Wald und am Ende stürzte nicht Olaf Brack in die Tiefe, sondern er zusammen mit Franziska.

Die Suche nach Bracks Leiche war bisher ergebnislos geblieben. Die Fachleute meinten, dass Bracks Leichnam entweder unter den abgebrochenen Sedimenten des Hangs begraben lag oder aufs offene Meer hinausgetragen worden war. Dass Brack den Sturz aus fast siebzig Metern Höhe in die tosende Meeresbrandung überlebt haben könnte, hielten sie hingegen für ausgeschlossen. Speer hätte in diesem Punkt lieber eine absolute Gewissheit gehabt.

Etwa zeitgleich kamen sie bei Bogners Haus an und machten sich wieder an die Arbeit. Bogner schnappte sich eine Kiste aus dem Kofferraum seines Wagens und ging lächelnd über den Vorgartenweg auf Laura zu, die vor die Tür getreten war. Trotz ihrer dicken Strickweste schlang sie sich fröstelnd die Arme um den Oberkörper.

Auch Speer nahm einen Karton aus seinem Wagen und trug ihn zum Haus.

»Ich hätte ein gutes Stück früher mit euch gerechnet«, begrüßte sie Laura.

»Wir sind eben nicht mehr die Jüngsten«, antwortete Bogner. Er blieb kurz vor ihr stehen und gab ihr einen Kuss, bevor er hineinging.

»Der Fahrstuhl ist ausgefallen«, erklärte Speer.

Sie brauchten keine halbe Stunde, um alle Kisten in den Flur zu tragen. Bogner würde den Inhalt später einräumen.

»Dann hätten wir das wohl geschafft«, sagte Speer.

Laura kam aus der Küche. Sie hatte gekocht und ein appetitanregender Duft lag in der Luft.

»Du bist selbstverständlich ganz herzlich zum Mittagessen eingeladen«, sagte sie zu Speer. »Ich hoffe, du magst Erbsensuppe. Laura verabscheut sie, aber sie ist heute Mittag bei einer Freundin zu Besuch.«

»Mich fragst du nie, ob ich was mag«, sagte Bogner gespielt vorwurfsvoll. Dabei schlang er einen Arm um Lauras Taille und zog sie zu sich heran.

»Du isst auch fast alles gern«, sagte sie und tätschelte seinen Bauch.

Bogner löste sich von ihr. »Was? Ich bin doch gertenschlank oder etwa nicht?«

»Ja, ja, glaub das nur weiterhin«, sagte Laura und lachte.

»Ich mag Erbsensuppe«, sagte Speer. »Aber ich fahre jetzt doch lieber.«

Er hatte nichts vor und eigentlich knurrte auch sein Magen ganz ordentlich. Aber er war sich nicht sicher, ob Bogner und Laura die ersten Stunden nach der langen Trennung nicht für sich allein benötigen würden. Doch sein Kollege sah das anders.

»Auf keinen Fall«, sagte Bogner. »Du bleibst. Wer körperlich schwer arbeitet, muss anschließend auch was essen. Das hat mein Vater schon immer gesagt. Der war Handwerker und musste es wissen. Und bis zum Anpfiff der Bundesligaspiele schaffst du es noch locker.«

Auch Laura lächelte Speer warmherzig an.

»Na gut, dann nehme ich eure Einladung sehr gerne an.«

»Alles andere wäre auch verdammt unhöflich von dir gewesen«, sagte Bogner und legte ihm seine Hand auf die Schulter.

Nachwort

Liebe Leserin, lieber Leser,

ich hoffe, der dritte Band der Speer-und-Bogner-Reihe konnte Ihre Erwartungen erfüllen, und Sie hatten damit ein paar spannende Stunden.

Oft werde ich gefragt, wie ich auf die Idee zu einer Geschichte gekommen bin. Meist weiß ich das gar nicht mehr so genau. Doch bei »Der Totenrächer« ist das anders. Die Inspiration zu diesem Thriller kam mir aufgrund eines Facebook Beitrags, der mein Gedankenkarussell in Gang setzte. Darin warf jemand einem Autor vor, verantwortungslos zu sein, da er mit seinen Büchern seine eigenen Gewaltfantasien in die Köpfe anderer Menschen pflanzen würde. Als ich dies las, stellte sich mir die Frage: Was wäre, wenn jemand durch den Konsum von gewalttätigen Inhalten in Filmen, Videospielen und Büchern zum Mörder werden und die fiktiven Unterhaltungswerke und deren Schöpfer als seine Vorbilder benennen würde? Welche Kette von Ereignissen könnte dies auslösen? Herausgekommen dabei ist »Der Totenrächer«.

Wie immer ging mit der Freude, ein Buch zu Ende geschrieben zu haben, auch die Wehmut einher, nun vorerst Abschied von den Figuren nehmen zu müssen. Falls es Ihnen als Leser ebenso erging, werte ich dies als positives Zeichen.

Wie immer bedanke ich mich bei Ihnen, dass Sie

mein Buch gekauft oder ausgeliehen haben und mir als Autor damit Ihr Vertrauen schenkten. Bei der großen Anzahl monatlich neu erscheinender Bücher weiß ich dies sehr zu schätzen.

Bereits nach »Der Totensäer«, dem zweiten Teil der Speer-und-Bogner-Reihe, haben mir zahlreiche Leserinnen und Leser signalisiert, dass sie eine Fortsetzung wünschen. Und auch diesmal wird es bei der Frage, ob die Romane rund um die beiden Ermittler weitergehen, davon abhängen, wie der vorliegende dritte Band bei Ihnen ankommt. Falls das Buch Ihnen gefallen hat, würde ich mich deshalb sehr darüber freuen, wenn Sie es mit einer Kundenrezension bei dem Internet-Shop bewerten würden, bei dem Sie das Buch erworben haben. Wenige Worte reichen hier schon aus.

Gerne können Sie mir auch eine E-Mail schreiben oder mich per Facebook kontaktieren. Ich bemühe mich, Ihnen zeitnah darauf zu antworten.

Per E-Mail erreichen Sie mich unter:

karlden@chriskarlden.de

Per Facebook wie folgt:

www.facebook.com/chriskarlden.de

Mit all diesen Aktivitäten unterstützen Sie mich als Autor und motivieren mich, mir weiterhin spannende Geschichten für Sie auszudenken und niederzuschreiben.

Wenn Sie bis hierher weitergelesen haben, Hut ab! Den Rest schaffen Sie auch noch. Denn abschließend möchte ich noch eine sehr wichtige Bitte an Sie richten:

Lassen Sie uns in Kontakt bleiben!

Sie finden mich selbstverständlich auf Facebook und Instagram, wo ich mich über jede Freundschaftsanfrage, jeden neuen Follower und jedes ›Gefällt mir‹ von Ihnen freue.

Falls Sie, liebe Leserin, lieber Leser, aber sichergehen wollen, dass Sie keinen neuen Roman und keine Informationen rund um mein Schriftstellerleben verpassen, empfehle ich Ihnen, sich in meinen exklusiven und selbstverständlich kostenlosen Newsletter auf meiner Homepage unter

www.chriskarlden.de/newsletter

einzutragen.

Es handelt sich bei meinem Newsletter um eine wenige Male im Jahr von mir persönlich versandte E-Mail, auf die Sie gern auch antworten und so mit mir direkt kommunizieren können. Die Anmeldung funktioniert schnell und einfach nur per Eingabe Ihrer E-Mail-Adresse. In meiner Newsletter-Liste versammeln sich meine treuesten Leserinnen und Leser, und ich würde mich sehr freuen, wenn auch Sie dabei wären.

Mit diesen Worten verabschiede ich mich von Ihnen. Wer weiß, vielleicht schon bis bald. Ich würde mich jedenfalls freuen, wenn wir uns demnächst wiederlesen würden.

Herzliche Grüße
Ihr *Chris Karlden*

Über den Autor

Chris Karlden, Jahrgang 1971, studierte Rechtswissenschaften und arbeitet als Jurist in der Gesundheitsbranche. Sein erster Psychothriller »Monströs« wurde zum E-Book-Bestseller. Seitdem sind von ihm mehrere erfolgreiche Spannungsromane erschienen. Mit dem Psychothriller »Das Medikament«, veröffentlicht 2018, gelang ihm ein Nr.-1-Bestseller. Mehr Informationen unter https://chriskarlden.de

Sami Güler

Narben

Drei Morde an deutschen Politikern versetzen die Kriminalpolizisten aus Köln, Mannheim und Lübeck in höchste Alarmbereitschaft. Sie beschließen, gemeinsam zu ermitteln, denn sie müssen davon ausgehen, dass der Täter noch weitere Politiker auf seiner Todesliste hat. Doch auch Zoe, die zwanzigjährige Tochter eines der Opfer, versucht auf eigene Faust den Mörder zu fassen und ahnt nicht, dass sie sich dabei selbst in höchste Gefahr bringt.

Taschenbuch, 380 Seiten, € 11,90 [D]
ISBN 978-3-96698-174-3

Marcus Hünnebeck

Nesthäkchens Schrei

Ein skrupelloser Täter verschleppt alleinerziehende Mütter und deren kleine Kinder, um die Frauen zu versklaven. Die Unversehrtheit der Kinder dient ihm dabei als Druckmittel. Obwohl die Vermisstenfälle bislang wegen mangelnder Beweise für ein Verbrechen ohne Priorität behandelt werden, vertraut Hauptkommissar Sommer dem Instinkt einer jungen Frau, die als Teenager ein ähnliches Schicksal erlitten hat.

Taschenbuch, 280 Seiten, € 11,90 [D]
ISBN 978-3-96698-877-3

Elke Bergsma

Eisige Spuren – Ostfrieslandkrimi

In Ostfriesland herrschen arktische Temperaturen, als die Leichen von zwei jungen Frauen gefunden werden. Zudem ist eine Freundin der Opfer spurlos verschwunden. Alles deutet darauf hin, dass die beiden Morde in Leer und Canhusen sowie das Verschwinden der Freundin in einem Zusammenhang stehen. Schnell wird klar, dass die Opfer nicht nur Tiermedizin studierten, sondern auch als militante Tierschützerinnen aktiv waren.

Taschenbuch, 312 Seiten, € 11,90 [D]
ISBN 978-3-96357-114-5

Martin Barkawitz

Amok in Amsterdam

Kommissarin Bea Ahlers und Inspektor Luc Morel von Europol wollen in Amsterdam einen internationalen Ring von Menschenhändlern zerschlagen. Doch kaum sind sie in der niederländischen Hauptstadt eingetroffen, als sie gekidnappt und in einen Kofferraum gesperrt werden. Sie sind dem Gangster Victor Lacis in die Quere gekommen, der seinerseits Probleme mit seiner eigen-sinnigen Tochter sowie einem brutalen Killer hat.

Taschenbuch, 220 Seiten, € 11,00 [D]
ISBN 978-3-96357-093-3